魅丽文化 飞言情工作室

苏心如玉

惜双双 / 著

XISHUANGSHUANG

江苏凤凰文艺出版社
JIANGSU PHOENIX LITERATURE AND ART PUBLISHING

图书在版编目（CIP）数据

苏心如玉 / 惜双双著 . — 南京 : 江苏凤凰文艺
出版社，2021.3
ISBN 978-7-5594-4778-4

Ⅰ . ①苏… Ⅱ . ①惜… Ⅲ . ①长篇小说 - 中国 - 当代
Ⅳ . ① I247.5

中国版本图书馆 CIP 数据核字 (2020) 第 058293 号

苏心如玉

惜双双 著

责任编辑 张 倩
特约编辑 何 进
装帧设计 ABOOK STUDIO 拾叙 Design QQ|2425686595
封面绘制 imiko 君
出版发行 江苏凤凰文艺出版社
南京市中央路 165 号，邮编：210009
网 址 http://www.jswenyi.com
印 刷 湖南凌宇纸品有限公司
开 本 880mm × 1230mm 1/32
印 张 9
字 数 251 千字
版 次 2021 年 3 月第 1 版
印 次 2021 年 3 月第 1 次印刷
书 号 ISBN 978-7-5594-4778-4
定 价 39.80 元

目录

C O N T E N T S

目录

CONTENTS

第一章
见面不识

南城异军突起的丽宫酒庄是有钱人的新宠，紧俏到一席难求。

老板姓萧，声名在外，经营酒庄、星级酒店，身价不菲。

古成匆匆走到老板办公室门口，明明心急如焚，却小心翼翼地扒开一条门缝先观察里头的情况。

萧湛开了珍藏多年的红酒，喝了一口便皱眉全倒进鱼缸。

古成知道萧湛心情不好，不止不好简直是糟糕透顶，这会儿谁要撞到他手里一定死得很难看。

“在门口杵着干什么？”萧湛的声音阴恻恻的，古成莫名打了个激灵硬着头皮进去。

房间很暗，鱼缸里刚刚还在活蹦乱跳的荷兰凤凰已经摇摇晃晃沉入缸底。

“萧总，品酒室出了点事。”古成说得小心翼翼。

萧湛划着一根长柄火柴，昏暗的空间火光闪烁，刚好照亮他凌厉眉峰处的那条疤，极细，刚刚断眉——断眉的男人感情淡薄。

古成问过他那条疤的来历，他那天心情不错答了句“女人伤的”，古成不信，萧湛身边可是一只母蚊子都没有过。

“什么事？”

古成回过神，道：“一个前天来兼职的大学生偷了客人的手表，客人这会儿正闹着要见老板。”

“我又不是警察，见我干什么。说第二件。”萧湛专注地看火一点一点吞噬手中的火柴。

“第二件是VIP品酒室里，洪宗明灌醉了一个女人，我们要不要请他出去？”

萧湛指尖的火柴快烧到手了，他一点儿也没有要松开的意思。指尖骤然的剧痛竟然让他有痛快的感觉。

“萧总？”其实古成见怪不怪了，只是好奇每年的这一天到底是什么日子让他这么难以释怀。

萧湛松手捻碎指尖烧黑的残渣，说：“你盯着点就行，我们没必要得罪洪宗明。”

古成点点头，“是。”

萧湛起身，问：“我的车修好了吗？”

“‘005’上次撞得太严重，还没修好，‘008’已经送来了。”古成递上车钥匙。

萧湛的跑车编号从“001”排到了“008”。

他拎着钥匙扣将钥匙握进掌心：“酒庄你看着点。”

“嗯。”古成想了想还是不放心，追着萧湛出去，“萧总，洪宗明品酒室里的那个女人真的没问题吗？听说她和秦家有点关系，是秦业明的未婚妻，叫苏影。”

萧湛的步伐骤然停下：“你再说一遍，那个女人叫什么名字？”

古成被他吓得都结巴了：“她叫苏影。”

萧湛立刻掉转脚步往洪宗明的品酒室去，刚过转角，有人拽住他的裤腿，抽泣着扑倒在他脚边：“老板我真的不敢了，求你别报警，我爸爸还在医院，再交不上住院费就要被赶出来了。”

萧湛觉得聒噪，垂一垂眼皮：“说完了就松手。”

姑娘哭得梨花带雨，十指紧紧抓着他的裤角。

萧湛耐心有限，弯一弯身子，眯着眼逼近姑娘，道：“你爸爸就是睡大街跟我有什么关系？我这里最忌讳手脚不干净，我念你年纪小，只是报警而已。”

姑娘吓得赶紧撒手，出了一身冷汗。

萧湛懒得再理她，他加快脚步往洪宗明的品酒室去，浪费了他两分钟！

品酒室的门直接被踹开，如山崩地裂般。萧湛站在门口，数米之远都能感觉到戾气。

洪宗明就那样愣怔在原地。他虽然听过关于萧湛的传闻，知道他是个厉害人物，可因为他对客人总带着三分笑，所以洪宗明还从没把他放在心上，今儿倒是有点怵了。

“抱歉，洪先生，今晚没能让你尽兴，所有花销算我的。”萧湛一开口眼底映着三分笑意，好似刚才他浑身的戾气只是错觉。

洪宗明终于回过神，恼羞成怒地整好衣服不阴不阳地开口：“这地界还有萧老板怕的人？”

萧湛笑着进去：“怕，我可是个老实的生意人。”

洪宗明冷笑：“看样子萧老板是想替她出头。”

萧湛扫一眼蜷在地上的苏影，食指指尖滑过茶几上的酒杯：“这违禁酒，可不是我们酒庄的。”

洪宗明脸色一变：“什么违禁酒，这就是你酒庄的酒！”

萧湛拿起酒杯用鼻子嗅一嗅：“是吗？酒庄的每一瓶酒都有扫码记录，你以为拿个相似的酒瓶就能嫁祸于人？”

洪宗明额上已经开始冒冷汗，他虚张声势道：“真扫兴，什么破地方，还敢称第一酒庄。”说完，骂骂咧咧地从后门离开。

古成赶紧带人进来收拾，伸手要扶苏影。

“别碰她！”萧湛的声音不大不小，古成立刻缩回手，睁大眼睛看萧湛脱下外套盖在苏影身上并把她抱到怀里。

苏影脸上有指印，这会儿已经完全失去了意识。

“救命——”苏影的手胡乱挥舞着大声喊救命。

萧湛咒骂一声，他正替苏影换药没料到她会突然醒来，手里的酒精棉球被她打落到左眼上。他虽然及时闭上眼睛，但还是避免不了火辣的灼痛。

苏影推开他：“放开我，你这个疯子！”

昨晚她带设计图去丽宫签约，留着心就喝了一口酒，没想到还是着了道。

萧湛一把抓住她：“旧债没清，新债又多一笔。苏影，你行。”

苏影睁大眼睛看着他，是一张好看的陌生男人的脸，眉峰处有一条极细的疤痕，刚刚断眉，给男人俊美的脸添了一丝硬朗的味道。

“你是谁？我为什么在这里？”她看了下周围的环境，陌生。比环境更陌生的是眼前这个男人，“你是谁？”她又问了一遍。

她竟然问他是谁。十年了，谁也回不到过去，谁也无法改变过去。

“我是谁，你有心自然会知道。可以告诉你，我是来讨债的。”他的表情一点不像开玩笑。

苏影的大眼睛里一片惊讶茫然：“我不认识你，你认错人了。”

萧湛松开她：“你的工作室叫苏有清影，已经半年没有接到订单，马上要关门大吉。你未婚夫叫秦业明，现在应该叫前男友。秦业明和初恋一直藕断丝连，你到现在才发现，你真是蠢得清新脱俗。”

苏影惊恐：“你怎么会知道这些？”

他说的，一字不差。

萧湛笑一笑："我知道的事，超乎你的想象。"

苏影马上跳下床远离他，这个男人太可怕了。她拔腿往门外跑，脑子里想了无数遍都不记得跟这个男人有过什么交集，更何谈欠他什么债。她赤着脚一口气跑到大门口发现不对劲，忘了什么东西——她的设计图！那是整个工作室十个人熬了一个月做出来的，是工作室最后的希望。她已经一无所有了，那是她的全部。

萧湛也不拦她，靠着吧台，修长的手指压着酒瓶底在台面画圈旋转，酒香层层散发，等着她回来。

苏影掐掐手指逼自己冷静，慢慢回到房间去。

萧湛抬眸瞧见她裙摆下白皙的脚，脚踝随着步伐时隐时现，粉色的脚趾抠住地毯。萧湛清一清嗓子，性学家将女人的脚定为重要的性感象征不是没有道理。

"这位先生，我想，我们之间一定有什么误会。我知道你不是坏人，"这一句话可说得太违心，她继续，"不知道你有没有看见我的设计图。如果有，麻烦你还给我，谢谢。"

萧湛喝一口酒润润嗓子："还给你，我有什么好处？"

苏影睁大眼睛看着他，物归原主难道不是理所当然的事吗。像苏影这样的姑娘，可是从小唱着《我在马路边捡到一分钱》长大的。

萧湛被她的样子逗乐了："寻物启事不都会写'必有重谢'吗？"

苏影竟无言以对。重谢？怎么重谢？单看这房子也知道这男人不是缺钱的主儿。

"你想要什么酬谢，只要是我力所能及的，你说。"

萧湛晃着酒杯："很着急拿回设计稿吗？可是，我的眼睛差点被你打瞎，现在心情非常不好，等我想到需要的酬谢时再联系你。"

"真对不起，我给您赔礼道歉，设计稿对我真的很重要，请您现在就还给我。"苏影着急。

萧湛笑了："这么着急，好啊，你每替我做一件事，我就还一张设计稿给你。”

苏影眨眨眼睛，问：“做事？什么事？”

萧湛说：“我想到了再说。”

“你！”苏影觉得他是在故意刁难她。

“当然，你也可以拒绝。不过据我所知，像你们这种传统刺绣工作室都相信自己的画笔，只怕没什么电脑备份。灵感这东西一闪即逝，就算能凭记忆找回几张怕也不全。这套设计图是你们工作室最后的希望，可惜了。”萧湛搁下酒杯走近她，停在她身侧偏一偏头，“好好考虑一下，想要设计图，来酒庄找我。”

苏影回过神，他已经出门了。她赤着脚一直追着他的车到门禁处，却被保安拦下：“苏小姐是吗，萧先生让我给您叫了车，请您在这里等一下。”

“萧先生？他姓萧？”苏影觉得额角又痛起来。

她撑着额头想，到底欠他什么债？

“苏小姐，您没事吧？”保安看见她脸上的伤。

苏影摆手：“没事，能不能借你的手机用一下。”

保安递手机给她。

“谢谢。”苏影拨通韩琳的电话，“是我，你开车来接我，我现在身无分文。”

韩琳愣了许久，听出是她的声音，便在电话里大吼起来：“你还知道打电话回来，我给你打了一晚上的电话，知不知道我们都快急疯了。你在哪儿？”

苏影知道她是真的着急，可她也不知道自己在什么地方，便问了保安，然后回答韩琳：“我在丰颐园。”

韩琳：“丰颐园？你怎么在那儿？”

苏影：“电话里说不清楚，你快来接我。”

韩琳：“我马上来。”

韩琳风驰电掣般赶来，苏影就站在门口。韩琳远远地就瞧见她额上的伤，道：“就知道要出事，后来我才知道那个客户是假的，你手机打不通，我们的人又进不去酒庄，可急死了。”酒庄是会员制，不是会员进不去。

苏影赤着的脚被地面的小石子硌得疼，赶紧上了副驾驶座儿。韩琳发动车，着急地问她：“到底发生什么事了？你有没有吃亏？”

苏影摇摇头：“我没事。”但是为什么会在那个奇怪的男人家里，她真的一点儿也记不起来了。

“一定是秦业明，就为了块地皮，他竟然做出这么龌龊的事，我找他去！”韩琳的暴脾气上来了。

苏影撑着额头，还疼着，说：“算了，只怪我没带眼识人。”

“你真的没事？”韩琳还是不放心。

苏影问她：“我们这些年接触的客户或者认识的人中有没有一个姓萧的男人？”

“姓萧？好像没有，怎么突然问这个？”

苏影毫无头绪，说：“没什么。我觉得有点累，先眯会儿，到了你叫我。”她闭上眼睛，脑子里全是萧湛。他到底是谁？

萧湛难得白天来酒庄，还来得这么早。

“萧总早。”古成笑得贱兮兮。

萧湛今儿戴了副墨镜，半边脸都被遮住，哼了声。古成一直跟在他后头走到办公室，他回过身：“有事？”

“也没什么事儿。”古成笑得眼睛快眯成一条线。

萧湛摘下眼镜，古成惊讶得脖子往后缩了一下：“萧总，你……”他指指自己的眼睛。

萧湛就知道他这眼睛得有几天不能见人：“没什么事就走。”

“那姑娘还好吗？瞧着都挂彩了。”古成笑很欠抽。

昨晚萧湛第一次自己砸了自己的生意，上演英雄救美，还带女人回家，这可是头一遭，简直是大新闻。

萧湛随手捡了桌上的高尔夫球砸过去，古成一躲，那个球砸在门板上，居然神奇地弹进了球洞。

“啧啧啧，一杆进洞啊！”

萧湛划燃火柴，青烟袅袅升起：“最近有没有什么项目活动？”

古成捡了球过来，“最近没有，下个月乔少要在酒庄包场庆生，主题让我们自己看着办，他到时候只负责带朋友来。”

萧湛漫不经心地吐了一口烟圈：“女服务生全部穿旗袍，请师傅上门定做，全部要手工刺绣，你去把活动流程拿来。”

古成张大嘴：“他何德何能，你还亲自替他操办。”

“废话这么多，很闲是吧。”萧湛眉头一皱，古成麻利地动起来。

古成送来流程单，走的时候萧湛突然叫住他。萧湛磕磕烟灰，道：“有人来找我的话，直接带进来。”

古成憋着贱笑：“你这是食髓知味啊。”

萧湛：“滚！”

苏影俯身在绣架前，缎面上的缠枝莲栩栩如生。

韩琳从外头回来，怒气冲冲进工作室，看上去一点就要爆炸。

“其他人呢？”韩琳看了一圈，发现工作室只有苏影一个人。

“没什么事我就放他们假了。”其实她是无颜面对大伙，设计图是大家的心血，她就那样弄丢了。

“你接这种零散活有什么用啊，费劲又不赚钱。”

苏影没抬头，探着身子穿针引线：“缠枝莲寓意爱情和美，一定要绣出层次和缠绵感。愿意花心思来做一件嫁衣的人越来越少了，我希望这件嫁衣成为他们最珍贵的回忆。想赚钱，前两年我就把工作室卖给用机械刺绣的流水线商了。”

韩琳自知失言：“你也不问问我为什么这么大火。”

“单子没谈成？”

一提起这事，韩琳火就大：“我到处托关系求了个民间工艺品博览会参展的位置，今天去交资料，主办方居然说名额满了。我又求了很久，别人才好心提醒我一句，是不是得罪人了。”

苏影手上的针法错了两步，没法绣了。她抬头看韩琳：“又是秦业明吗？”

“除了他还有谁，他已经逼得我们一个订单都签不到了，存心要看我们死！”

苏影起身到窗边，窗外的红豆树挡住大片阳光，叶簇中的小花已经落得差不多了。都说红豆树开花是极难得的，但是开花并不一定能结果。

苏影呼一口气：“只要我们设计好，功底深，总会遇到识货的行家接到订单。”

“话是不错，可他也太卑鄙了！”韩琳猛灌一口水压火气，“我们一定要成功，逆风翻盘，狠狠打那渣男的脸。这一期的设计图，只要营销得当，我们一定能一炮而红。”

提起设计图，苏影万恨千愁，现在的她已经山穷水尽了，要是拿不回设计图，她怎么跟工作室的人交代。她拿上外套，道：“待了一天，我出去转转，晚上不陪你吃饭了，你不用等我。”

朝琳跟到门口，总觉得她心里藏着事，不放心，道：“你去哪儿？我陪你。”

“不用。”

苏影到酒庄的时候天已经黑下来，她直接进去，一路畅通无阻，明显是萧湛事先交代过的。

酒庄很大，分上三层下三层，光品酒室就分了好几个等级。苏影连他的名字都不知道，只知道他姓萧，这要怎么找。

刚从品酒室出来的古成一眼瞧见她，老远就打招呼："苏小姐，找人哪？"

"你认识我？"这年头认识她的人还真多，苏影暗暗自嘲。

"上我老板车的女人，我们想不认识都难。"古成是在爷们堆里混惯了的，接触的女人也多是豪爽的，说话便没顾忌。

苏影有些尴尬："你们老板姓萧？"

"嗯，萧湛。"

"那你可以带我去见他吗？"

"当然可以。"萧总可是一早就吩咐了，古成带她往萧湛办公室去。

敲两声门，里头传出一句"进来"。古成推开门，笑眯眯地道："萧总，有人找。"一副邀功的模样。

萧湛一抬眼就看见古成身后的苏影，他笃定她会来，没想到这么快，看样子真是走投无路了。

"不知道我很忙吗，随便什么人都带进来。"萧湛不冷不热斥责一句，眼睛回到文件上。

"啊？"古成张大嘴，"忙吗？"

不是你让我直接带进来的吗，古成内心是蒙的。

苏影对古成礼貌地笑一笑："谢谢你带我过来，萧先生如果忙，我可以在这里等他。"说着，她径直进去，安静地坐在一旁的沙发上。

萧湛抬眸扫一眼还站在门口的古成，他反应倒快："我马上消失。"

苏影打量了一眼萧湛的办公室，跟他卧室差不多的风格，大而空，有一个很漂亮的酒柜。

埋首办公桌的萧湛，黑衬衫领口不安分地敞着，袖子挽到手肘，灯光聚集在他鼻尖，随着他轻浅的呼吸跳跃。不可否认这个男人对女人而言很有魅力，绝对不比天之骄子差，甚至比天之骄子们更有吸引力。黑翅膀的天使总比纯洁无瑕的天使要来得神秘诱人。

这样的男人不管是公事，还是私事都不可能跟她扯上关系，到底是哪个地方生了误会。

“我好看吗？”萧湛突然抬头，扔了笔靠着椅背点一根烟。他爱用火柴，“哧”一声，火花迸射，映进他的眼睛，带着三分笑意。

苏影的背僵了一下，脸色倒还从容：“我看萧先生也不是真的很忙，不知能否赏脸吃顿饭。我回去想了想觉得很抱歉，那晚应该是萧先生救了我，我却弄得萧先生差点失明。”

请他吃饭？他倒是很有兴趣看看她会用什么办法来拿回设计图。萧湛灭烟起身，苏影也跟着站起来。他朝她走近，苏影下意识后退，动不了，身后就是沙发。萧湛的胸膛隔着她分厘之遥，他低一低头呼吸落在她耳边：“我只是拿外套，你紧张什么？”声音里全是戏谑，长臂绕过苏影从她身后的沙发靠背上拿起外套，“怕我会吃了你？”

苏影感觉刚才心脏猛跳了一下，她压着被调戏的怒火，微笑：“怎么会。”

萧湛穿上外套拿了车钥匙：“我们去哪吃饭？”

苏影保持微笑：“你定。”

苏影又在众目睽睽之下上了萧湛的车。经过大堂的时候，侍者、前台的眼神里流露的好奇心都快要长出翅膀飞出来。那感觉真不好，像被人围观的猴，苏影发誓真的不要再来这里第三次了。

苏影以为萧湛会选个奇贵无比的地方让她难堪，没想到他带她去的地方居然是超市。

“来这里干什么？”苏影完全摸不着他的路子。

“买菜。”萧湛解开安全带。

买菜？苏影像是听见外星语，萧湛已经进了超市。

“会做中餐，还是西餐？”萧湛推推车的样子俨然一个宜室宜家的好男人，苏影跟在他后面完全在状态外。

“不说话那就西餐。”萧湛自顾自做了决定。

“我会做中餐。”苏影及时反应过来，“你买菜，我去买酒。”西餐喝红酒不容易醉，中餐来两瓶白酒速战速决，刚好图纸就在他家里。苏影来找他的路上已经盘算好了。

她在白酒区挑了半天，萧湛选好食材过来找她。她怕露馅儿，随手拿了两瓶就走：“东西买好了，我去结账。”

萧湛微微皱眉想提醒她，她走得太急，萧湛笑一笑，有戏看。

两人一前一后，苏影拎着两瓶酒过门禁的时候，警报器突然响了起来，超市保安立马过来。她被拦在门口，完全莫名其妙。

“对不起小姐，您是不是有商品忘了消磁。”保安大哥说得比较委婉。

“我就买了两瓶酒，付过款，消过磁了。”苏影打开购物袋给保安看。

保安皱眉：“那请你把外套脱下来。”

“你怀疑我偷东西？”苏影觉得愤怒，眼睛看向门禁外的萧湛，向他求助，但他一副看好戏的样子更让她火大。

保安盯紧她：“别人过门禁警报器都没有响，只有你响了，如果你不配合我们就要搜身了。”

“我没有偷东西，你没有权利搜身。”苏影拒绝。

“那你重新过一遍。”

苏影照做，重新过一遍警报器依然响，她真有嘴说不清了。

这时候已经过来一大群围观群众，七嘴八舌：“拿了东西赶紧放下，放下就完了。”

“我没有拿东西。”苏影在尴尬窘迫中一再重申。

“警报器一直在响，你说你没有拿东西，对不起我要搜身。”保安说着就要上手。

“手拿开。”萧湛终于出声，苏影激动得眼睛都红了。萧湛上前，眼里都是玩味，“我帮你搜。”

“你是谁啊？”

“她男人。”萧湛一句话把保安噎在原地。

苏影往后躲，萧湛逼近，笑着低声在她耳边说：“大家可都看着。”他的大手沿着她的后腰一寸一寸摸，热度隔着衣料传到肌肤。苏影咬牙，耳朵都红了。

萧湛看向保安，道：“什么也没有。”

保安的脸煞白：“警报器确实响了。”

萧湛眯一下眼，寒光凛人：“警报器响了可能是警报器有问题，你不分青红皂白就断定偷盗还要搜身，随便侮辱人格我们不仅可以要求你赔偿，还能让你吃官司。”

保安这下真怕了：“对不起，可能真的是警报器的问题，我们一定检查清楚，杜绝类似误会再次发生。二位，我也是职责所在，对不起。”标准的九十度鞠躬。

萧湛极自然地搂住苏影的肩膀：“宝贝，你怎么说？”

苏影已经恨得牙痒痒，明明是萧湛搜她的身，是萧湛侵犯她的人格尊严，他竟然推到人家保安身上，把自己撇得干干净净。

“算了，误会说清楚就好了。”她抬脚就走，还嫌不够丢人吗。

萧湛慢慢悠悠地跟出去，到停车场才喊她：“苏影。”

“干什么！”苏影憋了一肚子火。

萧湛指指她的鞋，苏影抬脚发现脚底粘了张标签，原来这才是罪魁祸首。

“你一早就知道。”

萧湛挑一挑眉：“我看着你踩上去的。”

“那你不提醒我，还有刚才你为什么不告诉保安！”

“我为什么要提醒你，你是我什么人？”萧湛奚落。

苏影压制住快要喷发的怒火，最后一次，这是最后一次跟这个浑蛋在一起。过了今晚，等她拿到设计图，他们就老死不相往来！

苏影是厨盲，从小跟着母亲在工作室吃大锅饭长大，根本没什么机会下厨。苏母从小就教她保养双手，刺绣的手不能粗糙，会挂断珍贵的丝线。

萧湛的厨房干净得能照出人影，欧式的开放厨房苏影完全不知从哪里下手。

“厨房交给你，我去换衣服。”萧湛放下购物袋就上楼。

苏影不知道他买了些什么，清淡小菜她还能勉强应付。打开购物袋后，她完全傻眼了，螃蟹！那个浑蛋居然要她做螃蟹！吃，她都吃不清楚，何谈做。

苏影要疯了，硬着头皮将螃蟹倒进水池拿剪刀剪开绑绳，一只螃蟹立马生龙活虎举着大钳子从水池里爬出来。

“啊！”苏影惊叫一声吓得后退，那螃蟹在客厅横冲直撞，她一点办法也没有。

萧湛皱眉站在楼梯上：“你在跟螃蟹玩捉迷藏吗？”他几步过去拿住螃蟹的背壳。螃蟹张牙舞爪却无力反抗。

苏影突然觉得她现在挺像他手上那只螃蟹，有点儿泄气。

萧湛将螃蟹扔进水池挽起袖子，这是要亲自动手的架势：“把那边挂的刷子拿来。”苏影赶紧取了刷子递过去。

螃蟹在萧湛手里不知多老实，里里外外洗干净等着被他吃进肚子。

他在锅里放水，搁了姜片、葱结、料酒、油，放上蒸屉，把螃蟹整齐排好，开大火。

从头到尾都是萧湛一个人在做，苏影偶尔在旁边递递东西。他换掉硬朗挺括的西装衬衫，穿上柔软的家居服，看上去有了点人情味儿。

苏影这会儿要是一个十八九岁的小姑娘，一定会被这个认真做饭的男人迷倒。可惜，她早透过表象看到他浑蛋的本质。

“每次都能看我看得失魂，我有那么好看吗？”萧湛搁下定时钟抬眸看她，慢慢走近。

苏影后退，抵到操作台被困在他的胸膛和操作台之间。

萧湛低头问她：“我有那么好看吗？”他的嘴唇就在她的鼻尖上方，稍稍一低头就要吻到她。

苏影别开脸，心跳很快，含糊应了句：“好看。”

萧湛装作没听清，脸往前再凑了凑：“什么？”

苏影有点恼：“我说你……”她一转头唇瓣刚好擦过他的嘴唇，柔软得像羽毛拂过。

她的嘴唇在暖光中饱满润泽，诱人咬上去。萧湛撑在她身侧的指节一紧，身子挤向她。她慌乱撑住他的胸膛：“我想先喝点酒。”再明显不过的暗示。

萧湛笑得玩味盎然：“依你。”他拉开距离，苏影几步冲出厨房，狂饮一杯纯净水压住慌乱。萧湛也没好到哪里，额角碎发下藏着一颗颗汗珠。

螃蟹出锅，四方白瓷平盘铺一片翠绿的生菜衬着红透的螃蟹，配一碟姜醋调料，光看着就要流口水。

“我不知道是吃螃蟹，只买了白酒，将就着喝。”苏影给他斟满酒。

萧湛托住她递酒过来的手：“白酒太烈，要醉的。”

苏影笑得特别真诚：“我陪你。”她抽回手，举杯，“第一杯要谢谢萧先生出手相助。”她一仰头，干了。

萧湛陪一杯，苏影趁他喝的时候吐到旁边的毛巾上。他刚搁下酒杯，苏影跟进倒满：“第二杯是道歉酒，伤了你的眼睛，真的很抱歉。”

这螃蟹都没吃一口，萧湛已经被她灌了两杯酒，火辣辣的，沿着喉咙一直烧进胃里。

“第三杯。”苏影的脸开始红起来，她虽吐出大半的酒，但还是会喝进一点，这回真是拼了，“虽然我不知道跟你之间有什么误会，但是我希望大家能一笑泯恩仇，我先干为敬。”

萧湛的神色黯了，玩味不减：“可我是个睚眦必报的人，怎么办？”

苏影被尴尬地晾在那儿，这人到底能不能聊天，会不会聊天。

“不管怎么样，我敬你。”她现在绞尽脑汁要灌醉萧湛，否则今晚搭上自己还不一定能拿回设计图。

萧湛又一连被她灌了三杯。五杯酒下肚，萧湛分明连熟螃蟹都抓不住了。苏影去楼上浴室掬几捧凉水浇脸，保持清醒。卧室能藏东西的地方不多，应该很好找。她正盘算着，萧湛跌跌撞撞跟进浴室，明显已经喝多了，苏影一转身被他压在盥洗台上。

“你喝醉了，我扶你回房间。”苏影要推他，被他用一只手捉住手环上腰间，另一只手拨弄她额边的头发：“我喜欢这里。”微哑的嗓音低沉诱人。

苏影害怕的模样很生动：“那你先洗澡。”

萧湛抱着她，头在她颈间蹭：“一起。”

苏影的心都要从嗓子眼跳出来：“我，我先去放水。”她挣脱他，将水龙头开到最大。转个身，萧湛已经脱了上衣，因为酒精的作用，麦色肌理上凝结的汗珠沿着腹肌滑落。他一脚跨进浴池，拉住苏影就要把她带进去。苏影红着脸：“我去拿东西。”

萧湛笑着拉她，弯下腰，曲指刮一下她的鼻子：“小坏蛋。”

喝醉了的萧湛和平时简直是两个人，苏影怕死了。

他一松手，苏影逃也似的离开浴室关紧门，开始大搜索。床头柜、衣柜，连床上都搜了，找不到她的设计图。

难道不是放在家里？

苏影又急又怕，怕萧湛突然出来怎么办。她瞅着唯一没有搜过的酒柜，走过去，小心翼翼搜寻，不敢弄出大动静。终于在酒柜最里层找到文件袋，她紧张地打开，就是她的设计图。她欣喜激动得捂住嘴，收好文件准备拔腿就走，这里实在太危险。可是，萧湛喝醉了，放他一个人在浴池，水龙头没关，那水会放一夜，他要是在浴池里睡着……

苏影在门口犹豫再三，咬咬牙折回去。她推开浴室门，浴池里哪里有人影。苏影不可思议，张嘴就要喊："萧……"隐藏在门后的人果断出手，从背后轻易就捉住她："东西都拿到了，怎么不走？"萧湛的声音在她耳边清明凌厉，哪儿有一点酒醉的痕迹。

苏影后知后觉发现自己被骗，下意识要藏文件袋，能往哪儿藏？萧湛一把夺过来，苏影转身来抢，被他按在墙壁上。他举高文件袋，苏影踮起脚尖都够不到："还给我！"骂人的话全都堵在齿间。她狠狠咬住他的下唇瓣，他气息很重，眼里映着她害怕的脸。他拨开她腮边的散发，声音很轻带着安抚："想要从我这里拿东西，就要按我的条件来，今天算是给你自作聪明的一点小惩罚。"

萧湛放她走，苏影不知道自己是怎么走出他的房间的，只知道上了出租车她的心还狂跳不已。

他是个可怕的男人，可怕的诱惑。

苏影住在工作室，二楼是卧室，韩琳怕她一个人住不安全，就搬来与她同住。

韩琳开门，见苏影一脸失魂落魄："你这是怎么了？"

苏影说了句没事就往浴室去，她衣服都没脱就那样站在花洒下。

韩琳在外头等了半天，苏影终于出来了。韩琳才一张嘴，她便道："我很累，有什么事明天再说吧，睡了。"苏影自顾自回房。韩琳睡客房，她本来有个好消息要告诉她，只能憋一晚明天再说了。

苏影翻来覆去一夜，后怕。

一夜迷迷糊糊，做着梦，梦见十六岁那年的夏天，白衬衫少年的背影，粉色书信上，写了一段村上春树的话：如果我喜欢你，而你也正巧喜欢我。你头发乱了的时候，我会笑笑替你拨一拨，然后，手还留恋地在你发上多待几秒。但是，如果我喜欢你，而你不巧地不喜欢我。你头发乱了，我只会轻轻地告诉你，你头发乱了哟。如若相爱，便携手到老；如若错过，便护你安好。

她闭着眼睛，泪从眼角落下。当初那样真挚的爱终究抵不过易变的人心，她甚至怀疑过那个少年是不是秦业明。到底是她付错真心，还是这个世界太易变？

第二章
欲擒故纵

苏影在晨光中睁开眼睛，摸一把腮边哭过的痕迹，她以为十六岁的记忆已经在时光里腐朽，为什么会做这样一个奇怪的梦。

“苏苏。”韩琳一大早就过来敲她的房门，憋了一晚上，别提多难受了。

苏影去洗手间洗了把脸后开门，韩琳盯着她的脸打量：“你没事吧，昨晚回来奇奇怪怪的。”

“昨晚有点累，没事。”苏影低着头叠被子。

韩琳拍一下她的脊背：“告诉你一个好消息，可憋死我了。我们接到订单了，而且是市价的两倍。”韩琳说得眉飞色舞。

“真的？”苏影被子也不叠了，拉着她坐下，“什么时候的事？”

“昨晚啊。你出去没多久我就接到了电话，二十六套旗袍全部要手工刺绣，只要手工精细，价钱不是问题。因为客户要得比较急还主动提出双倍报酬。”

苏影皱一皱眉，说：“二十六套旗袍全部要手工刺绣，剧组的戏服吗？”

“不知道。管他呢，我们只要把活做好，按时交货收钱就行。”

苏影想想也是：“知不知道客户是什么人？”

韩琳想了想：“倒是没有说名字，只说姓萧，萧先生。”

苏影心里咯噔一下，预感不太好。不会这么巧吧，萧？不会不会，他要那么多旗袍做什么，又不是异装癖。

韩琳推她一把：“嘿，高兴得傻了。”

苏影起身松松筋骨，准备大展身手：“打电话通知大伙回来开工，这次是一个很好的开始，我们要转运了。”

“昨晚我就打过电话了。我先回房换衣服，你也快点儿。”韩琳起身回房，走了几步突然回头问她，“新一季的设计图是不是在你那儿？我约了摄影师拍照，先发动网络营销。还有啊，你还是要弄个备份万一人多手杂给弄丢了呢，那可是大伙的心血。”

“先把手上这笔订单做完，那个现在不急，万一撞单也不好。”苏影含混不清地应答。

韩琳点点头：“也是。”

苏影目送她离开房间才呼出一口气，接到订单工作室的危机可以暂时解除。

可惜，你不找麻烦，麻烦自动找上门。所谓不速之客，是指没有邀请突然而来根本就不受欢迎的人。

红色奔驰在工作室门口停下，车门开了，女人的香槟色尖头高跟鞋很抢眼，姚岚施施然从车上下来。

韩琳撸起袖子：“苏苏你安安稳稳待在屋子里，看我出去撕了她那张狐狸脸。”她话还没说完，苏影已经出去了，韩琳都来不及拦。

姚岚的大波浪长发被风扬起，她春风满面，看着苏影：“这才多久没见，你看上去很像秋后的蚂蚱。”

苏影面色淡淡的：“如果你来只是来说这句废话，我就不奉陪了，我挺忙的。”

姚岚摇摇头，说："阿业让我给你带句话，如果你愿意关掉工作室卖掉这块地皮离开南城，他会考虑给你一笔钱，至少下半辈子衣食无忧。"

苏影十指紧抠掌心："他自己怎么不来跟我说。"

姚岚的眼神锋利如刀片，刮在她脸上："终于露出狐狸尾巴了。什么自食其力振兴工作室，全都是为了和阿业牵扯不清。你以为他还会回头？他从一开始就是为了你们家这块地！"

"你说完了？说完了我没时间招呼你，自便。"苏影不想跟她争辩，实在没意义。

"怎么，说到你的痛处了？"姚岚咄咄逼人。

苏影都气笑了："是啊，我就是为了跟秦业明牵扯不清，你有本事就让秦业明娶你进秦家家门。"

姚岚被她反将一军，一时语塞，冷笑道："接到订单底气也足了，你以为一两个阿猫阿狗客户能帮你保住工作室？我就睁大眼睛看着你怎么死。"

"萧总，那边的大婶说你是阿猫阿狗呢。"古成突然出声。

后头的萧湛，墨镜遮脸，衬衫挺括，气质斐然，他不说话，气场已经压住众人。

苏影这会儿见到萧湛有点傻眼，有点尴尬。

姚岚也愣住了，显然不认识这两人。但是，她对古成喊她那句"大婶"非常在意。

"你喊谁大婶呢！"姚岚引以为傲的美貌居然被无视。

古成双手插兜懒洋洋地走过去："当然是喊你咯，要不要借个镜子给你照照？"

"你……"姚岚咬牙切齿，像遭受了奇耻大辱。

"哎哟喂，"韩琳可是找着机会跳出来了，豪爽地拍了一下古成的肩膀，"帅哥，你三观太正了，人家可以为自己是仙女下凡呢。"

古成觉着这姑娘对路，自来熟道：“就这样还仙女呢，董永都要被吓跑了。”

“你，你们……”姚岚鼻子都要气歪了。

“你你你，你什么，大婶，可千万不要做太多表情，皱纹要现出来了。”古成那个贱劲儿，真是绝了。

姚岚还真去捂自己的脸，女人啊。姚岚奈何不了古成，把气都往苏影身上撒：“物以类聚，你也就只配和这种三教九流打交道。”

“我还……”古成被她激怒了。萧湛终于开口了：“秦氏集团的秦易也要喊我一声萧总才能跻身我们这‘三教九流’之列，秦业明是个什么东西。”

南城这地界有头有脸的，外头任你怎么呼风唤雨，要进丽宫酒庄的门都得给萧湛几分面子。

姚岚得知苏影接到订单本是想来刺激奚落她，哪承想把自己弄得灰头土脸。他们人多势众，姚岚已经退到车门口：“苏影你别得意，我会跟阿业说，你这么快就攀上高枝了，不用再对你手下留情。”

萧湛皱一皱眉：“这个女人太吵，古成。”

古成扭一扭脖子朝姚岚逼近。

姚岚吓得赶紧上车，红色的奔驰倒车的时候撞到红豆树，花叶簌簌飘落。

苏影紧张地跑过去，幸好红豆树只是蹭破了一点树皮。

这里的一草一木、一砖一瓦都是妈妈最宝贝的东西，也是她剩下的最后一点执念。

姚岚早吓跑了，古成摇摇头：“就这点胆，吓都能吓死她。”

韩琳拉着古成的手击掌：“帅哥，你好厉害，我叫韩琳，帅哥你叫啥？”

古成这会儿有点不好意思了，挠挠后脑勺，帅不过三秒：“古成。”

“好帅的名字，你们是干什么的？”

“你猜？”

“你长得这么帅，是明星吧！”

“我像明星吗？哈哈哈！”古成被姑娘夸了两句，都找不着北了，出息。

苏影一直望着萧湛，她再笨也猜出来下单的萧先生是谁了。

“萧先生是信不过我们工作室，来实地考察？”

萧湛的表情遮在墨镜后，没回答她。他迈开腿走近，苏影努力稳住心跳站在原地。萧湛只是进去看一眼她的工作室，两层平房，房龄不浅，入门是一面透纱大屏风，双面绣蝶恋花栩栩如生。

“这是你绣的？”他突然回身问她。

苏影回答：“是。”

“老套。”

苏影压着性子：“那什么东西萧先生觉得不老套？”

谈公事的萧湛锋利霸道，要完全的掌控权：“我不要这些一板一眼的，要艳而不俗。”

韩琳赶紧接过话头：“没问题，保证让萧先生满意。”

萧湛一直盯着苏影，她不说话，韩琳着急，拿手肘碰她。苏影轻轻叹了口气：“我们既然接了萧先生的单子，就一定会让您满意。”

萧湛微微弯弯嘴角：“旗袍师傅做好就会把衣服送过来，你们只有二十天时间。”

苏影点头：“明白。”

古成进去付定金，萧湛回车上，从头至尾都像是和苏影初次见面。

苏影敲两下车窗，玻璃降下，露出萧湛淡漠的脸，她有点儿局促：“我……刚才谢谢你。”

“说完了？”萧湛淡淡地说一句，玻璃缓缓升起。

“那个……”苏影伸手扒住玻璃。萧湛皱一皱眉：“还有事？”

苏影握紧拳头：“我能上车说吗？”

车门打开，苏影吸一口气上去。

萧湛撑着车沿不动声色地看她，玩味全都挡在墨镜后面，看得苏影如坐针毡：“拿回设计图的条件……”

“什么？”萧湛故意问。

苏影不去想他墨镜后的眼睛是不是正嘲弄看着她。姚岚都欺上门要她永世不得翻身了，她还有什么不能豁出去的。

“我答应，只要是不违背良心、不违法的事，我答应你。”

她的反应在萧湛意料之外在又意料之中。

苏影的手心都是冷汗，幸好他戴着墨镜，不然她肯定难堪得没法抬头：“你需要我做什么？”

萧湛一本正经地回答：“我明天飞澳门，回来再说，等着。”

果然在她脸上见到失落：“好。”

一个人鼓起勇气却被拒绝的那种失落感无法言喻。

苏影耳朵早红透了，她尴尬地起身下车。萧湛在车里笑了。

古成一直候在车边，上驾驶座：“萧总，我怎么不知道你有飞澳门的行程？”

萧湛挑一挑眉：“你最近废话挺多。”

古成贼笑：“我虽然读书少，但也知道什么叫欲擒故纵，苏小姐下车的时候好失落。”

萧湛很满意：“开车。”

韩琳少女心爆棚：“看见没有，看见没有！萧先生的气场直接把姚岚秒成渣，太帅了，比阿汤哥还有型！”

苏影抱臂围着屏风转了一圈又一圈，问：“蝶恋花老套吗？”还是很在意萧湛说她老套啊。

韩琳切换正常模式：“不管老不老套，顾客是上帝。”

苏影白一眼：“上帝？懂艺术吗？”

“我不知道他懂不懂艺术，但是他好帅。”韩琳简直要成花痴了。

“韩小姐，你贵庚啊，还学小姑娘捧心。”

韩琳捧心更夸张了：“我少女心复苏不行吗。”

苏影摇摇头，决定不再被萧湛干扰：“我去找图样，你去查查，看什么颜色的丝线需要补充。”

“采购你交给我，可以完全放心。”韩琳一脸八卦地趴在苏影电脑旁，“你刚才跟他单独聊了些什么？”

苏影手一抖，画笔都拿错了：“没什么，有些工作上的细节要沟通一下。”

“真的吗——”韩琳尾音拖得那个长，笑眯眯地道，“我可看见你红着脸从他车上下来。他是不是对你有意思？”

苏影无奈地叹口气：“我真的要工作了。”

韩琳：“如果有好男人追你，一定不要错过。咱要颜值有颜值，要才华有才华，气死秦业明那个渣男。”

好男人？萧湛？苏影讽刺地揉揉额角，这世上的好男人死绝了都轮不上他。

苏影闭关几天硬是把萧湛要求的艳而不俗的设计图做出来了，初稿得送去给他过目，定好稿就可以开始干活了。萧湛不在国内，不知道古成能不能做主，如果定稿的时间过长，后期她们会非常赶。

苏影站在酒庄门口，霓虹灯在她眉间投下阴影。

“苏小姐好。”她才踏进去，前台齐齐起身朝她行礼。

苏影只当她们是训练有素，微笑点头：“请问古先生在吗？”

“古先生？”三个前台小姑娘面面相觑。

其中一个人反应过来：“噢，你说的是古助理吧。他这会儿在酒室应酬，我替您去喊他？”前台很是恭敬。

苏影忙摆手：“不用，他在哪个酒室，我在外面等就好。”

前台亲自带她过去，她道谢，在沙发围成的半圆形休息区等。许是这些天太累，灯光太暗，她有点儿昏昏欲睡。

骤然而起的嘈杂声惊醒她，循着声音看过去，一大群保安围着一个女孩，看上去二十岁出头的样子。

“谁敢碰我，一尸两命！叫萧湛出来，敢做不敢当，算什么男人。”

保安还真不敢碰她，只能组成人墙围着她。

女孩直接往里冲：“萧湛，你给我出来！”

苏影赶紧起身让道，想好心提醒姑娘一句萧湛不在，却近不了身。

品酒室的门开了，古成出来瞧一眼女孩，呵斥道：“吵什么。”

女孩瞬间安静下来。

古成走近，道：“你偷了客人的东西，我们替你善后了，工资还加倍给你结清，你还想怎么样？”

女孩听到那个“偷”字恼羞成怒：“我怀了萧湛的孩子，他管不管？不管我就去报警！”

古成不想跟她多废话：“你现在马上离开，什么事也没有。”

女孩干脆就坐地上：“萧湛不出来给我个说法，我就不走。”

古成呼出一口气，瞪着眼看保安：“都愣着干什么，架出去！”

保安一上前，女孩就大喊救命：“救命啊，非礼啊——”

苏影不想管闲事也看不下去：“古先生。”

看到她从人群中走出来，古成怔了一下，问：“苏小姐，你怎么在这里？”

苏影看一眼女孩：“我的事是小事，如果这女孩真的怀孕了，你们这样动粗，会出人命的。”

古成感觉不妙，有嘴说不清：“不是，不是你想的那样……”

品酒室的门又开了，这回出来的是萧湛。

苏影惊讶了，他什么时候回来的？

萧湛目不斜视，看向坐在地上的女孩，眯一眯眼，昏暗的灯光下暴戾暗涌：“不是要报警吗，打电话吧。”

“她怀孕了。”苏影终于还是看不过去。

“闭嘴，你老实待着！”萧湛突然暴怒，众人吓得大气都不敢出。

坐在地上的女孩也开始怕了，她爬起身来退几步：“我也不想把事情闹大，两万，私了。两万对你来说还不够一瓶酒钱。”

萧湛笑，这时候的笑容比暴怒更可怕：“你不是怀了我的孩子吗，我现在就带你去医院。”

眼看要露馅，女孩耍无赖道：“你信不信我今天就死在这儿，你也脱不了干系！”

“古成，报警。”说完，萧湛一把拉住苏影的手往办公室去。

“放手，萧湛，放手！”萧湛的手像铁钳，苏影的手腕都要被他捏断了，“你知不知道如果那女孩真出事，你也会有麻烦的。”

萧湛拽她进办公室，哐的一声将她按在门板上，苏影感觉后背痛得发麻。

他轻笑，按住她肩膀的手却收紧：“眼睛也会骗人，不是所有亲眼所见都是真的。”苏影吃痛。

敲门声响起——

“阿湛。”外头的人熟稔地喊他。

萧湛松开苏影，男人进来，艳丽的桃花眼足够让人印象深刻。他清清嗓子：“我似乎来得不是时候。”

“怎么会。刚才的事扰了兴致，我认罚。”萧湛不动声色地抓住要跑的苏影。

男人笑起来，看了眼苏影：“上次赛车你没现身，大家都没去，前两天你又说没女伴去不了，敢情是舍不得。

苏影皱一皱眉，没作声。

萧湛揉揉她的手，简单介绍道：“陆深，这是苏影。”

陆深朝苏影点点头：“苏小姐，你好。”

苏影也不好拂别人的面子：“你好。”

“怎么着，择日不如撞日，今儿人正好都来齐了。”陆深笑着说话时眼睛尤为迷人。

“行啊，你们先去取车，我交代一声。”萧湛一口应下。

陆深也不当电灯泡了，他才出门，苏影从萧湛手里抽出手：“我今天是来送图样的，你看过有什么意见打电话给我就好。”她放下东西扭头就走。

“不想要设计图了？”萧湛幽幽开口，也不拦她。

苏影立在门口深吸一口气，猛地转身：“你到底想怎么样，明明没有出差，为什么骗我？”

刚才陆深说漏了嘴，萧湛却突然心情好起来：“想我了？”

苏影的声音拔高：“当然不是！”

“不是着急找我拿回设计图吗？”

苏影一下被他带坑里，脸都红起来：“你这样耍着人玩有意思吗！”

“决定权现在在我手上，你今天从这里走出去，我就一把火把设计图烧了。”

“你……你到底想怎么样？”

“陪我赛车。”萧湛拿起车钥匙。

“我陪你去赛车，你是不是把设计图还给我？”

“考虑一下。”

苏影慢吞吞地跟着出去，酒庄门口一排跑车，都在等她。

其他人的车先行，萧湛的车和陆深并列。

陆深降下车窗笑着喊萧湛：“今天输了的人要来点劲爆的，到时可不要心疼。”

“谁赢谁定规矩。”萧湛一脚踩下油门，苏影吓得抓紧座椅。

萧湛没看她，只说了句：“抓紧了。”加速。

环山道坡陡弯多，一个不小心就会冲破护栏掉下山崖。苏影提心吊胆，这群疯子，他们不要命，她还没活够。

陆深一次加速就超到最前面，萧湛也不遑多让，紧随其后，那车速吓得苏影脸都白了。

萧湛在这个时候还能慢条斯理跟她聊天：“刚才去酒庄闹事的女孩，是兼职生，偷了客人的东西被辞退了。她说她爸病重在医院，没钱医治，我让古成去查过，说谎眼睛都不眨，这样的人你能相信她说的话？”

苏影抓紧扶手，睁大眼睛盯着前面的路段：“你认真开车！”

萧湛一笑，眼睛映着刚好射进车里的灯光，炫得人心跳加速。他再加速，苏影的心就要到嗓子眼了。

前面弯道急转，速度太快眼看着萧湛就要撞上陆深的车。

苏影忍不住大叫“啊”！

车子双双侧滑行走，苏影第一次见到传说中的飘移，还是在这么惊险的山道，一个不小心便粉身碎骨。

“你就这么点胆？”萧湛笑着戏谑。

“疯子，你这个疯子，我要下车！”苏影说要下车其实根本吓得动都不敢动。

前面陆深的车开始减速，因为前面左转之后是一个很急的右拐。萧湛每次赢他都是在这个路段，因为萧湛玩起来不要命。但这次他竟然没向前冲，跟着减速。

终于到终点，陆深下车靠着车身抛一根烟给萧湛。

“第一次在这个跑道赢你，该谢谢苏小姐。”陆深笑得意味深长。

苏影从车上下来，腿发软，靠着车门才能站稳，一群疯子。

萧湛吐一口烟圈：“愿赌服输，要罚什么，你说。”

陆深笑，夹烟的手摸一摸额角：“好不容易赢一次，也不为难你，让你女人跟我来个热吻。”其他的车都陆续到了，刚好听到这句，纷纷起哄附和。

萧湛弯唇掸掸烟灰看苏影。

她慌了，扶着车门后退：“你……你敢……”

“萧总不会舍不得吧。”

跟着来的都是关系好的，平时一向没顾忌。

陆深在一旁看好戏，他就知道萧湛舍不得才故意那么说，倒要看看这个人是不是他心里那个。

苏影这回想跑也跑不了，腿还是软的。萧湛灭掉烟转身看着陆深，问：“当真要热吻？”

陆深捍掉烟灰：“没看我都等半天了吗？”

“成。”说着，萧湛两步冲过去将陆深按在车上作势要亲下去。

陆深反应过来，推开他：“你这个禽兽，兄弟你都下得去嘴！”

围观的人群都要炸了，那画面还能再香艳一点吗。

萧湛笑得腹黑：“我这可是头一次，你赚了。”

“滚！你这个禽兽！”

下山的路萧湛开得很慢，其他车一脚油门早不见踪影。灯光似波纹一道一道晃进车内，光影忽明忽暗在他俊朗的侧脸流淌。

极致的疯狂过后往往随之而来是排山倒海的寂寞，以前每一个这样的夜晚都是如此，今晚是个例外。

萧湛侧一侧脸，苏影的脸色还是苍白的：“生气了？”

苏影看着窗外，铁了心不理他。

萧湛笑一笑，挂挡滑行下坡，总之是能慢就尽量慢：“我为你都这样了，还生气？”他的声音在山谷清静的夜里宠溺至极。

“你那是……”苏影被他气得破功，扭过头认真问他，“设计图什么时候还给我？”

萧湛微微皱眉，光亮漾起暗影：“我说过要还给你吗？”

苏影瞪大眼睛：“你不是说我陪你来赛车，你就还给我吗！”

“我只是说考虑一下。”萧湛一本正经地耍赖。

“你！”

车停在巷子口，他不说话，苏影也下不去。

萧湛降下车窗，点一根烟，烟雾丝丝缕缕散在昏暗的灯光里，眸子幽幽暗暗随着烟雾浮动。

苏影耐心耗尽：“我到了。”

“如果一个最应该记住你的人不认得你，你会怎么做？”萧湛隔着烟雾看她。

“想办法让他记起来。”苏影想都没想，回答道。

萧湛一笑，没再说话，开中控。苏影下车，萧湛没有马上离开，抽完那支烟一直看着她的背影一点一点消失在巷子深处。

苏影觉得今晚真是太疯狂了，她二十六年的人生里从没这样疯狂过。再见到萧湛是三天之后，古成来接她的。苏影倒也没有扭捏，本来就已经走投无路。

古成没送她去酒庄，也不是去萧湛家里的路。苏影忍不住问他：“我们要去哪儿？”

古成在后视镜里冲她一笑：“萧总在酒店等你。”

苏影心口一紧，饶是做好了心理建设还是紧张。

古成倒会察言观色：“苏小姐，你别听外头的人瞎说，萧总从来不是随便的人。”

是啊，随便起来不是人，苏影腹诽。她想起什么来，问古成：“你知不知道萧湛以前发生过什么事？”

古成蒙了，问道：“以前？多久以前？我也是这几年才跟着萧总做助理的。”

“那他还有没有什么亲人？”苏影小心翼翼地打听。

“亲人倒是没听过，就有几个朋友亲如兄弟特别要好，胜似亲人。”古成扭头看她，“苏小姐，你跟萧湛以前是不是见过？”

苏影有一瞬间的茫然："可能吧。"

他不是说她欠他的债吗。

古成打个响指："我就知道。他救你那晚本来要去参加赛车的，结果一听到你的名字，整个人都变了，我还从来没见过他那样紧张过一个人。"

苏影越听越糊涂，紧张？哼，他紧张人的方式还真特别。

车在酒店门口停下，苏影进去，与她想象的完全是两个光景。

灯光璀璨，人群繁盛。

萧湛衣装严谨，在人群里尤为出挑，苏影一眼就看见了他。挽着萧湛胳膊的美女一身银色长裙，配皮草围巾，贵气十足。萧湛看见她了，低头跟美女耳语了几句，美女也随着他的目光朝苏影看过来。

萧湛招一招手，苏影在来的路上想过无数个让她无所适从或是难堪的场景，没想到会是这般光景。她脸一红，自己到底在想什么。

萧湛已经到她身边，俯一俯身擦过她的面颊："发什么呆。"这种耳语姿势看上去别提多暧昧。

苏影下意识后退，却已经被萧湛带着往前走。

"你就是苏影？"美女烈焰红唇，从头到脚都时尚感十足，看上去有点儿眼熟，但一时想不起来是谁。

她朝苏影伸手："你好。"

苏影虽不明白是什么状况，应对倒快，微笑回握："你好。"

美女抽出一张名片给她："这是我的联系方式，稍后我的助理会联系你。"

苏影接过，亚太地区总监，莱雪莉。

莱雪莉，时尚女魔头！

苏影终于想起来，经常在杂志上看到她，只不过照片和本人有区别，所以一时没认出来。

美女这会儿娇笑着看萧湛，搭着他的手臂踮起脚到他耳边："看你拿什么谢我。”

萧湛笑笑，不语。

助理过来请莱雪莉，说是秦先生到了。莱雪莉这才放开萧湛，对苏影笑一笑：“失陪一下。”

萧湛放下红酒一把拉过苏影，低声道：“扶我去房间。”顷刻，他全部的重量几乎都压在她身上。从中午到现在萧湛一直陪着莱雪莉，陪她敬酒帮她挡酒，一点东西都没吃。

靠近一些苏影也闻到他身上浓重的酒味：“你喝醉了？”

“扶我去房间，让服务员送杯解酒茶。”萧湛撑着面色不改，步子却虚浮起来。

苏影艰难地扶着他往宴会厅外走，好巧不巧，刚出宴会厅就碰到了秦业明。他站在走廊抽烟，一身考究的黑西装，挺拔颀长，灭了烟朝他们走过来。

苏影觉得有些尴尬，她现在和萧湛看上去太过亲密。

萧湛架在她肩上的手收紧，苏影明显感觉身上一轻，再疲惫不堪的猎豹遇到敌人都会自然进入战斗状态。

秦业明一眼都没看苏影，似笑非笑伸手：“萧总，久闻大名。”

萧湛倒随意：“秦先生，幸会。”

状似熟稔的客套之后，秦业明才看向苏影：“你怎么在这里？”盛气凌人。

“秦先生这话问得好奇怪，我在哪里需要跟秦先生交代吗？”苏影的手不知不觉已经挽进萧湛的手臂。

萧湛伸手摸她一把：“秦先生对我的女伴有兴趣？”

秦业明眼底涌起火星，依旧保持微笑：“萧总真会说笑。”

“还真没工夫跟你说笑，我们现在要回房间，秦先生要一起吗？”苏影第一次这样咄咄逼人。

秦业明笑着让开道。

苏影扶稳萧湛，萧湛简直想对她吹个口哨以示鼓励。人一放松，他步子又虚浮起来，苏影推他："你能不能用点力！"

"腿软，你想办法让我站起来？"

不要和喝了酒的男人说话！

"萧湛！"苏影又累又气。

萧湛还一本正经："真的，不信你摸摸看。"

"你再这样，我不管你了。"

前面就是房门口，萧湛把她按在门板上，红酒的醇香就喷洒在她鼻尖："你舍得？"

苏影推也推不动他："你放开，这里有监控。"

萧湛凑近一点："没有监控就可以了？"

苏影觉得自己的嘴真笨，连一个喝醉的人都说不过。

手机有短信进来，贴着两人不停地振动，两人接触的肌肤都是酥麻的。萧湛眸色一黯，差一点就亲到她。她及时掏出手机点开短信："你工作室的房产证还在我手上，我随时可以卖了它。"

苏影想都没想推开萧湛："房间到了你自己进去，我还有事。"她话还没说完已经跑了。萧湛站在原地，整张脸都笼罩在阴影里。

苏影一口气跑出酒店，秦业明的车就候在门口。她跑过去敲窗户："你到底想怎么样？"

秦业明冷冷地说了一句："上车。"

苏影后退一步："我还要回去，就这样说。"

秦业明下来要抓她，苏影连连后退："别碰我！"

"哟，这是怎么了？"突然传来尖锐的一声，姚岚站在酒店门口，隔着这样远的距离，苏影都能感觉到杀气。

苏影盯着秦业明："秦叔叔还在住院，你最好把工作室的房产证还给我。我这个人不会说谎话，到时候你和姚岚的事别怪我。"她挺直腰与姚岚擦肩而过走进酒店，她还要去萧湛那里拿设计图。

姚岚松开握得发颤的拳头，撑着笑出来看秦业明：“我们是来找莱雪莉设计婚纱的，你说有事先走，就是为了去见她？”

秦业明已经不耐烦了：“上车。”姚岚憋着气上车。

车驶离酒店，秦业明才开口：“你不要再去招惹她，那块地皮我会解决。”

姚岚一下子就委屈得梨花带雨：“我也是想帮你，明明我们才是一对，都怪你爸……”

“姚岚！”

姚岚自知失言，闭了嘴。

秦业明抿紧嘴。

苏影回去找萧湛，房门没合上，虚掩着，轻轻一推就开了，地上有摔碎的茶杯，房间很暗，只有浴室开着灯。

她担心萧湛是不是在浴室滑倒，会不会撞伤。不是咒他，是确实会发生的危险。她几步过去推开浴室门，紧张地喊了声：“萧……”后面一个字被浴室的情形硬生生打断。

莱雪莉长裙露背，漂亮的蝴蝶骨全然暴露在空气里。萧湛的衬衫敞着，躺在浴室按摩椅上。莱雪莉捂住胸口回头那一眼，能把苏影扎个血窟窿。

苏影很尴尬：“对不起，我马上走。”

“站住。”萧湛喊她的声音哑得厉害。

苏影在门口背过身去，留也不是，走也不是。

莱雪莉咬着嘴唇不甘，萧湛笑一笑：“明天在酒庄清场，给你接风。”莱雪莉整理好衣服从他身上下来，路过苏影的时候扬一扬下巴。

苏影也没太在意，她就是一个路过的。

莱雪莉走了，剩下萧湛和苏影，这样更尴尬。

苏影干咳一声，道：“我没想打扰你们，我只是……”

“还不过来把我解开。”萧湛不耐烦地开口。

苏影这才发现他的双手被领带绑着，衣衫不整，她想，她来得真不是时候。

她边给他解绑，边试图缓解尴尬："其实你没必要让莱小姐走。"

萧湛瞪她一眼："扶我去浴缸。"苏影照做，他又说，"花洒调到冷水往我身上冲。"

苏影皱眉："会感冒的。"

"叫你做就做。"萧湛全身燥热。

苏影调到最小压力，萧湛吼了一声："开到最大！"

虽然初秋气温不低，但冷水冲在身上还是刺骨。苏影突然有点儿内疚，心里想着就说出来了："对不起。"

萧湛闭着眼睛："为什么跟我说对不起。"

"莱小姐好像误会了，下次有机会我跟她解释清楚。"

萧湛靠着浴缸烦躁地吼了句："出去！"

苏影："设计图还给我，我马上走。"

他闭上眼睛："我今天没心情，滚出去。"

苏影也有脾气，嘭一声关门，夜都寂静了。

萧湛闭着眼睛，后脑一下一下磕着浴缸。莱雪莉来给他送解酒茶，他平时很小心，这次却大意了。因为，苏影的设计图放在他手上一文不值，可只要莱雪莉夸一句，废品也能变成潮流。

第三章
一直是她

苏影其实没有太多置气的时间，萧湛的单子她们收了定金就要按时交货，她还没有那么硬的腰杆把定金甩回他脸上说老娘不干了。

工作室的同事加班加点赶工，双倍酬劳就得付出双倍代价，从无例外。其他人还能回去休息一下，苏影已经熬了两个通宵，脸都尖了。

韩琳到下班的点儿直接拉闸，苏影没看准，指尖扎破了血珠直往外渗，皱眉抬头："跳闸了吗？"

"没有跳闸，是我关的，都下班休息。"

其他人起身活动手脚，开始收拾东西。

苏影冲干净指尖的血，继续坐回绣架前，道："等她们走了，你把闸拉上。"

韩琳睁大眼睛看她："你疯了，连续熬了三个晚上！没见报纸上天天登着熬夜劳累猝死的新闻吗？"

苏影笑着伸个懒腰："别闹，我今晚一个人就能把这件绣完，大伙也能轻松点。"

"你……"韩琳还要劝她。

下班的同事去而复返，苏影起身，问：“付姐、袁姐，有事吗？”

付姐瘦高个儿，比苏影大不了几岁，很不好意地搓着手。袁姐脸圆乎乎的，年近四十。两个都是工作室的老人，从苏妈妈在时就是学徒。袁姐是个直爽性子，道：“她不好意思开口，我来当这个恶人。”

苏影感觉有事儿，让座，让韩琳倒水。

袁姐把面前的水杯一推：“我们都是实诚人，就不拐弯抹角，我们打算做完这个单子就不做了。”

苏影恭敬地把水杯端过去：“家里有什么困难？”

“现在工作室这么不景气，十天半个月都接不到一个单子，我们都是拖家带口的，实在耗不起。”袁姐大吐苦水。话一说开，付姐也开口了：“你说现在，有名气的大家绣出来那叫‘作品’，人人抢破了头收藏。我们这种小作坊做出来的叫‘货品’，还要被人挑三拣四。我们没别的技术只会刺绣，年纪再大一点眼神不好就没用了，真的不想再浪费时间。”

“你们……”韩琳一开口就要吵架，苏影赶紧按住她，对着两个大姐笑道：“你们说的，我都能理解，如果你们有好的去处，我也替你们高兴。”

没想到她会这样说，两人脸上都有点不好意思。

袁姐接过话：“其实我们也是没办法，既然你肯让我们走，那我们做的设计图能不能还给我们。”

韩琳忍不了了：“敢情真找着下家了，怕是连价钱都谈好了吧。”

“那本来就是我们的东西。”两人异口同声道。

韩琳冷哼一声：“你们的东西？那设计图是一个系列，中间缺了两块还怎么推出。要是有心人拿着你们这两张设计衍生出另一个系列比我们早公布，我们原创也成抄袭了，你们到底存的什么心思？”

“是不是有人高价买你们的设计图，还承诺你们更好的去处？”苏影一语道破。

两人脸色一变，不用回答都知道了。

“姚岚？”苏影问。

两人不作声。

苏影还是和颜悦色：“如果是姚岚，你们最好不要相信，她的目的只是为了整垮我的工作室，不会真心为你们谋出路。”

“不是。”付姐慢慢低下头，“是……秦先生。”

“秦业明那种渣男你们也信！”韩琳气得拍案而起。

苏影沉默，缓缓地站起来：“设计图我会还给你们，但你们得容我些时间。”她说完就上楼，很累，身心疲惫。

韩琳还指望那两人能回头，谁知两人什么也没说，默默地走了。

苏影谁也不怪，怪只怪自己太天真。

女人在失落的时候，购物和吃东西是最好的发泄方式，苏影一口生菜包牛肉吃得太急，噎到了。

“怎么了，怎么了，噎着了？”韩琳就觉得这样的吃法，不噎着才怪。

“水，水，水……”苏影拍着胸口，韩琳赶紧倒水替她顺背：“别吃了，吃这么多胃会受不了。”

苏影灌了一口水，终于把那口牛肉咽下去，又夹起一块：“我要多吃东西增强抵抗力。”

韩琳把碗盘全部推开：“就为了一个渣男值得吗？”

苏影不作声，喝一口冰雪碧，刺激的味道呛得她眼泪流出来：“谁说我是为了秦业明。”

“不是吗？姚岚逼得我们走投无路的时候你哭过吗？”韩琳一下就刺破她的“毒瘤”。

苏影被呛得眼泪越来越多怎么也止不住，韩琳抱一抱她：“苏苏，你还爱秦业明吗？”

还爱秦业明吗？苏影靠在韩琳肩上摇头。

韩琳拍拍她："天无绝人之路，我们总有办法渡过难关。我觉得那个萧先生不错，看他的样子应该有很多人脉，我们要不要……"

"你想都不要想！"苏影一下就变了脸，厉声告诫韩琳，"这单做完，不要再有下次，不管他提出多丰厚的条件都不要。"

韩琳眨眨眼，她头一次见苏影发这样大的脾气。

"为什么？"

"你听我的就好。"苏影没法跟她解释。

"可我还是觉得他人很好。"

提起萧湛，苏影的胃好像都疼起来了，难怪老有人说"气得我胃疼"。她动一动，好像更疼了。韩琳见她脸色一点一点白起来："苏苏你怎么了，别吓我，撑死可太冤了。"

"我可能……真撑着了。"苏影躬着身子越来越痛。

120及时赶到，经检查苏影是急性胃扩张，两天都在赶活，吃饭也是随便应付两口，突然一下吃这么多不出问题才怪，幸亏送治及时，虚惊一场。

"我说你今天要真交代了可太不值了，为了一个渣男撑死，啧啧。"苏影度过危险，韩琳也松了口气，终于有心情打趣她。

苏影一拉满是消毒水味的被子蒙住脸，道："这一页，咱们能翻过去吗？"

"哼，姚岚要是知道这事牙都要笑掉，你傻不傻啊。"

苏影拉下被子："傻傻傻，难怪我一直被当傻瓜。"

韩琳也不数落她了："感觉怎么样？要不要出去走走活动一下。"

苏影下床："走走吧，这会儿胃还是有点胀胀的。"

韩琳扶着她，西沉的太阳陷在钢筋水泥的森林里，像是雷阵雨要来的前兆。

"等会儿你给我去办出院手续，晚一点可能要下雨。"

"你就乖乖在这里住一晚，回去你能睡好觉吗，死里逃生啊。"

苏影皱着眉笑："有那么夸张吗？"

韩琳受不了她："你就安心在这住一晚，工作室今晚开夜班。先说明，不是我要求的，是她们自愿的，付姐和袁姐也主动要求加班。"

苏影垂一垂眸，没说话。

"还难受啊？"韩琳真觉得为秦业明这种人难过不值得。

苏影摇摇头："你记一下，加班费另算给她们。"

"你还是好好担心一下你自己吧。"韩琳一摸兜，手机落病房了，"我去拿手机，你在这儿等我。"

"嗯。"苏影捂着胃，想找个位置坐一坐。

"苏影？"远远地听着有人喊她。她扭头看过去，男人背着霞光倒拎着一束鸢尾，走近。

苏影有点惊讶："陆深？"

陆深乐了："还记得我啊。"

那样疯狂的经历能不记得吗！

苏影干笑两声，看一眼他手里的花，问："你来探望朋友？"

"嗯。"陆深轻哼了声，笑起来的眼睛尤为迷人。

"你不舒服萧湛没陪着？"他这一问，苏影就很尴尬了："他要陪也该陪着莱小姐，我和他只是雇佣关系。"

陆深皱眉："你误会了，莱雪莉顶多是个见面点头的朋友。"

都那样了还只是"见面点头的朋友"？

苏影笑一笑，道："这没什么好误会的，萧先生要交什么样的朋友本就跟我没关系。"

她越这样说，陆深越觉得她这是吃醋了。

"这个萧湛，改天我得说说他，让他好好跟你解释清楚。"

"我们真不是……"

陆深收了玩笑，表情极认真，说道："我知道萧湛心里有个女人，放了很多年。"

苏影张张嘴，这误会有点大。

“你可能真的误会了……”

陆深挑眉：“不管是不是误会，我该走了，再见。”

苏影愣在原地半天：“再见。”不对，不是这句，应该是，“你真的误会了，我跟萧湛什么关系也没有”。然而陆深早进了VIP住院部。

“刚才跟谁说话呢？”韩琳走近她都没注意到。

苏影回过神，摇摇头：“没什么，问路的。”

苏影叹了口气，为什么所有人都觉得她跟萧湛有关系呢。

丽宫酒庄今晚歇业，萧湛说话算话，清场为莱雪莉接风。莱雪莉带了一群圈内的男模，场面很火爆。

萧湛静坐一旁，早已看尽这种靡废的狂欢。他的洁癖近乎变态，不是所有男人都是下半身思考的动物。

莱雪莉跌跌撞撞走过来：“怎么不过去喝酒？不高兴吗？”

萧湛没什么表情：“你高兴就好。”

莱雪莉迷离地靠着他的肩头：“萧湛，我们认识多久了？四年，我爱了你整整四年，你怎么就对我无动于衷。”

四年前，莱雪莉还什么都不是。

那时，她只是一个落魄贫穷的打工妹，因为少女时代的她在笔记本里摘抄村上春树的一段话改变了命运。

萧湛供她出国留学，而她削尖了脑袋往时尚圈爬，不管利用多少个男人，她的心里永远只有萧湛一个。她固执地认为萧湛对她是有感情的，不然他为什么要帮那么平凡的她。

萧湛喝一口酒：“我们认识了四年，我曾经帮过你，现在，我们来谈个交易怎么样？”

莱雪莉靠着他的肩头笑了：“什么交易我都答应，但是你知道我最想要你。”

萧湛目沉如水：“你的时尚杂志想进入内地，我投资，负责给你打通人脉，你只用帮我捧红一个人就行。”

莱雪莉脸上的笑僵住，缓缓坐直身子：“苏影？”

萧湛没有回答，表情已经给了她答案。

莱雪莉定定地看着他：“为什么是她？”

萧湛手边的手机振动起来，点开，陆深发来的消息：“你的心肝宝贝都住院了，你在干什么呢？”

他攥紧手机起身，道：“一直是她。”

半夜的阵雨并没有扰人好梦，雨滴在枝叶间追逐，萧湛路过医院梧桐树的时候，大片雨水落在他肩头，他甚至没有停下来拍一拍。

护士带他去苏影的病房，她睡得沉，前几天睡眠严重不足，这会儿真是雷打不动。萧湛没有开灯，雨后的月光特别亮，照得窗外树叶上的水滴银光点点。

苏影脸贴着枕头侧卧，萧湛在病床边坐下，静静地。十年，这样的情景他在梦里有过。年少的执着已经在不知不觉中沉淀成执念，默默地不肯放弃，也不肯改变。

床头柜上搁的苹果只咬了一口，旁边放着水果刀。萧湛皱着眉笑一笑，还挺挑，不削皮不吃。他拿起苹果，刀子朝自己怀里的方向，苹果皮顺溜地一圈又一圈掉下来，宽度厚薄一模一样，都说能为女人削一个漂亮苹果的男人一定值得嫁。

苏影哼一声，大概是胃又难受起来，捂着胃，弓起身子。萧湛伸手进去替她揉，她身子一缩，迷迷糊糊地说：“好冰。”

他趁夜而来，走得急，只着一件衬衫，又被雨水淋湿半边肩头，当然冰了。他搓一搓手，直到手掌火热起来才又伸过去贴在她胃上揉。

她大概感觉到舒服，弓起的身子缓缓放松下来。

她睡得不安稳，眉心拧着。

“救命……”她突然喊一声，“救命……秦业明……秦业明……”她拼命抓住萧湛的手。

萧湛没动，月光和灰衬衫交融，整个人看上去比月光还冷。

不知道她做了什么梦，梦里一定很危险，她在危险时第一个想到的是秦业明。

苏影结结实实睡了一觉，早晨醒来时神清气爽，连昨晚做的梦都忘记了。

护士早上来查房，笑眯眯地道：“你男朋友可真细心，叮嘱我苹果一定要切成小块给你吃。”

“男朋友？”苏影一脸迷茫。

“是啊，昨晚那么大雨还赶过来，超级紧张你。”

“昨晚？”苏影昨晚睡得太沉，真不知道有人来看她，问护士，“他叫什么？”

护士才要张嘴，韩琳推门进来，问：“今天感觉怎么样？我妈一早就煲了粥让我送来。”

苏影笑道：“我很好，替我谢谢干妈。”

韩琳拿碗倒粥，小护士收拾完就出去了。

“医生怎么说？”韩琳递粥给苏影。

苏影接过粥：“没事了。”吃一口，“好滑。”

“韩妈靓粥，出了名的糯香滑。”韩琳替她掖掖被子，“昨晚的阵雨好大，睡得好吗？”

苏影想起刚才护士的话：“你知不知道，昨晚谁来过？”

韩琳眨眨眼睛：“谁来过？”

她这么问肯定是不知道了，苏影皱眉，韩琳追问：“谁啊？”

苏影摇摇头：“可能是工作室的人，我睡着了没吵醒我。”她低头喝粥，若有所思。

“哦。”韩琳陪苏影喝粥的工夫无聊地刷起微博，“是不是我的眼花了！”

苏影回过神：“怎么了？”

韩琳把手机伸给她看：“你帮我数数微博粉丝这是几位数。”

苏影说她大惊小怪，她一数：“个、十、百……十万！”这个数字太惊人了，要知道她们的微博粉丝两千都不到。

“这是工作室的微博吗，你是不是不小心点进别人的微博了？”

韩琳当着她的面退出重新登录，登了三遍。

“没错，这就是我们的微博——苏有清影。”

“你买了粉丝？”苏影问她。

韩琳摇头：“我还没发动网络营销呢，买什么水军。看看，粉丝还在不停地上涨，我的天啊！”

“快点进去看看。”苏影粥也不喝了。

“我的天啊，提到我们的居然是‘时尚大V’，上千万粉丝啊。”韩琳的眼睛瞪得像铜铃，“这些微博号转发的不是我们新一期的设计图吗？”她看苏影，“你哪儿的人脉联系上这种营销号？”

苏影也蒙了，那图不是在萧湛手上吗，这是什么情况？

“看看看，时尚女魔头发长微博点名你。”韩琳放大图片。

“大家都叫我时尚女魔头，其实我没有预知未来的能力，只是比常人多了一点点敏锐。大家都问我未来新一季的潮流是什么，我不敢放大话说一定会流行什么，就我自己的见解，新一季潮流将会是复古和奢侈的碰撞。说到复古，刺绣是折服世界的中国瑰宝。近来偶然从朋友那里得到一组刺绣设计图，实在惊艳了我，设计将刺绣文化运用于服装上，明暗协调，虚实结合，色彩的完美搭配缔造出唯美、含蓄、优雅的东方文化。这位设计师叫苏影，我相信，她的设计将会引领未来十年的复古风潮。”

这篇微博夸得苏影脸都红了，要不是微博上公布的那组设计图，苏影真以为是另一个同名同姓的人。

韩琳蓦地站起来：“我们要红了，我们要红了。”她一把抱住苏影的肩膀，“苏苏，我们要红了！”然后跑到窗边大叫。

苏影捂住耳朵：“别叫了，护士马上该来给我换到四楼病房了。”

“四楼病房是什么？”韩琳转头问。

“精神科。”

韩琳：“我高兴啊，太兴奋了。你不让我叫出来，我会憋死的！”

苏影总觉着这事儿太蹊跷，什么情况还搞不清楚，兴奋得太早了。她的手机突然响起来，苏影看一眼是组陌生数字：“喂？”

“你好，苏小姐，我是雪莉的助理，叫艾达，这是我的电话号码，你记一下。”女人的声音很公式化，没什么起伏。

“莱雪莉？”苏影还是蒙的。

“对，我打电话过来是想跟苏小姐说一声，我们会给苏小姐安排一次独家专访，请苏小姐安排一下时间。苏小姐，你在听吗？”

“我知道了。”好半天苏影才找回思绪。

挂断电话，韩琳着急地问她：“莱雪莉？你刚才说的是莱雪莉吗？她给你打电话？你怎么认识她的？”韩琳兴奋得语无伦次。

“不是她给我打电话。”苏影想了想还是决定告诉韩琳，“是莱雪莉的助理。”

“啊！莱雪莉的助理给你打电话，那可是莱雪莉，时尚女魔头！”

“这件事要从那晚我去丽宫酒庄签合同说起，客户是假的，萧湛救了我，设计图也就落在他那里了。”她没有提欠债的事，她自己都不知道欠萧湛什么债。苏影继续说，“莱雪莉其实是萧湛的朋友，我也只跟她见过一面。”

“所以说是萧湛在帮我们，他真是好人啊。”韩琳弯着眼睛望着苏影，“你还说他对你没意思。”

苏影也不知道这是福还是祸："这件事，我会找萧湛问清楚。"

"还找什么时间，现在就去。"韩琳雷厉风行。

"我的粥还没喝完。"

"现在还喝什么粥啊。"

"我衣服还没换。"

"车上去换，我又不是没见过。"

韩琳一路开到丰颐园。

"怎么来他家？"苏影莫名紧张。

"这个点，酒庄的门都没开，当然要来他家。"韩琳降下车窗，保安一眼就看见苏影："苏小姐啊。"也难怪保安记得她，萧湛从来没带过女人回家，除了她。

顺利放行，保安还热情地提醒苏影萧湛住在808。

韩琳调侃："苏小姐刷脸好使啊。"

苏影叹口气，不知该用什么表情面对萧湛。

两人站在门口按了半天门铃，没反应。

"会不会不在家？"苏影才刚说完，门开了，萧湛围着半截浴巾出现在门口，刚洗完澡，头发还有袅袅热气，胸肌上流连的水珠挂不住，往下一滑没入深刻的人鱼线。

韩琳下意识捂住鼻子。

苏影脸一阵红。

萧湛皱一皱眉，能找到他家里的除了陆深就只有古成，所以他围了条浴巾就从浴室出来开门。

十分钟，萧湛衣冠楚楚地从楼上下来。

韩琳怪不好意思，苏影面色淡淡的。

韩琳跟谁都是自来熟，笑眯眯地开口："我们突然冲过来，萧先生一定吓着了吧。"

萧湛倒了杯纯净水，喝一口："你们找我有事？"

“我们就是来表示一下感谢，谢谢萧先生对我们工作室的再造之恩。”韩琳给他的高帽都快戳破天了。

萧湛淡淡地看一眼一直默不作声的苏影：“苏小姐的表情好像没那么感激我。”一点客套谦虚都没有，在苏影看来他就是一副施舍态度。

苏影实在想不出萧湛的目的是什么：“谢谢萧先生，不如请萧先生明说，这样帮我们希望得到什么回报。”

萧湛笑：“我投资你，当然是为了连本带利讨回来。”

连本带利，苏影连什么时候欠的债、到底欠他什么都不知道：“那我得提醒萧先生，投资需谨慎，可能血本无归。”

“呸呸呸，我们要大红，双赢！”韩琳赶紧打圆场。

“莱雪莉人虽然傲，工作很专业，你配合就好。”萧湛提点苏影。

苏影起身，已经走到这一步，她早就没了退路：“既然萧先生这么高看我们小工作室，我们也不会把财神往门外推，各取所需，合作愉快。”

萧湛手指弹一下水晶杯，笑容愉悦：“各取所需。”

直播专访，莱雪莉亲自盯场，服装化妆都是她替苏影挑的，专业、敬业。

不得不说莱雪莉的眼光极好，双面绣旗袍，简洁大方的发饰，什么珠宝都不要，极朴素也极雅致。

苏影摸着那旗袍看了许久，设计针工都了不得，惊叹之余觉得自己是井底之蛙。

莱雪莉甩一篇稿子给苏影：“你等会儿照着这个对答就行。”

苏影看了一遍：“莱小姐，这稿子写错了，我身上这件衣服根本就不是我的作品。”

“放心，这件作品的设计师是我一个很好的朋友，这衣服从来没面过世，没人会知道。”

“对不起，莱小姐，睁着眼睛说瞎话我不会。何况把别人的作品当成自己的，这不但是对原创设计师的侮辱，也是对我的羞辱。”

莱雪莉终于拿正眼看她：“苏小姐，我希望你明白成败看结果。你成功了，话可以随便由你说；你要是失败了，你再有才也没人多听你说一句。”

苏影笑一笑：“我也是俗人，希望成功，希望万众瞩目，但在那之前我得做到问心无愧。拿别人的作品获得成功，那跟‘偷’有什么两样？”

莱雪莉觉得自己简直是在跟一个老古董对话，她莱雪莉说一句要捧谁，谁不是哈巴狗似的哄着她、配合她，还真拿骨气当饭吃了。

“苏小姐，成功的人才配谈骨气。”

苏影将稿子还给她：“抱歉，看样子我和莱小姐的理念不太合，勉强迁就大家都不愉快。我不能录这样的采访，谢谢你。”

从来没有人敢这样拒绝莱雪莉，她很恼火，但却拿苏影一点办法也没有。莱雪莉压压手掌，说：“好，稿子里那段话去掉，你不用说这是你的作品。”

“我要穿我自己绣的作品。”苏影要求。

“行，你想怎么样就怎么样。”莱雪莉已经完全没了脾气。

旁边的一众工作人员看苏影的眼神都是痛快的，要知道时尚女魔头莱雪莉是出了名的脾气臭、难伺候，他们大多敢怒不敢言。

直播出奇地顺利，苏影镜头感好，气质好，哪个镜头都美。

秦业明的手机响过两遍，来电显示是莱雪莉，他懒得接。第三遍，秦业明皱眉，不耐烦地伸手按下接通：“什么事？”

“秦大总裁终于肯赏脸了。”莱雪莉的声音有些戏谑。

“设计的事我不懂，你和姚岚商量。”秦业明有点不耐烦。

“我今天致电给秦总是来谈生意的。”莱雪莉开门见山。

秦业明靠上椅背："谈生意？"

"我们准备开一档真人秀节目，以时尚为主题，当红明星加设计师七十二小时全方位跟拍制衣，T台秀演绎超时尚大片，现场竞价。秦总有兴趣玩玩吗？"

"时尚的事我不懂。"秦业明一口回绝。

莱雪莉故意道："哦，这样啊。也是，秦总的前女友是我们内定的冠军，秦总难免会觉得尴尬。"

秦业明皱眉："内定冠军，谁内定的？"

莱雪莉笑了："萧湛是我们这档节目最大的投资人，他要捧苏影，苏影就是冠军。"

"萧湛？"秦业明脑中浮现苏影和萧湛在一起的情景，胸口觉得堵得慌，"她和萧湛是什么关系？"

"秦总不知道？"莱雪莉反问。

沉默片刻，秦业明说："你们的企划案，发一份给我的助理，我会看看。"

"那就等秦总的好消息了。"莱雪莉完全是志在必得。

被内定成冠军的当事人却浑然不知有这回事，虽然直播效应加上莱雪莉的影响力，苏影的工作室和传统刺绣终于有了一点关注度，但离接订单接到手软还差得远。

苏影做完萧湛给的订单，下一个订单还不知在哪里。

紧赶慢赶，苏影抢在萧湛限定日期当天交货，幸好派对是晚上。酒庄全部清场，闲杂人等一律不许进，苏影还是由古成带着从后门直接到更衣室。

漂亮姑娘站了满屋，花枝招展，像剧组上镜面试似的。

古成站在门口，着急地看一眼表，对苏影说："时间快来不及了，您帮帮忙把衣服分一分，不然里头得抢破头，我还得去前头招呼。"

"行。"苏影觉得不好意思。

“那个谁，我这件腰有点松，你拿个别针来帮我收一下。”

“还有我这件，这叉也开得太低了，我的大长腿都展现不出来。”

“喂，叫你呢，有没有厚一点的胸垫？”

还真把苏影当跑腿小妹了，苏影也不解释，替她们收腰、开叉、垫胸，把她们当成即将要上台展示她作品的模特。

她一直有个米兰梦，梦想有一天能带着妈妈的刺绣站到闪闪发光的T台上。

苏影把姑娘们一个一个打扮漂亮送出去，古成看上去挺忙的，她就没去和他打招呼，从更衣室绕到后门。

那么巧，莱雪莉从洗手间补完妆出来：“苏影？”

苏影回头，客套地笑一笑：“莱小姐。”

莱雪莉朝她走过来：“派对刚开始怎么就要走？合同收到了吗？”

“什么合同？”苏影一头雾水。

莱雪莉：“你还没见到萧湛？”

“我不是来……”苏影要解释，莱雪莉已经拉住她，“边走边说，正好有个小忙需要你帮。”根本不由分说，苏影被带回更衣室。

萧湛亲力安排的派对可不是谁都有机会开眼，麻将用的是古董级民国骨牌，桌面已经换成老式油灯装点，留声机、老唱片、老上海月历牌广告，姑娘全都梳成月历女郎那样的复古手推波纹发型，搭配或艳丽或庄重的旗袍，风情万种。

萧湛为了配合这气氛，特地穿了一套西装，颇有点老派上海绅士的味道，气质俊朗，风度翩翩，但不抢风头。

今晚的主角乔少这会儿被美女环绕，倒像是进了盘丝洞的唐僧，还得萧湛去替他解围。

“乔少今晚在酒庄里藏了一个惊喜，谁找到就是谁的。”萧湛这话一出姑娘们简直一哄而散。

“谁都别跟我抢！”

乔楚南朝萧湛举一举杯："还是你了解这些女人。"

萧湛笑着过去坐下，问："乔少看上去不太高兴，对今天的派对不满意？"

乔楚南叹息道："萧总亲自替我安排还能不满意吗，就是缺个合意的。"

"你带了那么些美女还不够？"

"你觉得她们有一个是真心来给我过生日的吗？"

萧湛碰一碰他的酒杯："真心，伤身。"

乔楚南闷闷地喝口酒，猛一抬头："萧总，你不够意思啊，藏着人尖儿不让我知道。"

萧湛还疑惑他藏谁了，顺着乔楚南的目光看过去，姑娘推着蛋糕车，一身黑色蕾丝旗袍，腰间镂空，隐隐露出一节白皙的肌肤，单边斜叉一直开到大腿，走动起来纤秀的长腿白得晃眼，萧湛差一点没认出苏影。

乔楚南兴奋起来，跃跃欲试，要开始猎艳。萧湛已经脱下外套："别想了，那是你嫂子！"一句话，让乔楚南石化在原地。

苏影终于在嘈杂的人群中看见萧湛，莱雪莉告诉她，和萧湛坐在一起的就是今晚的寿星，只要把蛋糕送过去就行。莱雪莉说有个姑娘不舒服，萧湛一时找不到人，让她临时帮帮忙。苏影不好拒绝，只是送送蛋糕的事。

可是，为什么萧湛怒气冲冲朝她走过来。

"你为什么在这里？"萧湛的脸色阴阴沉沉。

"不是你让我……"苏影才张嘴，萧湛已经用西装把她裹得严严实实，手臂一箍，苏影已经被他卷走。

"你干什么！"大庭广众，苏影有点恼，而且莱雪莉在啊，他不怕被女朋友看见吗。

"萧湛，放开我！"苏影推他，在他怀里挣扎。萧湛一抬手就把人给扛肩上，“闭嘴！”他很生气。

苏影被他的肩骨顶着，胃很难受，挣扎的力气也弱了：“萧湛，你……你放我下来，我……胃，胃，难受。”

萧湛一直把人扛到地下车库，拉开车门就将她压到座位上：“谁让你穿成这样！”车库灯光很暗，从车窗漏进一缕映进萧湛眼底，像跳跃的火光。

苏影既气恼又委屈害怕，偏偏身体动弹不得分毫：“不是你让我穿成这样的吗？”后半句声调低下去。

“你什么时候变得这么听话了？”萧湛的声音听上去更生气了，苏影看见他起伏的胸膛。男女力量悬殊，他真要对她做什么，她是一点办法也没有的。

苏影索性就豁出去了，仰面盯着他：“我以为萧先生就算不是君子，至少也不会做强迫这样低级的事。”

萧湛倒气笑了，拨一拨她脸颊上被夜风吹散的头发：“那是你还不了解我，想试试吗？”低沉的声音震得苏影心惊肉跳。

莱雪莉的电话来得刚刚好，夹在两人中间的手机震得身体一阵阵发麻。萧湛皱眉，移开身子，苏影终于找到机会金蝉脱壳，从另一边车门脱身，头也不回，落荒而逃。

萧湛倒不急着接电话，靠着车门，点一根烟，吐出胸口的浊气，单手掸掸烟灰，电话还没断。

“喂。”

“你就那样把人带走，乔少很不开心呢。”莱雪莉有恃无恐的声音传过来。

“雪莉，你知道我最讨厌公私不分的人。”萧湛的声音满满警告。

莱雪莉在电话里一笑：“你也可以不跟我合作，只是我才把苏影的热度炒起来，我可是专门为她开了一档真人秀捧她，现在放弃是不是太可惜了？”

萧湛什么也没说，挂掉电话，被人窥见软肋的感觉很不好，他认了。

苏影下出租车后还惊魂未定，走过无数遍的巷子突然觉得好黑，她今晚是真被萧湛吓着了。

“苏影。”有人在黑暗里喊一声，她真的吓得心脏差点跳停。

秦业明从黑暗中走出来，他走到路灯下。路灯的光很暗，苏影和他对视，他眸子里满是等待的焦躁。他从不肯等她，为数不多的携手同行都是她从满怀希望等到失望，最后他一通电话说忙就挂断。那些年，感觉青春都在等待中枯萎。

幸好，她还没有老；幸好，她还有勇气重新开始新的人生。

“去哪里了？”秦业明的嗓子像是受了凉，有点儿嘶哑。

苏影定定神，腰挺得很直：“有事吗？”不冷不热。

“我问你去哪里了。”他从来都是这样高高在上的姿态，她得趴在地上仰望他。

苏影好笑，他们都分手了，他都要结婚了，凭什么这样质问她。

“以前，你出去玩的时候我从来没问过你去哪里。”

秦业明像是被她呛到，走近她。苏影也不躲。

刀枪不入，只隔着一个爱与不爱的距离。

“你知道萧湛是什么背景，了解他是什么样的人，知道他有什么样的过去吗？你什么都不知道就敢跟他打交道。”

苏影冷笑：“你是我什么人，凭什么管我跟什么人打交道。”

秦业明烦躁起来：“那块地皮我一定要，固执对你没好处。”

“那我也告诉你，那里的一砖一瓦，一草一木都是我妈妈生前最珍视的，我绝对不允许任何人毁掉，不惜一切代价！”

秦业明学着她冷笑：“不惜一切代价，就是傍上萧湛？”

“你不是亲眼看见了吗？”

“苏影！”秦业明抓住她的手臂，抓得她发疼。

苏影也不躲，冷漠地看着他：“要我给姚岚打电话吗？告诉她，你在这里跟我拉拉扯扯。”

秦业明整个手臂都僵硬了，他一点一点松开手，无力地垂下去。

苏影觉得可笑，可是笑不出来，只有无尽的悲凉。因为这个男人，她的尊严一次又一次被践踏，因为这个男人，最终她一无所有。

“别再来这里，下次，别怪我不客气。”苏影绕开秦业明。

秦业明没有追，只是定在原地，路灯将他的影子拖得很长，扭曲而孤寂。

第四章
金屋藏娇

莱雪莉光临“苏有清影”，排场十足，随从先行开道。

莱雪莉摘了墨镜，扫一眼四周，道：“你们就住这种地方？”

苏影今天状态不好，表面的客套都懒得顾全：“莱小姐有事吗？”

莱雪莉倒不介意：“苏小姐看上去昨晚没睡好。”

“昨晚是怎么回事，莱小姐心里清楚。”苏影不傻，昨晚自己应该是被莱雪莉算计了。

莱雪莉不否认也不承认：“这里有一份合同，你签上名字就行。”助理递上合同。

《女神新衣》比赛合约书，苏影没接：“这是什么？”

“真人秀比赛，萧湛是最大的投资人，所以他有权力内定你胜出夺冠。”莱雪莉直接说重点。

苏影有点错愕，虽然说了合作，她以为萧湛只是玩玩，没想到会这么大手笔。

莱雪莉走近一步，盯住她：“你和萧湛是怎么认识的？”

昨晚她故意把苏影送到乔楚南面前，为了试探萧湛。萧湛在意的人不多，这个女人却在他心尖上。

苏影的记忆只能追溯到萧湛把她从洪宗明手里救出来的那一天，并不美好的初见。

苏影正色抬头道：“莱小姐，我不喜欢公私不分，你今天是来跟我谈公事，还是私事？”

莱雪莉从这一刻起才真正正眼看她，弯唇笑一笑：“当然是公事。”

苏影接了合同：“合同看完我会给你的助理打电话，莱小姐也挺忙的，我就不耽误你了，不送。”她脾气好，不代表好欺负。

莱雪莉耸耸肩：“行，我等你电话。”

出了门，助理愤愤不平：“她跩什么，还不是靠男人上位。要不是因为萧先生，她给你提鞋都不配。”

“艾达！”莱雪莉突然止步，回头那一眼如刀锋寒利，“靠男人上位也是要本事的，你行吗？”

助理吓得后背一凉，自知失言，低头闭嘴。

莱雪莉在圈里这么多年就是靠一个一个男人上位，这还不算，最扎心的是，给她提鞋都不配的一个女人却拥有她莱雪莉这辈子都触不可及的人。

接到莱雪莉电话的时候萧湛正在试新酒，摇一摇酒杯内壁留下的条条酒痕，抿一口，让酒布满口腔四周，从舌背舌尖延伸到喉头底部，品味余韵。

“怎么样？”古成捧着酒瓶问。

萧湛摇摇头。

“不行？”

萧湛搁下杯子：“尝不出来。”

“啊？”古成一脸惊讶，“哥，你是不是哪里不舒服？”

品酒，萧湛可是行家，那酒只要过一过萧湛的舌头，年份、产地，连几月的葡萄都能说出来。

萧湛看上去有点儿烦躁："你先拿下去吧。"

古成还想问，萧湛的电话响了。萧湛看一眼接起来："喂。"古成默默退出去。

莱雪莉说："合同我亲自送过去了。"

"知道了。"

莱雪莉抢在他挂电话的前两秒说了句："她看上去不太愿意接受你的好意呢。"

"那不是你该管的事。"萧湛挂断电话，点根烟，吸得太猛，呛到了，他狠狠摁灭烟。伸手按了个内线："古成，韩琳的号码发给我。"

苏影盯着那份合约整整两个小时，一动不动。

进一步天堂，退后是深渊，看上去很容易选，可是天堂和深渊只隔一线，她现在就是走钢丝的人。

"在看什么，这么出神？"韩琳不知是什么时候进来的，苏影想收合同都来不及。

"真人秀合约？"韩琳没有想象中的激动，倒让苏影有点儿意外。

"嗯……我正想跟你商量。"苏影定定神，工作室也有韩琳的一份，她有权知道。

"你是怎么想的？"韩琳很平静地问她。

她这么平静，苏影还不习惯，都不像她了："我觉得有点问题。"苏影试着冷静分析，"真人秀比赛会请当红明星、名牌设计师加盟，我想不出萧湛花这么多钱捧我们小工作室的理由。"

韩琳点点头："也许他是对非遗文化的热爱。"

苏影都忍不住笑了："你觉得他像吗？"

韩琳也笑："是不像。"

"所以，我觉得不该接受这样不明不白的帮助。当然了，你也是工作室的老板，我尊重你的意见。"

韩琳挑挑眉："既然你不太愿意，咱们就再想想，也不急着拒绝，反正还有时间。"

"也好。"苏影起身，"合同你先收起来，我去趟医院。"

"去看秦业明的爸爸啊？"韩琳一下变了脸色，"秦业明那样对你，你还照顾他爸的感受！"

"秦业明是秦业明，他爸是他爸。"秦业明的爸爸秦海身体不好，一直在医院疗养，最大的愿望就是看到她和秦业明结婚。他们俩闹到这一步，都没敢让老人知道。

说起秦海对苏影真是比对亲生儿子还要好。秦海之前放过话，可以没有秦业明这个儿子，苏影一定是秦家儿媳妇。

秦海打了几个电话让苏影今天一定要去医院，其实苏影不知道自己该以什么心情去面对。

苏影下了车在医院门口的仪容镜那里整了整衣服才上楼。

秦海看上去精神还好，就是人消瘦得厉害，病房除了护工还有秦家的律师。

"秦叔。"苏影站在门口，尽量笑得自然。

秦海笑着朝她招手："来了，坐。"

苏影挨着床边坐下："最近一直在忙，现在才来看您，您还好吗？"

"老样子，不好不坏。"秦海抬一抬手，"这位是周律师。"

苏影微笑着打招呼。

周律师也颔首："秦老今天叫我过来是关于遗嘱的事。"

"秦叔，您的身体没问题，不用这么早……"苏影宽慰他。

秦海摇摇头："我的身体我自己知道，有些事情不提早安排好，我不放心。首要一件，阿业一定要娶你才能继承我的遗产，我名下秦氏集团的股份给你一半。"

苏影措手不及，鼻子发酸："秦叔，我不用，我什么都不要。"

"小影。"秦海看着她，满眼慈爱，"我答应过你妈妈，要好好照顾你。”

苏影眼睛发红，低下头，很难过，比被秦业明背叛的时候难过一万倍。

“秦叔，其实，我……我和……”

“爸。”秦业明一身风尘出现在门口，领带都歪了。

秦海皱眉看着他：“你不是说忙，没时间来吗？”

秦业明只是看苏影，她别过脸，眨眨眼睛。

秦业明平缓呼吸：“我刚开完会，就赶过来了。”

秦海：“你来了也好，省得周律师再跑一趟。”

秦业明走近苏影：“什么事？”律师把遗嘱给他过目。秦业明一下变了脸色，“爸，你怎么能立这样的遗嘱。”

“我现在是在通知你，不是征求你的意见。”秦海作为大家长一向威严。

秦业明看苏影：“你也没意见？”

苏影脸色淡漠：“决定权在你手上，不是吗？”

是啊，是他瞒着不敢把姚岚的事告诉父亲，才造成现在这样作茧自缚的局面。

秦海看出两人有些不对：“小影，阿业要是欺负你，你一定要告诉秦叔，看秦叔怎么收拾他！”

苏影起身，保持微笑：“秦叔，说了这么半天话，您也累了，您休息，我下次再来看您。”

秦海也觉得有些累，点点头，瞪秦业明一眼，厉声道：“好好照顾小影。”

秦业明简直不敢相信那份遗嘱是真的，追着苏影出去。

“苏影，你跟我爸说了什么！”

苏影停一停，转身看他：“你可以再大点声，让秦叔听到。”

秦业明抿紧嘴唇，快步过去，压低声音：“我说过，固执对你没有好处，还会连累旁人。”

苏影瞪大眼睛看他：“你做了什么？”

秦业明面色阴沉：“你以为傍上萧湛就有了靠山，我告诉你，他现在自身难保。”

“萧总！”古成急急忙忙推开门，“酒庄接到实名举报，说我们高价出售假酒。”

萧湛摘下嘴上的烟：“实名举报，谁？”

“洪宗明。”

他话音刚落，警察已经进来了：“萧先生，在你的酒庄查出劣质假酒，需要你回警局协助调查。”

萧湛灭掉烟，微笑起身：“这一定有什么误会，我愿意配合。”

“萧总……”古成堵着门，萧湛笑一笑，伸手顺顺他的后脑勺：“没事。你出去告诉他们，酒庄歇业放假，什么时候开门等电话。”

“萧总！”古成还犟着不肯让，萧湛掐一掐他的后颈：“照我说的做，别让我担心，嗯？”

“嗯。”古成垂着头让开。

苏影有些坐立不安，桌上放着手机，想打给萧湛，又觉得太冒失，秦业明说的也不一定是真的。如果是真的呢？她心烦意乱，犹豫半天还是没打，她得找点事做分散注意力。

去劈线，绣线劈成不同根数所呈现的颜色和光泽是不一样的，线劈得越细绣出来的质感越好。大师一次可以劈四十六根，她的极限是四十根，可今天劈到十根就断了。

手机突然响起来吓她一惊，她手慌脚乱地接起来：“喂。”

“我是陆深，在你门口。”

苏影在脑子里搜索陆深这个名字，萧湛的朋友，她扔了线，起身去开门。

陆深举着手机站在门口，脸色青白：“萧湛进警察局了。”

苏影的反应有一点迟钝，张一张嘴："因为什么？"

"洪宗明实名举报，警察在酒庄搜出假酒，据我了解，洪宗明正在和秦业明谈合作。"

苏影手指攥紧："秦业明？"

"是因为你。"陆深这样直白让苏影手足无措，"我不是来兴师问罪的，秦家老爷子在哪家医院，你知道吧？"

苏影睁大眼睛："不行！秦叔的身体不好，他还不知道我和秦业明的事。"

陆深皱眉："别人家的闲事我不会多管，你只用把地址告诉我。"

"可是……"苏影左右为难。

"萧湛为了你可以不顾一切，你就这么心安理得？"看得出陆深隐忍着愤怒。

苏影咬紧牙，转身进屋，抽了支笔写下地址，回来交给陆深。

"秦叔身体不好，希望你……"

"我心里有数。"陆深接了地址就走。

"等等。"苏影突然叫住他，"我和萧湛……我到底欠他什么债？"

陆深站在原地，回过头："那得你自己去问他。"

苏影还想追问，陆深已经钻进车里。

当天晚上萧湛就从警局出来，可是丽宫酒庄却贴出无限期歇业的牌子。苏影很担心，不知道发生了什么事。萧湛的手机关机，古成的手机也打不通。

苏影闷了三天还是决定亲自去看一看萧湛，她直接去萧湛家里，开门的是古成。

"来了。"古成倒一点也不意外。

苏影感觉怪怪的，问他："萧湛呢？"

"走了。"古成敞开门自顾自回去沙发喝酒，茶几上都是烟头、空酒瓶。

“他去哪儿了？”

古成包一口酒咽下：“不知道。”

他这样，苏影也不好意再待下去：“那我先走了，他要是回来，你替我……”

“你现在去高铁站说不定能送送他，一个人浪迹天涯的感觉很惨的。”古成一脸苦相。

“很严重吗？他为什么要走？你们酒庄有事吗？”苏影内疚地问。

“你还是自己去问他吧。”

苏影什么也没再问扭头就走，拦出租车，去高铁站。

车站不大，但人群熙攘，苏影一圈一圈环顾，一个人头一个人头越过，她连萧湛的人影都找不到。手机打不通，这样找根本找不到人，苏影有点挫败又有点内疚，看样子他这次真的损失惨重，现在心灰意冷谁都不想见。她觉得至少跟他说声抱歉，虽然没什么用。

苏影叹口气，准备放弃离开。

“苏影。”突然有人喊她一声，人声嘈杂，听不太清，苏影回头，看见萧湛从匆忙的人群中走出来，一派闲适，哪有一点点落魄的模样。

苏影盯着他一步一步走近：“你什么时候看见我的？”

“从你进大厅。”萧湛在她面前站定。

“那你不早点喊我，看我横冲直撞乱找，你还不吭声。”

“你追男人就这么点诚意，三十分钟就放弃了。”

“谁追男人了！”

“你不是追我追到车站吗？”

“我……我那是……有话跟你说。”

高铁提示到站，萧湛拉起她的手就往站台去：“上车再说。”苏影推他：“我没票，进不去。”

萧湛不放手，道：“我给你买了，你的身份证都在我这儿。”

苏影惊恐：“我的身份证怎么会在你那里！”

“上车我再告诉你，你不是还有话跟我说吗？”

“可是我不能跟你上车。”苏影完全不由自主地跟着他走。

“话说完，你想在哪一站下都行。”萧湛这样说苏影就没辙了。

萧湛真有她的身份证和车票，商务座就他们俩，苏影坐他旁边觉得太荒唐了。萧湛刚坐下，手机就响了，是古成的电话。

“萧总，现在什么情况？”

“我们上车了。”

“萧总，我这回可是突破性演技，那种落魄的颓废感，简直了。”

“你话很多，回来给你颁个奖。”挂了电话。

苏影瞪他：“你和古成串通好的，骗我来车站。”

萧湛吹声口哨：“还不是傻妞。”

苏影气鼓鼓的：“我的身份证你怎么弄到的！”

萧湛：“刚刚才夸你。”

苏影脑子某个念头一闪：“是韩琳！古成有韩琳的电话。”高铁发动，苏影想下车都来不及，“你到底想干什么？”

萧湛靠近她：“你不是有话跟我说吗？”

“骗子！”苏影拒绝跟他道歉。

萧湛笑了：“我是骗财，还是骗色了？”

“你！”苏影气得背对他。

“秦业明和洪宗明的勾当，我都知道，只是，这种程度根本伤不到我。”萧湛缓缓说。

“那酒庄为什么无限期歇业，你为什么要走？”苏影还是背对他，半天听不到回答。她忍不住转过身，萧湛居然闭上眼睛在睡觉。

“喂，为什么？”

萧湛闭着眼睛说：“我现在要睡觉，不想说话。”

“喂！”苏影拿他没办法，又不想让他太得意，气呼呼起身，去他后面的座位，不要和他坐一起。

萧湛手机振动，他睁开眼睛看一眼：“你恐怕回不去。莱雪莉已经召开记者发布会，公布了参赛明星和设计师的名单，而你作为素人，现在一定有很多狗仔想挖你的第一手‘黑料’。”

苏影震惊起身：“你在说什么？”

萧湛给她看手机，微博上发出来的消息，苏影的名字赫然在列，还是搭配时下风头最劲的明星，噱头十足。

苏影握着手机一下失语：“这……我没有签合同啊。”

“工作室不是你一个人说了算。”

“韩琳签了？”

萧湛看着她：“这就是我带你出来的目的。”

“为了让韩琳签合约？”

“这是一方面，另一方面，莱雪莉之前发微博把你夸成那样，狗仔都想看看到底是怎样一个三头六臂的人。他们越是找不到你，好奇心就越重。等大家对你的好奇心发酵到最大程度，你再现身，不用炒已经自带话题流量。所以你得消失一周，让所有人都找不到你。”

苏影觉得头好痛，有种上了贼船的感觉：“那我们要去哪里？”

“怕我把你卖了？”

“你真要卖我，也不是现在，怎么也得等我有个好身价再说。”

萧湛挑眉笑着点头，闭目养神，不再说话。

苏影看了一眼窗外，已经远离城市，既来之则安之，以萧湛的身价还用卖她。

车内太过安静，萧湛睁开眼，苏影已经昏昏欲睡，他笑起来：“还真不怕卖了她。”

苏影感觉摇摇晃晃睡了好久，提示到站下车她才醒。

“到了吗？”

萧湛起身：“没有。但是我们得下车了。”

苏影醒醒神，跟着他下车：“我们到底要去哪儿？”

“到了不就知道了。”

出了车站有私家车接他们，萧湛不说话，苏影也不问，问了也没用。

车直接上高速，走了大概两个小时，一下高速，空气里就弥漫着甜腻的香味。车再走一会儿，就能看见窗外绿树成荫，繁盛枝叶间点缀着簇簇金色小花。

三秋桂子，十里荷花。荷花花事已了，桂当之无愧是花旦。

苏影降下车窗，甜香一拥而来：“好香。这是哪儿？”

萧湛眯着眼睛：“古成的老家。”

“好美。”

桂花树连绵蜿蜒，随着山峦起伏，是她见过最壮观的景象。车顶擦过路边桂花树，一场桂花雨纷纷扬扬，落几朵在车里，满车飘香。

“我们是要去古成家？这样去别人家里，会不会太冒昧？”

“你看古成的性子就知道他父母一定热情好客。”

青瓦白墙的平房依山傍水，房后的山坡又是一片桂花林，房子东侧有一条清澈见底的小溪流，苏影觉得自己误入了桃花源。

汽车引擎惊动了屋里的人，一对年过半百的老人从屋里迎了出来。古叔深陷的眼睛明亮有神，古婶的头发有点儿自然鬈，梳得很整齐，一见是萧湛激动得差点哭了，像是见到离家久别回来的儿子。

这里出入不便，司机把车留给了他们。

“这是古叔、古婶。”萧湛介绍。

古婶的眼睛一直在苏影身上，那眼神真像婆婆见到盼了多年的儿媳妇，脸上都快笑出一朵花来。

“终于带女朋友回来了，真好，真好。”

苏影尴尬地看萧湛，他一点儿也没有要解释的意思，就是因为他每次都这样，所以所有人都觉得他们有关系。

“姑娘，叫什么名字呀，多大啦？”古婶想拉苏影的手，又怕太热情吓着她。

“我叫苏影，古叔、古婶，你们好。”苏影跟着萧湛叫人。

“好好好，真好。”古婶一个劲夸她好，真是爱屋及乌。

“一路累了吧，快进屋休息会儿。”古叔将两人往屋里让。

苏影跟着萧湛进屋，一张八仙桌，两排椅子，两间房。

“我们可能要在这儿住几天。”萧湛直接说。

“那敢情好，就是盼你们多住些天。”古婶那个高兴，马上就张罗开，“老头子，你快去市集买菜，我拿被子出去晒晒，铺床。”古叔一切行动听指挥。

“我和古叔一起去。”萧湛拿车钥匙出去。

苏影一个人站在那里更不好意思，跟进客房：“古婶，我帮您。”

“不用，不用，你就好好坐着，我们这儿比不了城里，什么都没有，你可能不习惯。”从床单、被套、枕套全都换成新的，老人怕苏影住不惯，委屈了她。

萧湛和古叔天擦黑的时候回来，苏影在院子里帮古婶洗菜，井水溅到眼睛她眯着一只眼继续手上的动作。萧湛把袖子伸过去帮她擦干净，吓了她一跳。

“跟我进房间。”萧湛偏一偏头。

古叔赶紧接过苏影手上的菜篮：“这事怎么能让你做，去吧去吧。”

苏影无奈，只得跟萧湛进房间。萧湛扔了个袋子给她：“试试。”说完就出去了。

苏影打开袋子，从内衣到外衣，整套全新，洗漱用品从头到脚一应俱全。她走得急，什么东西都没带，还担心这几天要怎么过。

心里有小小的感动升腾，她不是不知好歹的人，别人对她好，她还是领情的。可是，他怎么知道她的内衣穿多大码。

苏影从房间出来，听见萧湛让古婶煮点八宝粥，不要太油腻的菜式，她胃不好。他怎么知道她胃不好。

萧湛一回头看见她，皱皱眉：“试过了？”

苏影红了耳朵：“嗯。”含糊应着，便去厨房帮忙。

吃过一顿舒爽的晚餐，古婶在院子里支起一张棋盘桌，沏一壶桂花茶，正是赏月的好时候。

苏影给韩琳打电话，虽然有点生气，还是得跟她报个平安，免得她担心。

韩琳可一点都不担心，听到她和萧湛在一起，在电话那头乐开了花，道：“我跟你讲，你就安安心心在外边待一个星期，然后闪耀归来亮瞎他们的‘狗眼’。回来可是一场硬仗，只能赢，不能输。”

“我知道。”苏影的声音有气无力。

“大姐啊，你要振作啊，把握这个机会，和萧湛联络联络感情，过了这个村就没这个店了。”

苏影望天：“我手机快没电了。”

“加油哦，加油！”韩琳还给她打气。

苏影看着屏幕满格电挂了电话，叹口气。

“晚餐看你吃得少，是不是吃不习惯？”古婶见她打完电话才端茶出来。

苏影忙摆手：“不是不是，我胃不太好，晚上不能多吃。”

古婶心疼：“年纪轻轻就胃不好，可要特别注意。”

苏影笑着点头，古婶问她：“你们准备什么时候结婚？日子订了吗？你们结了婚可要帮忙给阿成也张罗一个，你有没有朋友是单身？”

苏影都不知道能回答她哪一个问题。

“哎呀，孩子们的事他们自己看着办就行，你掺和什么。”古叔拉古婶，都是单身汉，长辈心里急啊。

“我哪儿掺和了，我是关心。”两个老人拌嘴都能感觉到特别恩爱。

苏影心生羡慕，我能想到最浪漫的事，就是和你一起慢慢变老。

这一世太多风霜，有一个人愿意执手偕老，何其有幸。

乡下风景虽好，蛇虫鼠蚁也多，饶是古婶叮嘱她抹了两遍防虫水，蚊子还是爱咬她香喷喷的身体。没办法，苏影只得回房，萧湛刚好洗完澡在擦头发，她瞪着他问：“你今晚睡这儿？”

萧湛不咸不淡扔了一句：“不然呢？”

行，她惹不起还躲不起吗，再不济她还能睡车上。苏影转个身，刚巧古婶到房门口：“怎么了，是不是还缺什么东西？”

“不缺，什么都不缺。”苏影尴尬地挤出笑脸。

“那你这是要去找什么？”

“也没什么……”

古婶搓着手满脸担忧：“还是住不习惯吧，这怎么办呢。要是知道你们回来，早些时候就雇工匠把房子修得宽敞点，这可怎么办是好。”老人就怕委屈了她。

“不是不是，已经很好了。我只是口渴，想去倒杯水。”

“你待着，外面蚊子多，我给你们送来。”这样一来，苏影就真的没法离开这间房了。

萧湛已经扔了毛巾躺床上刷邮件，睨一眼苏影：“你打算给我站一夜岗？”

她才没那么傻，七天啊，她能熬一晚上，也熬不了六晚。苏影说：“你往里边躺一点，我坐会儿，等古婶他们睡了再出去。”

萧湛没说什么，窸窸窣窣穿戴整齐径直出去。

苏影奇怪地看着他的背影，下意识想喊他，马上捂住嘴，倒像是要留他似的。

坐了一天车，苏影腰酸背痛，一米五的床小倒是还好，就是床板太硬了，怎么也睡不着，她静静听门外边的动静。

窗外蛙叫虫鸣，就两个房间两张床，萧湛怎么睡？

苏影翻个身，他怎么睡关我什么事，喂蚊子也活该！

苏影一夜没睡着，一大早就醒了。

乡下早晨湿气重，地上的野草都挂满露珠，屋边的小溪罩着一层薄薄的水汽。这要在外面睡一宿，不冻病也得全身麻木。

“起来啦。”古婶已经准备好早餐。

“古婶，早。”苏影眼睛一直往外头瞧，萧湛的车不见了。

古婶笑起来，说：“阿湛一大早就开车走了，说去买一张双人床，你先吃，不用等他。”

苏影脸一红，古婶知道她害羞，岔开话题：“今儿天气好，等会儿我去打些新鲜的桂花给你做桂花糕吃，城里可买不到。”

苏影低头喝粥：“谢谢您。”

“这姑娘，就像在自己家里一样，别客气。”古婶去准备干净的白棉布、长竹竿。

苏影三两口喝完粥：“古婶，我跟你一起去。”

古婶笑着点头：“成。”她去房间拿了条丝巾出来，“系头上，别把头发弄脏了。”

苏影接过丝巾，问：“用这个绑头发，弄脏了怎么办？”

“脏了就洗，不行就扔了，阿成说是市集买的便宜货，不值什么钱，重要的是不要把你的头发弄脏了。”古婶亲自帮她系上。

苏影张了张嘴，不知道该说什么。她戴好丝巾后，准备出发去摘桂花，远远看见萧湛的车，后边还跟着一辆物流货车。

萧湛下车看了苏影一眼，问：“干什么去？”

苏影不理他，古婶说：“她陪我去收桂花，你忙你的。”

屋后山坡上的那一片桂花林，古婶说是野桂花。普通桂花只开花不含蜜，野桂花含蜜，资源奇缺，十分珍贵。苏影帮忙铺好棉布，古婶开始打桂花，纷纷扬扬下着黄金雨，好不壮观。

“古婶，我也想试试。”苏影主动请缨。古婶笑着把长竹竿递给她，道：“小心点。”

她站在山坡上，手里撑着竹竿，仰头的姿势像引颈的天鹅。枝叶摇晃，花瓣落满她的衣裙，她却浑然不知，萧湛移不开眼。她越打越欢，萧湛觉得不妙，人已经走了过去。

苏影只顾看上头，脚下被杂草结实地绊了一下，整个人从山坡上摔下来。

萧湛用身体接住她，右手臂骨头咔嗒一声响，他额上已经有冷汗冒出来。

“你们怎么样！”古婶焦急地赶过来。

苏影一点儿事没有，萧湛嘴唇泛白，胳膊动不了：“胳膊可能脱臼了，没事。”

苏影都不知道刚才发生了什么，他用身体给她当垫子吗？

“疼不疼？”她不敢动他，怕碰到他会更疼。

“扶我起来。”

苏影小心翼翼地扶他：“你刚才没必要过来。”她嘟囔一句，有点儿无措。

萧湛太疼了，轻微地呼吸都疼。

古叔连忙去找医生，脱臼虽不是大问题却剧痛难忍，复位的时候萧湛哼都没哼一声，苏影捏着毛巾在旁边替他擦汗。

医生要给他绑绷带，他说不需要。

“绑绑绑，医生你别听他的。”苏影紧张地开口。

医生继续给萧湛绑绷带，打趣道：“这就对了啊，听媳妇的不会有错。”

“医生，他的手复位之后是不是就没事了？”苏影显然已经不把误会放在心上了。

医生收拾东西，道：“至少要养两周，不能负重，不能太劳累，弄成惯性脱臼就麻烦了。基本上没什么问题。”

苏影松口气：“谢谢医生。”

古叔古婶去送医生，苏影在房间陪着萧湛，那张新的双人大床也装好了。

“还疼吗？”苏影问他。

萧湛皱皱眉

苏影担心，又问：“很疼吗？刚才应该让医生开点止痛药。”

“你一说，我越疼了。”萧湛弓起背。

苏影更加手足无措：“那怎么办？我去问医生要止痛药。”

“过来。”萧湛喊住她，苏影靠近一点。“再过来一点。”苏影再靠近就要贴上去了，感觉后脑勺一紧，他左手掌已经按住她的后脑勺吻了上去，“这样就不疼了。”

苏影感觉心跳得很快，一下一下撞着胸膛。

萧湛并没有流连，她以为已经结束的时候，他突然手一紧，绵长深吻。她目光闪动，大脑缺氧，搅乱一池春水。

“今天怎么变老实了？”他终于放开她。

苏影的唇瓣鲜艳欲滴，心还跳得厉害。她捂住嘴唇后退，反射弧都变迟钝了。她瞪他，哪里还有气势：“就该让你多痛一会儿。”这话不痛不痒，萧湛看见她娇羞的样子，很受用。

苏影不能再待在房间了，心跳加速，体温升高。她跑出去，得找点事情做，这感觉控制不住，会胡思乱想。

古婶在洗桂花，她挽起袖子走过去：“古婶，你教我蒸桂花糕吧。”

“好呀，阿湛不喜欢甜食，独独喜欢吃桂花糕。”古婶满是赞赏，“现在肯为男朋友下厨的女孩子可不多。”

苏影腹诽：我又不是为了做给他吃。

清水加热放入白糖搅拌均匀，水开了放桂花，整个过程要不停地搅啊搅，苏影都快搅得睡着了。

“我来吧。”古婶给她换下手。她打起精神，“没事，我能做。”

苏影那条胳膊都搅麻了，终于可以倒模具，隔水蒸。等的过程中，古婶又做了一罐桂花蜜，苏影一直在边上学着。

洗干净的桂花倒进杯里，冲入滚水加冰糖，盖起杯盖，焖三分钟，掀盖香味四溢。

苏影忍不住用手指蘸一点放嘴里，道：“好甜。”

“什么这么甜？”萧湛不知是什么时候到身后的，苏影举着手指上的蜜给他看，道：“这桂花蜜好甜。”

萧湛握住她的手腕，将手指含进嘴里，温热的舌尖舔过，苏影感觉整条胳膊都酥麻起来。

第五章
要亲我吗

苏影抽回手，掐一掐自己的手腕恢复知觉。

“来得正好，桂花糕出锅喽。”揭开盖子甜香飘满屋，古婶笑眯眯地看萧湛，“这可是小影亲手给你做的。”

绿瓷盘、水晶糕，看着都赏心悦目，萧湛咬一口，眉头微皱。苏影紧张地问他：“味道不对吗？”

古婶一个劲儿给萧湛使眼色：“第一次能做到这种品相，已经很不错了。”

萧湛吃完一整块才开口：“古婶你这样夸她，她会骄傲，以后怎么进步。”他伸手拿第二块，苏影瞪他一眼，端开盘子。

古婶知道这是小两口耍花枪呢。

苏影夹起一块咬一口，不敢相信这真的是她做的，太好吃了。她才刚吃完一块，盘子被萧湛抢走：“这不是特地做给我的吗，你都吃完了，我吃什么。”

“谁说……”苏影咬一下筷子，看在他为她受伤的分上，“好，这些是给你做的，可这么多你吃得完吗？”

“吃不完，看着也是我的事。”萧湛转身进房间。

苏影气得筷子都要咬断，古婶是明白人：“别生气，桂花糕吃多了不消化。你不是胃不好，他是关心你呢。”突然有个很强烈的念头冲上脑门，苏影松开筷子跑进房间，问：“萧湛，那天晚上是不是你？”

萧湛刚搁下盘子，背对着她：“什么？”

“那晚在医院……”苏影摇摇头，不可能是他，没道理是他，她自己都说服不了自己，“没什么，你喜欢吃我再给你做，当是补偿你为我伤了胳膊，这一笔我们可互不相欠。”

萧湛面色寂寥，心想：你欠我的，这辈子都还不清。

夕阳落在桂花林，暗香浮动，空气中也染上了温暖和煦的金色，照得桶里的水波光粼粼。苏影在院子里洗头，头发太长只能拿瓢舀水冲，泡沫不小心冲进眼睛里，手一松瓢落在桶外面。眼睛睁不开，她俯着身子摸半天都摸不到。

“别动！”头上有温水徐徐淋下，萧湛实在看不过眼，怎么有人笨成这样。苏影赶紧借着清水洗干净脸上的泡沫，眼睛终于能睁开，刚要抬头，被萧湛按住：“叫你别动！”

“你的手……”

萧湛不说话，黄昏很温柔，水很温柔，他也很温柔，温水细细地一遍又一遍淋在她发间。两人都没有说话，仿佛空气都是温暖的。他们像相濡以沫多年的夫妻，不说话，已经足够默契。

萧湛吃过晚饭已经回到车里，苏影躺在床上，窗外的湿气很重，摇曳的月光被云层遮住，像是要下雨了。萧湛的手臂还伤着，这样在外面真没事吗？

半夜，真的下起雨来，先是小雨，一滴一滴，几不可闻。苏影翻来覆去，心很乱。雨势突然大起来，噼里啪啦敲打着窗子。她起身，披衣服、下床一气呵成，也不找伞，将衣服盖在头上就要往雨里冲。

“苏影。”漆黑的堂屋亮起光，萧湛手机的光照在她脸上，她能真切看见他眼底的笑意。

“关心我？”他的声音很轻，几乎要被雨声淹没。

苏影目光闪烁：“我只是……”

“不是来找我进房的吗？”萧湛抬一抬手臂，“扶着。”

苏影提一口气，看见他另一只受伤的手臂，那口气泄下去，扶他回房间。

窗外是雨声，崭新的双人床，孤男寡女，苏影坐也不是，站也不是。

“你要不要洗把脸？”苏影不等他回应转身去倒热水。

萧湛的眼睛一直跟着她。

“你能不能闭上眼睛。”苏影捏着毛巾，被他看得浑身发麻。

萧湛眨下眼睛：“要亲我吗？”

“什么？”

“闭上眼睛不是要亲我吗？”

苏影语塞：“好吧，您怎么高兴就怎么着吧。”她不看他，攥紧毛巾从他额头一点一点按压到鼻尖。这样近的距离，他眼睛亮得她心怦怦乱跳。她抿紧嘴唇，艳红的唇在灯光下泛着诱人的光泽。萧湛喉结滑动一下，哑着嗓子喊她：“苏影。”

苏影手臂僵住了，心跳得更厉害，感觉下一秒他就要对她提出无礼要求。

“我想洗澡。”萧湛说。

苏影愣了一下，确实是无礼要求，但不是她想的那样。天啊，她在想什么。

“手受伤了怎么洗！”她没好气。

萧湛朝她眨眨眼睛：“你帮我。”

苏影觉得他伤的不是手，是脑子。他这是在跟她“卖萌”？

“我去放水，你自己洗。”她得赶紧远离这个男人。

萧湛听着细细的水流声，好像手臂没刚才那么疼了，竟比泡热水澡还管用。

苏影出来：“水放好了，你洗完喊我，我就在门口。”

萧湛没为难她。

苏影在门口松口气，手机有消息进来——

“良辰美景奈何天，赏心乐事谁家院？”韩琳还发了一段注解：这样美好的夜晚让我一个人怎样面对，那让人快乐的事情正在谁家的院子里面上演。

苏影差点没喷出来，手指飞快回过去两个字：“无聊！”

“别这样，孤男寡女，干柴烈火很正常。”

“不是你想的那样。”

“你不是吧，萧哥哥那样好的身材，你简直是暴殄天物。”

苏影咬着手指头不笑出声：“摸过了，手感并没有很好。”其实只是不小心碰到过。

“我不信！”

“你是不是很闲？”

“独守空房，你说呢？”

“早睡早起身体好。”

“你比我妈还古董。”

苏影笑一笑，总算是结束聊天了。

“苏影。”萧湛正巧喊她，她赶紧揣了手机：“欸。”她敲两下门，“洗完了吗？”

“嗯。”

“那我进来了。”苏影推门进去，萧湛又只围了半截浴巾，比上次她和韩琳撞见的还要短。苏影不经意扫一眼他的八块腹肌，暴殄天物吗？

萧湛站到镜子前：“我要刮胡子。”

“刮胡子可以用左手。”

“抬不起来。”

“你不是伤的右手吗？”

“传染。”

他就是想使唤她，行吧，谁让他是因为她受的伤呢。苏影从旅行袋里拿出洁须泡沫替他涂上，再用剃须刀细细地刮，她做得很细致，使刀的都是细致活。她身高刚好到他下巴，贴得近，绵绵的呼吸喷在他喉结上痒痒麻麻。

“好了。”苏影拿热毛巾替他擦干净。

萧湛突然抓住她的手贴到自己的胸肌上，苏影五指不觉抓了抓，意识到自己做了什么，她一下脸红到耳根：“你干什么！”

萧湛靠近她：“摸过了，手感并没有很好？”萧湛拉着她的手从胸肌摸到腹肌，掌下凹凸有致，弹性十足，手感绝佳。

苏影瞬间被雷得外焦里嫩：“你，你怎么知道……”

萧湛笑着的眼睛里映出她的影子：“你没看见韩琳刚才建的是微信群组吗？”

她真没注意，丢人，太丢人了！

“这样手感怎么样？”萧湛拉着她的手往腹肌一按。

“放开，放手！”苏影害羞地瞪他。

萧湛倒也不强迫，松手。

苏影最后还是和古嫂睡的，面对萧湛时真是太尴尬了。

第二天，苏影有意避着萧湛。他在屋里，她就到外边；他在房间，她就在院子里，一天都跟着古婶转。可到了晚上，苏影实在睡不着，小心翼翼地起身，蹑手蹑脚下床准备去偷一杯古叔的酒，喝点酒可能就睡着了。刚出门，吓得她差点尖叫出声。

萧湛赶紧捂住她的嘴巴，压着嗓子说：“大半夜的不睡觉，干什么去？”

苏影有点儿喘不过气，打了一下他的手臂。

萧湛松开手，苏影呼一大口气，瞪着他，说道：“你不是也一样没睡觉。”

萧湛笑得肩膀抖动：“我是想你想得睡不着觉，你不会也是在想我吧？”

“才不是！”苏影推开他，不自然地说道，“我是睡不着，想去找点酒喝。”

萧湛笑着转身，熟门熟路地从储物柜里拿出酒：“一起吧。”

苏影看着他手臂，问：“你受伤了能喝酒吗？”

萧湛抬抬手：“没问题，只是桂花酒。”

月光淌了一地，两人并排坐着。

桂花清香醇厚，酸甜适口，余香悠长。

一不小心，苏影就贪杯了，喝多了的苏影胆子也大起来，凑近萧湛，盯着他问：“我到底欠了你什么债？我不赖账，一定还，你得让我知道我欠了你什么。”

语气有一点撒娇，也有一点委屈，萧湛心生不忍：“这种事要欠债的人自己想起来才有意义，不是吗？”

苏影伸手拉住他的领子：“萧湛，你告诉我！”

两人离得这样近，近到萧湛想亲她：“你再不放手，我要亲你了。”

苏影空出一只手捂住他的嘴：“你不告诉我，我就不放。”

萧湛顺势亲吻她的掌心，轻声说了一句：“好，我告诉你。”

黑暗中，手机屏幕一亮，“莱雪莉”三个字闪烁。苏影瞬间清醒了，触电般松开萧湛，起身，道：“我回房了，晚安。”

萧湛皱眉，感觉她还在误会他和莱雪莉，想叫住她，她已经飞快进屋了。

手机还在响，萧湛走远一点才接起电话：“喂。”

“苏影和你在一起吗？”莱雪莉知道萧湛和苏影在一起，怎么坐得住，“明天带她回来，真人秀定档了，她得准备比赛。”

萧湛冷冷地回了句“知道了”便挂断电话。

他站在苏影房外的窗户边，喃喃自语：“你转身，我不送。你回来，多大的风雨我都去接你。苏影，你知道吗？你欠了我十年，我等了你十年。”

天一亮，萧湛直接向古叔、古婶辞行。

苏影还一脸蒙，问：“不是说住一周吗？”

“还没跟我待够？”萧湛张嘴就来。

苏影抿嘴，腮帮子鼓鼓的，自我安慰，她是有修养的人，不跟没修养的人一般见识。

萧湛手还打着绷带，苏影开车，两人都特别安静，只有瓶瓶罐罐碰撞的声音，那些都是古婶做的桂花蜜，满满一大袋。

“以后会经常和莱雪莉打交道，她跟你说什么，先过过脑子。”萧湛突然开口。

苏影平视前方认真开车，“嗯”了一声。

“不许参加他们圈子的饭局。”

苏影还是淡淡地应一声“嗯”。

萧湛皱眉看她：“你哑巴了？”

“嗯……嗯？你才哑巴！”

苏影专心开车，不再理他。

韩琳和古成一起来接他们，因为萧湛是伤员，所以一行人直接去了萧湛家里。古成负责做饭，韩琳打下手。苏影也想待在厨房，萧湛已经发话了：“既然只有你是闲人，那就来帮我换衣服。”说完就上楼，都不给人拒绝的机会。

韩琳还在厨房扯着嗓子喊：“苏苏，你快去吧，这里有我和古成，没问题的。”

苏影硬着头皮上楼，萧湛已经拿好家居服。苏影目不斜视，替他脱掉衬衫，发现他脱臼的地方有点肿：“你不用去医院复查一下吗？”

“不用。”萧湛不以为意。

苏影还是有点不放心：“可是如果不彻底复原会变成惯性脱臼。”

萧湛睨她一眼：“你再不给我穿衣服我要喊耍流氓了。”他这会儿赤着身子。

苏影真想咬死他，费劲地替他套上上衣。一鼓作气，蹲下去解他皮带扣，她才刚解开带头。

“哥，饭好了……”古成卡在门口，背过身去，“我什么都没看见，你们继续！”

苏影立即起身：“既然你来了，你替他换吧。”说完就出去了。

古成愣在门口，萧湛飞过来的眼刀子可以把他凌迟了。

“哥，这真不能怪我，我哪里知道你们在房间干什么。”古成举双手投降，跑了。

别看古成有点儿大老粗，厨艺还真不错，饭后甜点做了桂花蜜藕，甜而不腻，关键是蜜好。

“看不出古成还有这手艺。”韩琳点赞。

古成笑嘻嘻的，看一眼主位上板着脸的萧湛立马收了笑，低头扒白饭。

苏影说道：“古婶做了很多桂花蜜，古成你等会儿多带几瓶回去。打电话回去的时候替我向古叔、古婶道声谢，打扰了那么多天。”

古成不好意思：“乡下地方，你不嫌弃就好。”

“简直是世外桃源，怎么会嫌弃。”

韩琳吃完第三块藕片：“下次我也要去。”

古成笑眯眯的，跟古婶很像：“欢迎，欢迎。”

苏影举杯：“为上得厅堂下得厨房的五好青年古成干杯。”

古成下意识看萧湛，他可是坐在那一句话都没说过，看着都瘆人。

萧湛慢悠悠开口：“她敬你酒，你看我干什么。”

古成像被电击了一下，继续低头扒白饭。

“来来，我得和苏苏一起敬你们。”韩琳举起酒杯，“从明天开始，我们的真人秀比赛就要开始了，我和苏苏都要感谢萧先生，慷慨资助，好人一生平安。还有古成，一直那么支持我们，感谢感谢。最后祝我们旗开得胜，干了！”

萧湛终于赏脸，举杯。

古成也活过来，活跃气氛：“何止旗开得胜，你们就是冠军！”

“土鳖冠军吗？”萧湛淡淡说一句，苏影刚喝进去的一口酒差点喷出来，拼命捂住。

韩琳直接“噗”一声喷了古成一脸。

“你干什么？”古成从椅子上跳起来。

韩琳笑得腰都直不起来：“哥，哥，对不住，对不住，我真不是故意的。”

古成甩甩头，韩琳赶紧给他拿毛巾。

饭桌上又只剩苏影和萧湛，苏影最不想和萧湛单独在一起。

“明天开始你们要跟组，为了避嫌，我们最好少接触。”萧湛看向苏影。

那太好了。苏影当然不敢直说，只含糊地“嗯”了声。

“该服软就服软，该强硬就强硬，别轻易被人拿捏。”萧湛说得漫不经心，“有急事，可以联系古成。”

其实他想说，有人欺负你就告诉我。

苏影抬头看他：“不用麻烦，我自己能处理。”

萧湛起身：“让古成送你们回去，明天别迟到。”

苏影咽下嘴里的鱼，这么一大桌子菜，她还没吃饱呢！

累了一天，晚上，苏影很困却睡不着，明天进组有一点焦虑。她下床，拉开窗帘，夜幕像被蒙了层纱。

苏影突然有点想念古成老家的夜晚了。有人说，一个地方之所以让人难忘，是因为那个地方和特别的人一起去过。

才几天不见莱雪莉，她憔悴了不少，但脾气还是那么臭，整个团队都是敢怒不敢言。但她的业务能力真的没话说，圈里的当红明星，圈外富商都来给她捧场。

一共十组人，一个明星搭配一个设计师。其他九个设计师不是名校毕业，就是已经成名，成功创立了自己的品牌，只有苏影是靠炒作起来的流量咖。

本来像苏影这种名不见经传凭空出世的素人参加这种大型节目就已经够让人眼红了，导演安排她站的还是“C位”，第一天她就遭到孤立。

其他人都是圈里的，相互寒暄好不热闹，没人给苏影好脸色。

苏影第一次上这样大的平台，多少还是有点怯场，幸好有韩琳做她的助手，不至于太尴尬。

总导演出题目，第一场比赛，无题，做自己最拿手的就行。

其他人都开始激烈讨论创意，苏影的搭档还没现身。韩琳让苏影先想创意，她去找导演。这种情况下，苏影脑子里完全是一团乱麻，哪还有什么创意。

“先去选布，晚了挑不到好的。”不知是谁提醒了一句，明星和设计师齐上阵，抢布料。

都说三个女人一台戏，这一下二十个女人，刚开始大家都顾着矜持，只是小摩擦。

苏影倒不急，等她们挑完。放在最高处的乔其纱没人要，她推了梯子过去，摸一摸质感，应该用得着，便费劲抽下来。有人接了过去，苏影以为那人是帮她，还道谢来着。

“这个正好是我要的，谢了啊。”那人拿了布就走，大摇大摆。

“欸，那个是我……”苏影站在梯子上，来不及下来。

“这布是我们先看中的，也是我们先拿的。”韩琳刚巧回来，拦住抢布的人。

那人抱住布不放，还理直气壮：“乔其纱这样高档的布，你们用得着吗？”

“你！”韩琳一副要开吵的架势，苏影赶过来拉住她：“她要用就让她用吧，我也没想好需不需要用这个。”

那人哼一声：“就是，你们这种‘野狐禅’都不知道是怎么混到参赛资格的。”

“你再说一遍，谁是‘野狐禅’！”韩琳吼出声来，苏影赶紧拉她回操作台。

“一匹布而已，不值得动气。”苏影给韩琳倒杯水。

韩琳真是气不打一处来：“都欺负我们！刚刚我去找导演，问我们的模特怎么还没到。导演打电话过去问了，那边经纪人说，他家艺人的狗死了，现在很伤心，眼睛都哭肿了，上不了节目。”

苏影皱眉：“这么巧？”

“巧什么，就是拿乔。要么想坐地起价，要么是有人搞鬼，说不定是秦业明那个渣男。”

秦业明还真来了。

韩琳发泄一通，开始六神无主：“苏苏，我们现在怎么办？要不，我去找萧湛，他出面说不定……”

“不行。”苏影严词驳回，“我们现在要避嫌，他也一样，不能去找他。”

“那怎么办？”韩琳看一眼别的组，都已经开始动手制作了。

苏影抿一抿嘴唇：“先想主题，不行，你上。”

“我？”韩琳指着自己的鼻子，“我不行。”

“苏影。”突然有人喊她一声。苏影抬头，看见导演带着一个肤白貌美的高挑美女过来。

“这位是徐梓淇。”导演介绍道，“她是模特，从现在起就是你的搭档。”导演交代完就走了。

苏影点头微笑：“你好，徐小姐，我是苏影。”

“叫我梓淇就好。”美女是高冷范儿。

“气质好好哦，完全是走国际路线的。”韩琳小声跟苏影感叹。

苏影也觉得美女气质极好，不像是临时找来的替补。

“梓淇，我们是第一次合作，如果有什么问题，我们可以沟通。”

美女抽出手机，道：“设计的事我不懂，全部交给你了。”说完找了位置，坐下玩手机。

得，有了搭档还是她一个人。

苏影让自己冷静下来，先想主题。她拿手的，只有刺绣。绣什么会让人觉得耳目一新不老套？

别的组已经开始剪裁缝制，热火朝天，韩琳看得着急：“苏苏，你想到做什么了吗？”

苏影蹙着眉沉默。

韩琳手机振动，刚才收手机的时候她出去了，所以没交。她看一眼，笑出声：“古成发来贺电，祝我们开门红。”

苏影脑中灵光一闪：“古成！星空！”

“什么？”韩琳没听懂，“古成？星空？”

苏影麻利地摊开刺绣包：“我们的主题是星空，你去帮我找丝线。”

韩琳张大嘴：“星空？用绣的？”

“对呀，你不觉得很新颖吗？”苏影很兴奋。

“是挺新颖。可是，你考虑过时间成本和生产成本吗？”韩琳是抓销售的。

“我没有时间考虑那些，先做出来。”

别的组开始让模特试装，挑配饰，做出场准备。

韩琳着急了："苏苏我们赶得及吗？"

苏影专注手上的活儿："赶得及！"

开场秀一结束，第一组的设计师和模特上场，主题是"蒂芙尼的早餐"，极致的优雅；第二组的主题是"仲夏夜之梦"，美轮美奂，就是抢布的那个设计师。

韩琳求爷爷告奶奶争取到最后出场的顺序。

主持人都替苏影捏把汗，中间插了许多幽默的题外话，终于等到示意。主持人暗暗舒口气："好了，接下来是我们最后一组展示，有请完美女神，徐梓淇。"

3D全息投影，光怪陆离的夜，虫鸣音效一响起，舞台全部暗下来，模特一个一个上台点缀成星空。随着模特走动的摩擦，绣在衣服上的星空亮起来，现场掌声雷动。

模特全部展示结束，苏影上台，她在掌声中熠熠生辉，自信美丽。

台下，秦业明第一次看见这样的苏影，闪闪发光。

主持人问苏影这套服装的设计和灵感，苏影从容解说："衣服上面的星空都是一针一线绣出来的，加上摩擦发光的材料，让人们印象中老套传统的刺绣有了科技感。"

台下又是一阵掌声。

评委中有一个人提出疑问："衣服做得很精致，可如果需要一针一线绣上去，产量怎么提升？我们也要考虑批量生产的问题。"

"我觉得，如果批量生产的话会破坏设计的价值。"苏影有自己的执着。

主持人圆场，道："咱们可以做高级定制呀。"

"高级定制也是讲资历的。"评委中不知是谁说了一句。

一时，录制场面有些尴尬。

主持人赶紧开始竞价环节——

“场上现在最高分是第二组，方总出价八百万。我们这一组的《星空》会不会超过《仲夏夜之梦》呢？好，请大家出价。”

第一个评委，弃权。

第二个评委，弃权。

第三个评委，二十万。

第四个评委，二十八万。

评委都是生意人，衣服设计要好，但销售才是首要的。他们要的是适合大众穿的衣服，不是艺术品。

主持人看到这个结果尴尬了，还得努力搞气氛。

苏影到底是第一次经历这种事情，脸一阵苍白，努力保持微笑。站在她旁边的徐梓淇倒像事不关己，一直是高冷脸。

“抱歉，我迟到了。”半路杀出个乔楚南，一身白西装，英气逼人，就是吊儿郎当。

台下导演赶紧通知主持人，说他是特约嘉宾。主持人反应倒是快，迅速隆重介绍乔楚南。

乔楚南落座：“我这个特约嘉宾手里有多少钱可以投？”

主持人回道：“特约嘉宾手里有五十万。”

乔楚南皱眉：“那我把这五十万全部投给苏影，另外，我个人再出一千万买苏影的设计。”

现场哗然，主持人激动地宣布比赛结果大逆转，苏影以一千零五十万荣获首场比赛第一名。

台下，秦业明脸色阴沉，起身离开。

他在出口处碰到萧湛，今天这样的日子，萧湛怎么能不来。

萧湛吐口烟圈，刚好挡住出口，说：“没想到秦先生也爱凑这种热闹。”

秦业明笑笑："听说萧先生前一段遇到了一点麻烦，出去避了一阵子，这么快就现身了。"

萧湛牙齿咬着烟笑："秦先生什么时候这么关注我了？"

录制厅又响起掌声，秦业明一回身，看向台上的苏影："我见过她最美的样子，最美的年华，没法用言语跟你描述。"秦业明往萧湛心窝上戳。

萧湛盯着秦业明："偷了别人的时光，真的那么得意吗？"

这时候的秦业明还不明白萧湛是什么意思，男人可笑的面子作祟，他说："她是个很念旧的人，心软。身上的肋骨，根根我都清楚。"

萧湛眼中戾气聚集，吐口烟："你真的，让人瞧不上。"

一场阴差阳错，困住三个人。

苏影的首秀非常成功，多亏了乔楚南那一千万投资。

其实萧湛是准备让陆深来的，乔楚南自告奋勇，哪里有美女哪里就有乔少。

苏影感谢徐梓淇，她淡淡地应了声，换了衣服就离开。

停车场，徐梓淇拉开一辆车的车门上去。秦业明递给她一个牛皮纸袋："这事只有我们两个知道。"

徐梓淇接过纸袋："放心，姚小姐那里我一个字都不会说。"她攀到秦业明肩上搁住下巴，"我只是有点好奇，秦先生这是干什么，旧情难忘？前任现任，一个都不能少？"

秦业明冷漠地平视前方："徐梓淇，你是聪明人，知道什么该问，什么不该问。"

"没劲儿。"徐梓淇坐直身子，亲一亲装满钱的纸袋，"谢啦。"

徐梓淇拿钱离开，秦业明一个人坐在车里，点了一根烟，烟雾迷了眼睛。

十年，从年少到长大，苏影一直陪伴他，即使他不喜欢她。要是没有那件事，他可能不会对她做得这么绝。

苏影打电话给萧湛，她明白，乔楚南是萧湛的人，可是电话却无人接听。

电视台露台，莱雪莉一个人靠着栏杆，细长的薄荷烟在她指尖袅袅升起。

听到脚步声，莱雪莉回头，笑容妩媚："不用陪你的心肝宝贝吗，怎么有空来看我？"

萧湛停在她面前，只是淡淡地看她："怎么，在那个圈子浸淫了那么久，就只学会这么点小把戏。"

莱雪莉面色不改："我不明白你在说什么。"

"秦业明是你找来的。"

莱雪莉重重地吸一口烟："你这话让我比窦娥还冤。"

萧湛似笑非笑："敢做不敢当可不是你莱雪莉的作风。"

莱雪莉的烟抽得更凶："随便你怎么想。"

"苏影受到一点伤害，你莱雪莉在这个圈子也就混够了！"萧湛的声音比露台的风还冷。

莱雪莉呛得眼睛都红了，她不信，萧湛真的会毁了亲手成就的她。

萧湛一直没回消息，苏影叹口气，可能是她想多了，萧湛说了要避嫌，自然不会来。空荡荡的站台只有苏影一个人，韩琳送车去保养，先走了。

苏影看了眼时间，等了十分钟一辆车都没有，她决定去前面路口拦出租车。

马路对面，停了一辆黄色的兰博基尼，太刺眼，所以她一眼就看见了。车后可以看见女生的半边脸，好像是和她一起参加比赛的明星，新晋性感女神，这会儿正挂在男人身上激吻。

苏影也有一颗八卦心，所以，多看了两眼。不知是不是被发现了，本来后脑勺对着她的男人突然回头，是乔楚南！

乔楚南也看见苏影了，张口就要喊。苏影的手机响得真及时，她看一眼，是萧湛的电话，第一时间接起来。

“现在马上掉头，直走，别回头。”萧湛的语气没有拒绝的余地。

那一瞬间苏影竟乖乖照做了，她举着手机一直走，一直走。

“到底要走多久？”

“下一个路口。”

下一个路口？她腿都要走断了好不好，今天穿的新高跟鞋，不太合脚，很快就变成一脚高一脚低。

终于到下一个路口，她问：“然后呢？”

“回头。”

苏影一回头，萧湛的车就在她身后。苏影挂了电话冲过去：“你是故意的是吧！”

萧湛摘下墨镜：“走这么远才不会被狗仔拍到，乔楚南刚刚才给你投了一千万，你也想学那个小明星靠男人炒作吗？”

好吧，他是在帮她。

本来她就被质疑，被排挤，要是再被拍到和乔楚南接触，黑幕、潜规则就没跑了。

萧湛偏一偏头，道：“上车。”

苏影老实上车：“你怎么在这里？”

萧湛发动车，没理她。

他喜怒无常，苏影已经习惯了：“乔楚南是你安排的吗？”

萧湛还是不理她。

“他也是这个节目的投资人吗？他出的一千万也是算在投资资金里的吧。”

“一千万是我个人出的。”萧湛终于开口。

“啊？”苏影张大嘴，“为什么？”

“为了让你欠我。”这么直白，除了萧湛也没谁了。

苏影盯着他：“你，你……开什么玩笑！一千万，不是一千块！”

萧湛突然停车：“苏影。”他转头看她，“你有多少根肋骨？”

苏影眨眨眼睛，没听清，问他：“你说什么？”

萧湛的手隔着衣服按在她的肋骨上，道：“那根软肋，我亲自给你拔了！”

“萧湛！”苏影的脸瞬间红透，双手抱紧胸前，“你变态！”

吃醋的男人啊。

第六章
九亿少女的梦

苏影不知道是不是被萧湛吓出后遗症，晚上做梦都梦到他。再这样下去，没几天她就要神经衰弱了。

韩琳收到节目组的邮件，第一场算是热身赛，第二场淘汰赛才是动真格的。

第二场的主题是狭路相逢。

“狭路相逢算是什么主题？”

苏影指尖敲着桌面，道：“狭路相逢，勇者胜。”

“什么？”韩琳一脸迷糊。

“第二局，大家都想出奇制胜，可是，这个‘奇’是最难的。”

这时，苏影的手机有电话进来。她看一眼，整个人都跳起来，对韩琳说：“你接，如果是找我的，就说我不在。”

韩琳拿起手机：“萧湛的电话你不接啊。”

“一定要说我不在！”苏影再三叮嘱。

韩琳接起电话：“萧先生，苏苏啊，她说她不在。”

苏影在一旁恨不得掐死她，韩琳赶紧捂住手机：“怎么办，他一定要你接电话。”苏影白她一眼，都这样了，还能怎么办，极不情愿地接过手机。

“我在巷子口，出来。”萧湛这胸有成竹的架势，苏影腹诽，我今天就不出这门，他还能把我绑走！

“出不去，我要闭关准备第二场比赛。”苏影直接回绝。

萧湛大概料到了会被拒绝，慢条斯理地说：“是要我亲自进去请你吗？”

苏影真是败给他，穿上外套，包得严严实实才出去，远远地看见萧湛靠着车门等她，藏青色麻质休闲西装搭配正装衬衫，随意中多了一分优雅，连单调的黑色休闲裤穿在他身上都显得刚刚好。

萧湛扫了一眼苏影的衣着：“你就穿这个跟我出门？”

“你只是叫我出来，没说要跟你出门。”苏影是故意穿成这样的。

萧湛拉开车门：“上车。”

苏影稍微后退一步：“去哪儿？”

“上车我就告诉你。”萧湛径自回驾驶座。

苏影没办法，不情不愿地上车。

“可以说了吗？”

“带你去见人。”萧湛说着已经发动车。

“喂，我还没同意跟你去，见什么人啊？停车。”都已经上车了，怎么还下得来。

车一路开到CBD时尚大厦，苏影跟着萧湛从地下车库直接坐电梯到十八层。电梯一开就看见烫金的L&S标志，莱雪莉创立的时尚杂志。

萧湛先一步出电梯，苏影还愣在原地，问：“你要带我见的人就是莱小姐？”

萧湛用一只手挡着电梯门：“我带你来这儿买衣服，出去见人总得穿得像样点。”他低头看一眼腕上的表，“我们时间不多，要迟到了。”

苏影一步跨出来，问：“你到底要带我去见什么人？”

“很重要的人。”

“跟我有什么关系？”

萧湛皱眉：“从现在开始，我怎么说你怎么做就好，别说话。”

“怎么不回答我？”

“你不是不让我说话吗？”苏影没好气。

萧湛第一次被呛到无言，清清嗓子：“走吧。”

自动门一开，前台赶紧起身矜持地微笑：“萧先生。”

“莱雪莉在吗？”萧湛直接往里走。

“在。”前台小跑跟上，“雪莉姐，萧先生来了。”几乎是前台话音刚落，总编室的门就开了，莱雪莉脸上的雀跃表情在看见萧湛身后的苏影时僵在脸上，然后一点一点恢复平静。

莱雪莉换上公式化的微笑：“萧先生大驾光临，我这小杂志社蓬荜生辉。”

“给她挑一套衣服和鞋子，不用太正式，合适就好。”萧湛没有多的废话，直奔主题。苏影听他的话，安静地站在他身边，不发言。

“好啊。”莱雪莉笑到脸部僵硬，对着编辑部喊一声，“艾达，把新一季的衣服鞋子拿到VIP试衣室。”

艾达急匆匆出来，压低声音对莱雪莉说：“那些衣服鞋子是这一期封面模特的御用款，拍完要还回去的。”

“那就把模特换了，衣服记我账上。”莱雪莉明显压着滔天怒火，助理不敢再多话，赶紧去拿衣服。

萧湛一坐下来就有人端着咖啡上来，艾达推了一排衣服鞋子过来，莱雪莉利落地给她挑了一件苔藓绿慵懒宽松的毛衣，配白色蕾丝长裙，外搭一件格纹双面呢大衣。

萧湛从不怀疑莱雪莉的专业素养，苏影换好衣服出来，立马从“村花”变成娇俏名媛。

毛衣搭蕾丝裙很有少女感，特别是外搭的大衣，大大的开叉，大大的袖口，凸显纤细的手腕，腰带在毛呢的基础上加了一条丝质撞色红腰带，颇具气场又不失飘逸柔美。

苏影第一次穿这种风格的衣服，感觉真的很适合。

萧湛喝口咖啡：“鞋子。”对这套衣服很满意。

助理拿来配套的鞋子，苏影伸手接，萧湛搁下咖啡杯，十分随意地说道：“你过来老实坐着，雪莉帮你穿就好。”

助理吓得急忙收手说：“我来帮苏小姐穿吧。”

萧湛抬眼看莱雪莉，不发话。

莱雪莉将握住的拳头松开：“萧先生是让我帮苏小姐穿。”她朝助理伸手，“鞋给我。”

助理给也不是，不给也不是，最尴尬的是苏影，偏偏她这会儿什么都不能说。

萧湛对苏影抬抬下巴：“过来。”

苏影只能老老实实坐到他身边。

莱雪莉拿着鞋子，再不甘、再愤怒，折腰其实只是一瞬间的事。她缓缓蹲下身，低头，单膝跪地，很别扭地替苏影穿鞋。穿好鞋子，助理连忙扶莱雪莉起来，她膝盖处瘀青一片。

“起来试试鞋合不合脚。”萧湛眼睛里只有苏影。

苏影站起来走两步：“很合适。谢谢你，莱小姐，你眼光真好。”她是想缓和气氛，莱雪莉却觉得更加羞耻。

萧湛起身，从怀里取出黑卡：“结账，没密码。”扔到莱雪莉面前，“我喜欢清清楚楚。”

莱雪莉握紧拳头，但脸上还是带着笑容：“那要谢谢萧先生惠顾。”

“走吧。”萧湛朝苏影抬手臂，完全当莱雪莉是透明的。

苏影挽住他，只求快点离开，太尴尬了。

萧湛一路挽着苏影走出 L&S，莱雪莉手下的人都看见了，她们都知道莱雪莉爱慕萧湛，爱了很多年，这脸打得太狠。可这只不过是萧湛对莱雪莉在背后耍小手段的一点小教训，也让她认清自己的位置。

苏影觉得自己的表情一定很僵，进了电梯，苏影才呼出那口气，赶紧松开萧湛，远离他："你这样会让我很被动，我之后还要和莱小姐共事很长一段时间，你知道吗？"

"她不敢动你。"萧湛说得笃定。

"我不是这个意思。"苏影觉得头很大，"我不是个喜欢与人起冲突的人，能和平相处尽量和平相处。"

萧湛看着她："所以你从过去到现在一直被人欺负。"他说这话时不是奚落，更多的是恼怒。

苏影的心脏像被刺了一下，话语都堵在喉咙。

"叮"一声电梯门开了，萧湛腿长，一步就出去。

苏影跟着他回车上，萧湛发动车："系好安全带。"

车穿过市中心，渐渐远离喧嚣。

大约三十分钟车程后，萧湛减速缓缓滑进度假山庄。车一停，酒店门口就有人迎出来接钥匙。

萧湛下车带苏影进去，富丽堂皇。

大堂服务员见着他都恭敬地喊："萧先生。"

萧湛只是点点头，不像顾客，大有老板的气势。

进了专用电梯苏影才问出来："怎么感觉你进这里像入无人之地。"

"自己的地盘有什么好顾忌的。"

"这酒店是你的？"

萧湛想了想，道："像这种规模的，有三家。"

苏影张大嘴："你到底是做什么的？"她虽然经历过秦家的煊赫，可那都是祖辈父辈积累的财富，赤手空拳靠自己闯出名堂，绝对没那么简单。

"你猜呢？"

苏影望着他，委婉试探道："我听说，凭空暴富的方法都写在刑法里……”

萧湛笑出声：“这个事倒不假。”

苏影惊恐：“你真的……”

萧湛一伸手就将她困在电梯角落：“你这是关心我吗？”

苏影耳朵一红：“鬼才担心你。”

“还是个美女鬼。”萧湛笑出声。

电梯门开，玫瑰色花纹的地毯一直延伸到走廊尽头。

萧湛牵着苏影熟门熟路地到包厢，才推开一点儿门缝，里头麻将碰撞的声音立即漏出来。

包厢是个大套间，外边是吧台、用餐区，里边是棋牌室，三男一女，陆深她见过，其他三个人，苏影就不认识了。

陆深一回头，摘了嘴上的烟：“阿湛，你可终于来了，三缺一，等得心痒。我让常心凑个数。”陆深嘴里叫常心的女子，身穿小黑裙，红唇，长头发随意烫了个尾，周身冷艳。

“我和绍白哥可是一下飞机就被深哥抓来专程等你。湛哥，不介绍一下？”说话的小鲜肉一头栗色头发，狭长的眼，笑起来很阳光。坐在小鲜肉下首的另一位，深邃的眼睛神秘而不可琢磨，看似温和，骨子里却透着股凛然劲儿，让人不敢轻易靠近。

萧湛带苏影过去：“陆深你见过了。这是傅绍白，那是吴奔。”

“嫂子好。”吴奔特别像乖宝宝。

傅绍白朝苏影笑着点头，道：“今天终于见着活人了，不枉我飞这一趟。”

苏影都没弄清这是什么场面，感觉像见家长。

她相当不好意思：“我是苏影，你们好。”

“常心，过来。”陆深喊一声，女子已经起身坐到他身边去。陆深敲敲桌子，女子取烟放在嘴里点燃了再交到他嘴里。

萧湛牵紧苏影落座，好似一松手她就逃了似的。

“湛哥，嫂子又不会跑，你这是要做独臂赌神吗？”吴奔除了贫嘴就是贫嘴。

苏影更不好意思了，在牌桌下推萧湛的手。萧湛单手理牌，表面上泰然自若，道：“大人的事，小孩子懂什么。”

吴奔撇嘴，做委屈状。

“三万。”陆深打一张牌出来。

“和了。”萧湛推牌。

上家的吴奔笑得夸张：“不好意思，我截和！”

“臭小子，你成心的吧，我要验牌。”萧湛手一伸就换了张废牌进去，“炸和不算，全赔。”

“你耍赖！绍白，他欺负我。深哥，他欺负我。”吴奔最会“恃小卖萌”。

“你求我们还不如求苏小姐，她一句可顶我们百句。”傅绍白正解，陆深附和点头。

萧湛还真转头问苏影：“你说算了，我就不叫他全赔。”

“嫂子，救命，我还是穷学生一枚。”吴奔双手交叠，做拜托状。

苏影脸皮薄，不知所措。

他们这边聊得火热，只有常心像是世外之人，一个人坐在那里，一点表情都没有，苏影多看了她几眼。

萧湛已经连点了三次炮，都说情场得意，赌场失意，还真一点不假。

陆深磕磕烟灰：“阿湛，你再点一把，丽宫一年的营业额可都要进我们的口袋了。”

吴奔跃跃欲试：“我刚看中了一辆跑车。”

傅绍白看着自己手里的牌笑而不语。

萧湛捏捏苏影的手：“不知道打哪张，你替我打一张出去。”

苏影可不敢，一张牌就几百万：“你自己打。”

“就要你打。”萧湛这几个字“苏”得苏影鸡皮疙瘩都起来了。

那几个人眼观鼻鼻观心都憋着笑。

苏影没办法，极认真地看了一遍牌，又看了一眼桌面，指尖滑到中间一张：“这张？”还是不确定。

萧湛顺着她的手抽出来，打出去：“二饼。”

“清一色！”

“对对碰！”

“门前清！”

一炮三响，苏影这手气！

“谢谢嫂子送的跑车！”吴奔那个乐。

傅绍白拍拍萧湛的肩膀，道：“多挣钱。”

陆深伸手搂过常心：“我赢钱了也不给我乐一个？”

常心冷冰冰的脸上艰难地挤出一丝笑容，陆深像对孩子似的捏捏她的脸颊：“真乖。”

苏影分明看见常心桌子下攥紧的手，她不知道这一把替萧湛输了多少，只感觉那数字肯定会让她呼吸不稳。

“我去拿点喝的。”她趁机离开。

“常心，去给大家端点喝的来。”陆深吩咐，常心木然地起身。

“我跟你一起去。”苏影跟着过去外间吧台，“你叫常心？”

“嗯。”常心离了陆深似乎温和了一点，还冲苏影笑笑，“你要喝什么？”常心的声音特别好听，简单的一句话音色饱满，中气十足。

“你一定是播音专业的，声音好好听。”交际这种事，苏影常受韩琳感染，也学了点皮毛。

“谢谢。我在一个小电台当主持。”

苏影觉得这姑娘看上去应该比她小，可心理年纪比她大了几倍还不止，整个人阴阴沉沉，没什么生气。

“我帮你。”苏影帮忙摆了杯子才想起来，“不知道他们要喝什么。”

“傅哥只要纯净水，萧湛喜欢葡萄酒，吴奔喜欢朗姆酒，陆深喜欢威士忌。”常心的动作机械而娴熟，又问了她一句，“你喜欢什么？”

“柠檬水。”

“我记住了。”常心递一杯柠檬水给她。

苏影玩笑道：“记这些干什么，多累。”

常心一直没什么表情：“关于他的事，他身边朋友的事，我都必须记清楚。”

苏影皱眉：“那得多累。”

常心微微弯了下嘴唇，像是自言自语：“他比我累，明明不喜欢我，却要和我绑在一起。”她讽刺地笑起来。

苏影睁大眼睛看她，她大概知道自己失言：“让你见笑了，我胡说的。都准备好了，走吧。”苏影望着常心的背影，感觉她一直在拼命压抑自己，压抑得痛苦却又无力反抗。

中场休息，苏影和萧湛他们待在一起，陆深拉常心去阳台不知道干什么。

苏影听萧湛和傅绍白闲聊，大概傅绍白要找什么人请萧湛帮忙，萧湛什么都没问就应下了。古成没说错，萧湛的这帮兄弟胜似亲人。

有服务员进来布菜，看一眼时间快六点了，外头的天刚擦黑。不知不觉已经在这里待了一整天，苏影都没感觉，时间就溜走了。

大家入座，陆深也带着常心过来。常心嘴角有诡异的红肿，神色也比刚才更冷漠，陆深倒是谈笑风生。

陆深给常心盛一碗汤：“这个补，补好了身体，说不定能有个蜜月宝宝。”

常心手一抖，打翻了汤碗，汤汁全洒在手背上，红肿一片。

陆深拽掉她手上的碗，朝外边大吼送烫伤膏进来。

苏影不知道别人怎么样，这顿饭她吃得非常别扭。吃完饭，大家继续牌桌上的下半场活动。

苏影看一眼时间，他们这是不准备回家的意思吗？

因为常心烫伤，陆深晚上的表现很失水准，不停打错牌。

零点，牌局终于散了。苏影想，终于可以回家了。

傅绍白发话了：“阿湛，我们给弟妹备了点见面礼，在隔壁房间，你们自己去取一下。”

苏影忙摆手：“不用，不用。”

“谢了。”萧湛这样隆重地带她来见人，见面礼是一定要的，东西贵不贵重是其次，关键是要表示重视和认可，那可是他心尖上的人。

“喂，你还真去啊，我不要。”苏影站在隔壁房门口不肯进去。

“只是一点小见面礼，你不用紧张。”萧湛拉她进来。

房间超大，圆形床上摆着一个栗色香樟木卷轴盒，一个蓝色丝绒首饰盒，还有一个粉色圆形缎带盒。

“打开看看。”萧湛表现出好奇。

苏影还真信他们说的“只是一点小见面礼”。她先打开了栗色香樟木盒，是一幅画。苏影一眼就认出那是张老的水墨荷花，世人评其用笔鲁朴疏狂，持搏雪傲霜之气，拥潇洒儒雅之神，令人叹为观止。

以前练刺绣有一段时期就是专门照着名家的画绣，只不过那些画作都是网上下载的，真品是想都不敢想的。

苏影睁大眼睛盯着萧湛半天才开口：“你别告诉我这画是真品。”

“告诉你是假的我自己都不信。”

苏影小心脏差点跳出来：“你知不知道张老一幅真迹要多少钱！这是谁送的，你快还回去。”

“从性格上分析，画应该是傅绍白送的，这首饰是陆深送的，最后这个像吴奔的手笔。”萧湛猜得一点都不错。

苏影小心翼翼地卷好，生怕自己手一抖给弄坏了：“你赶紧还回去，这太贵重了，我不能收。”

“给你，你就收着，看看还有什么。”他打开首饰盒，钻石项链简单粗暴得要闪瞎人眼，“确实是陆深的作风。”

苏影傻眼了："这叫小见面礼？"

"看看吴奔送的什么。"萧湛打开那少女心爆棚的粉色礼盒，瞬间倒吸一口冷气，盯着那东西仅三秒，血气上涌，肾上腺素飙升。

"是什么？"苏影伸着头看，没看明白，伸手拿出一只来，"大红色桃心，还有流苏，这是干什么用的？"

萧湛声音都喑哑了："我怕你后悔知道怎么用。"

"为什么？"苏影完全不了解情侣内衣的杀伤力。

萧湛口干舌燥，扣得妥帖的衬衫领口都已经扯开，他得出去找水喝，伸手拉门，拉不开。电话是算准了时间打进来的，萧湛接起来喂一声，火很大。

"湛哥，我忘了跟你说，隔壁房间的锁坏了，进得去出不来，这个点也找不到开锁师傅，只能明天了。"吴奔一阵幸灾乐祸。

萧湛明白过来是怎么回事，但他不想用这种方法，他要苏影心甘情愿。

"还有呢，我在实验室做实验的时候，发现了一种新型试剂，能强效催动人体本能的原始冲动，只要一点点，保证你们干柴烈火。我不小心手一抖多放了点料。"在萧湛发出咆哮震破吴奔耳膜前他赶紧挂断电话。

吴奔不说，萧湛还不觉得，他一说，萧湛好像能闻到一种奇异的香味。

"怎么了？"一脸茫然的苏影问他。

萧湛抚一抚额头："吴奔打的电话，说是门坏了，明天才能找师傅来开门。"

"啊！"苏影去拉门，吃奶的劲儿都使上了，一点儿也拉不动。她喘着气扭头叫萧湛，"你快打电话叫人来帮忙啊。"

"没用。"萧湛打开衣柜，将边边角角摸遍，又掀了被子，差点把床垫给掀了。

“你在干什么？”苏影皱眉问他。

“找东西。”萧湛简短回答。

“钥匙？”

萧湛睨她一眼：“我该说你天真，还是傻呢？”

苏影抿嘴：“那你找什么？”

萧湛继续扩大搜寻范围：“你没闻到什么气味吗？”

苏影吸两口气：“香味。”

“没什么感觉吗？”

苏影拉拉领口：“热。”

萧湛脱掉外套，确实热。

“吴奔在房间放了点东西，得快点找出来。”

“什么东西？”苏影莫名觉得越来越热。

“让人‘热血沸腾’的东西！”

萧湛每个角落都找遍了，什么可疑物都没有。

苏影已经热得拿手扇风了，她打开窗户，那股奇异的香味扑面而来，浓烈得让她眩晕。

“臭小子，居然藏在这种地方。”萧湛快步过去扶住苏影。香粉事先撒在窗户滑槽里，只要用力一开窗，香粉瞬间全部被挤撒出来。

“苏影。”萧湛探她的额头，“好烫。”

苏影的额头已经被热气逼出汗珠：“我头好晕，好热。”

萧湛抱起苏影就去浴室，开花洒，将她抱在胸前。冰冷的水淋下来，两人身体一阵紧缩，抱得更紧。

苏影缩在萧湛怀里，睁不开眼睛，耳边是水声，和着他轻柔的声音：“你放心，我不会强迫你。”

苏影眼眶一热，脸上分不清是水还是泪。她转身，攀上他的嘴唇，狠狠吻上去。

这是药物反应，苏影这样告诉自己，已经放弃了理智抵抗。

萧湛抱紧她的肩膀，好似花了很大毅力才推开她："苏影，我警告你，我们现在非常不冷静，你最好不要……"苏影堵住他的嘴，萧湛脑子像是炸开了，捧住她的下巴，一下反客为主，激烈探索。

身上的衣服湿漉漉的，很不舒服，萧湛大手一拉，苏影身上的慵懒毛衣直接从肩滑到腰间，露出纤细的脖颈儿。

唇齿在她脖颈儿间留下殷红的印记，苏影全身都像烧起来了。

肌肤相贴的美妙，像巧克力融化在嘴里，像清淡的奶冰和香甜的炼乳滑过喉咙。她忍不住叫出声，百转千回般妩媚，她害怕却控制不住自己。

清晨的阳光照进房间的时候，苏影迷迷糊糊睁开眼，脑子一片空白，不知自己身在何处。翻个身，身体像散了架，她看见地板上撕开的铝箔包装袋……天哪，昨晚她都做了些什么，她立刻拿被子蒙住脸。

萧湛从浴室出来，伸手就掀掉她的被子："闷着了。"

苏影抢回被子，闷闷地出声："你能让我一个人待会儿吗？"

"可以，但是你再不去泡澡，水要凉了。"苏影整个人连带被子被萧湛抱进浴室。泡泡浴温度适中，萧湛亲一亲她的头顶，"让你一个人待会儿，有事喊我。"

苏影拿毛巾捂住脸，闷死算了。

昨晚，一定是那奇怪的香粉作怪，萧湛不是说那有催情作用吗，一定是！

房间的锁终于修好了，客房服务送来了早餐和干净的衣服。

吴奔一大早还特地发了视频电话过来："起这么早啊，湛哥，气色不错啊。"

"你还敢见我的面，昨晚的事，没完！"萧湛面上恶狠狠的。

吴奔马上告饶："别啊，我只是跟你开个玩笑。"

萧湛眯一眯眼：“开玩笑？”

“我发誓，绝对没下什么药，只是用精油调了一点盐酸消旋山莨菪碱，会让人感觉脸红、发热、头晕，再把空调温度调高一点而已。”

“真的？”

吴奔竖起三根手指：“我发誓。”

萧湛听到浴室门拉开的声音，关掉视频电话，回头，苏影把自己包成粽子，脖子都不露，她做好了十二分的心理建设才出来。

“我觉得，我们有必要聊一聊。”苏影也不靠近，就站在房中间看着萧湛。

“聊吧。”

“昨晚……我们都是成年人了，既然发生了，我们两个人都有责任，我对我自己负责，你对你自己负责，互不相欠。”苏影对着镜子练了好几遍，尽量做到洒脱。

萧湛皱一皱眉：“昨晚，好像是你扑过来的。”

苏影窘迫：“那都是因为……药……药……”

“哦。”萧湛起身，朝她走近。

苏影感觉到危险，连连后退：“咱们好好说话。”她后脚跟撞上墙壁，退无可退，她急了，“你站住！”

萧湛一掌拍在她耳侧的墙壁上：“我可是第一次，不想负责？”

“我也是啊！”苏影羞得想咬掉自己的舌头。

萧湛扳起她的下巴：“所以，我们什么时候去把证扯了？”

苏影睁大眼睛：“这也太快了。不是，不是快不快的问题，我们才认识多久。你不是来讨债吗？有人讨债把自己也搭进去的吗？”

萧湛笑了：“我乐意。”

人家说男人上床甜言蜜语，下床翻脸不认人，为什么萧湛是反的，床上狠戾杀伐，下了床温柔得像换了个人似的。

苏影不能再继续待下去，她害怕，这感觉太不真实。

“你能不能让我考虑一下？我们都冷静一下，好吗？”不这么说，她脱不了身。

“好。”萧湛果然放开她。

“噗——”韩琳把刚喝进的那口咖啡很没形象地吐了出来。萧湛一大早送苏影回来，她就把刚熬通宵的韩琳从被窝里拉起来，避开了激情四射的一夜，把重点给韩琳讲了一遍。

“他他他……跟你求婚？！”

苏影递纸巾给韩琳：“你慢点，别把舌头咬了。”

韩琳拿纸巾捂着嘴巴着急地问她：“那你怎么回答的？”

“我还回答，当然赶紧跑啊。”

“你是不是傻！萧湛简直是九亿少女的梦好不好。揍得了渣男，疼得死人，要脸有脸，要身材有身材，你还跑，你跑什么啊！”

“那你去嫁好了。”

韩琳叹口气：“我倒是想，别人看不上我啊。”

苏影知道她是开玩笑，说：“你不觉得很奇怪吗？我们甚至都不了解对方。”

“一见钟情懂不懂，司马相如和卓文君没听过？”

苏影睨她一眼：“最后司马相如出轨了。”

“那罗密欧与朱丽叶。”

“殉情了。”

“刘秀和阴丽华。”

苏影觉得这样的争论没有意义：“我来跟你说，不是问你该不该嫁，而是让你帮我分析一下他到底想干什么。”

韩琳哼一声：“郎有情妾有意，你说他想干什么？”

“可他不是来讨债的吗？”

“是啊，你就用你的下半生来还债吧。哇，我已经脑补了一百万字‘霸道总裁爱上我’的剧情。我可是很看好萧湛的，你等着以身相许吧，哈哈哈！”

苏影望天：“你还是继续睡觉吧，当我什么都没说。”

“别啊，我这都清醒了，再说说啊，苏苏，再多说一点。”韩琳追在苏影身后，“萧湛是在什么情境下跟你求婚的，不会是无缘无故吧。你一夜未归，你们是不是，嘿嘿嘿……”

苏影站在房间门口：“从现在起，我要闭关想主题，拒绝回答任何比赛以外的问题。”说完，嘭一声关上门。

只有做事才能让她静下心来，比赛在即，她也没有时间再浪费。

苏影打开电脑，想到“狭路相逢”的主题，脑子里突然灵光一闪，周身冷艳的常心有种暗黑的性感，灵感在那一瞬涌出来。她拿出画纸，白天鹅、黑天鹅，立体刺绣加流苏设计。白色俏皮，摇曳多姿；黑色灵动，优雅性感。

她一口气画了十张设计稿，灵感收都收不住。

韩琳叫她吃饭她才发现天已经黑了，打开门，韩琳站在门口啃鸡腿：“你再不出来吃饭就要成仙了。”

闻到食物的味道苏影感觉饿了，很饿。

苏影把韩琳手上咬了一半的鸡腿都抢走了：“你不是减肥吗，不用太感谢我，我会帮你消灭干净。”

韩琳悲痛：“今天是我的开放日，可以放开吃一天，只这一天，我又酥又脆的鸡腿啊。”

“那你就改一天开放日。”咬下一口鸡腿，苏影一脸满足。

“我倒是想改成天天开放日。”韩琳悲愤地吮一下手指，扭头看见桌上的画稿，“你有灵感啦？”

“手！手！”苏影着急地喊她，“油！你手上有油！”

“我知道，不碰你的宝贝。”韩琳转过头去看，“好漂亮啊。”

她眼睛亮晶晶的，问苏影：“这就是‘狭路相逢’的主题？”

苏影点头，道：“舞台剧里白天鹅是主角，我要让黑天鹅当主角，模特人选我都想好了。”

“不是徐梓淇吗？”

“徐梓淇虽然走的也是冷淡风，可是她少点暗黑的感觉。”苏影有点热血沸腾的感觉，真的好期待常心穿上她设计的衣服的样子。

“那是谁？你确定能请到人吗？”韩琳可把苏影问着了，嘴里又香又脆的鸡腿都没了味道。苏影放下鸡腿，含糊地答：“你不认识。”

韩琳皱眉：“设计再好，请不到合适的模特，效果会大打折扣。”

这个苏影当然知道，她起身去洗手间，指尖搓起泡沫：“要请那个人来，说难是有些难；说不难，也不是很难。”

萧湛出面，陆深不会不给他面子。可是，她现在最不想见的就是萧湛，还要有事求他。

苏影洗完泡沫出来，韩琳人就不见了。

“韩琳——”喊了两声也没人应。她回到操作台，越看越觉得只有常心最适合，简直是为她量身定做的。可她连常心的联系方式都没有，直接去找陆深要人？她可没那个胆子。

手机突然响起来吓她一跳，她手忙脚乱地接起：“喂。”

“苏影吗？我是常心。”

苏影举着手机张大嘴，半天说不出话。

“不知道你有没有空，想出去喝杯咖啡都找不到朋友，我是不是太冒失了？”

苏影努力合上嘴巴：“我有空，我正想找你。明天？好！”简直喜出望外，她这是传说中的“锦鲤体质”吧！

第七章
心肝宝贝

苏影一大早起床搭配好衣服，洗漱梳头的时候，韩琳突然戴着眼罩冒出来，扒着浴室门笑嘻嘻地问她："出去约会啊？"

苏影拍拍小心脏，说："你怎么神出鬼没，昨晚也是，说话说得好好的，人就不见了。"

"我哪有，我那是怕我太吵，吓跑了你的灵感，打扰你工作。"韩琳支支吾吾。

苏影现在满心欣喜，顾不上别的："我现在要出去见个人，她就是我们第二场比赛胜负的关键，等我的好消息。"

韩琳握拳："加油。要我开车送你吗？"

"不用。你帮我收拾一下画稿，爱你，拜。"说完，一阵风似的消失了。

苏影觉得自己真是太幸运了，想什么来什么。

常心约她见面的咖啡厅比较偏，两层小洋楼，颇有怀旧风，很安静。苏影踩着点到，常心比她早到，还是一贯的小黑裙，侧颜美极了。

“我是不是迟到了，不好意思。”苏影过去。

常心转过脸来，眼睛里还有没来得及收拾的忧郁，强行用微笑驱散：“没有，是我早到了，坐。”

苏影刚坐下，就有侍应上来招呼，她要了一杯卡布奇诺。

“你说正想找我，有什么事吗？”常心直奔主题。

苏影还在酝酿怎么开口来着：“我想邀请你当我的模特。”

“模特，我？”常心有点意外。

苏影直点头：“我想邀请你当我的模特参加《女神新衣》，你可以先看看我的设计稿，如果你不喜欢或是不愿意，我不勉强。”她拿出手机给常心看画册。这次她学聪明了，知道画稿要备份。

“很漂亮，我很喜欢。”常心不是敷衍，是真的喜欢。

苏影压抑着激动：“那你愿意当我的模特吗？”

常心沉默，没答应也没拒绝。

苏影的心情像坐过山车：“要是有什么问题，你……”

“我不知道。”常心的眼神是真诚的，“我不知道我可不可以当你的模特。”

苏影突然觉得她的眼神很忧伤，握握她的手像要给她勇气：“只要你愿意，就可以。”

常心感谢她的好意，微笑着道：“萧湛真的很爱你。”

“啊？”苏影一脸错愕，“我和他其实不是太熟，只是一些合作关系……”她自己都说不清，都“坦诚相见”了还不熟！

常心捂嘴笑出声，开心的笑。她朝苏影伸出手，问：“我们可以做朋友吗？以后随时可以约出来聊天逛街的朋友。”

苏影点头，握住她的手：“我们已经是朋友了。”

二楼单面玻璃后面，萧湛和陆深对坐小酌。常心出现的地方怎么会没有陆深，比萧湛看得都紧。

陆深闷闷地喝了一口酒，萧湛笑着看他，问：“又闹别扭了？”

陆深烦躁得狠：“女人就是麻烦，给点颜色就蹬鼻子上脸。”

萧湛笑："不是你宠的吗？"

陆深又灌了一杯酒。

萧湛拍拍他："常心生你的气也在情理之中，你以前干的那些浑事总得给她时间消化不是。"

陆深不说话。

萧湛看一眼楼下的两个小女人："我看常心跟苏影挺聊得来，女人和女人好说话，你让她和苏影待一段时间，我让苏影开解开解她。"

陆深这才听出味："你这是帮我，还是帮你女人呢！"

萧湛挑挑眉："我们这不是双赢吗。"

陆深搁下酒杯："论长情，我就服你。这么多年，就为了她，一个人默默守着，人家还不知道，值得吗？"

萧湛眼神幽深，挑眉笑："你为常心付出的代价，值得吗？"

陆深怔了一下，两人碰一碰酒杯，尽在不言中。

苏影不敢想第二场比赛竟然这么顺利，天时地利人和，她不拿第一名都对不起"锦鲤体质"。

徐梓淇白天鹅的灵动，常心黑天鹅的暗黑性感，狭路相逢，形成强烈对比。

这一次苏影是靠她的实力获得评委的一致好评。她的黑天鹅系列拿下了全场最高价，以一千八百万的价格稳居第一。

当晚，陆少莅临，节目组简直受宠若惊。其实有常心在苏影的团队，她已经稳拿第一了，陆深可是超级护短的主，怎么可能让常心输。

节目录制一结束，韩琳就嚷着要去开庆功宴。

"常心小姐姐，你说呢？"韩琳是看脸的，不管是男是女，只要长得好看她都爱。所以，韩琳对常心简直相见恨晚，非常自来熟。

常心跟她们在一起的时候，性子也不那么沉闷了："我没意见。"

可苏影得保持清醒啊："庆功宴会不会太早了点，这才第二场。"

"姐姐啊，我的好姐姐，我这神经都绷了整整一个星期了，你就让我们放松一下吧。"韩琳抱着苏影摇。

"行行，放松放松，再摇要吐了。"苏影投降。

韩琳转个身就打电话："喂，放心啦，我办事你放心。丽宫酒庄！"

"丽宫？"苏影眉头皱起，"为什么选那里，行宫重新营业了吗？"

韩琳用一只手搂住苏影的肩膀："今天正式重新挂牌营业，我们当然要去捧场啊。"

"这个当然要捧场了。"常心居然也帮腔。

苏影还在犹豫，韩琳加大力度摇她："人家萧湛、古成好歹也帮过我们吧，旁的都不谈，咱就当是还个人情也该去捧场吧。"

"行行，听你的，真的要吐了。"苏影彻底投降。

古成给面子，谢绝了所有订座，给苏影安排了专场，三个女生可以自由自在地玩。

苏影举杯："非常感谢常心的鼎力相助，我们会继续加油，争取靠实力拿到冠军！"

常心很久很久没这样自由开心过了："我还要谢谢你，谢谢你让我出来透口气。"

韩琳还抱着香槟瓶研究，苏影拿手肘碰一碰她："韩琳。"

韩琳抓起酒杯："感谢常心小姐姐。"她喝一口，"我们仨就这样喝多无聊啊。"

苏影看向她，问："那你要怎么喝？"

"人家庆功那可是香槟浴。"

"什么香槟浴？"

"这样。"常心拿着一支香槟，"啪"一声，木塞弹开，香槟像喷泉一样喷涌出来，越摇喷得越大，苏影惊叫，韩琳尖叫，三个女生在香槟雨中又唱又跳。

“这么高兴？”突然一声，常心猛然定格在原地。陆深咬着烟走了过来。

三个女生身上、头发都湿了，还滴着水。

陆深喊了一句：“拿毛巾来。”

侍者赶应递上干毛巾。

苏影反应过来捂住领口，赶紧拉了拉韩琳：“不好意思，我们去下洗手间。”

常心就站在原地，高兴的神色都回归沉寂。

陆深径直过去在沙发上坐下，拍拍身边的位置：“过来。”

常心乖乖地过去坐下，陆深拿着毛巾在她的湿发上一顿乱揉，明显是没照顾过人。末了，他松开毛巾，对着一头乱发的常心说：“真丑。”

“陆少好帅哦。”韩琳的花痴病又犯了。

苏影对着镜子拿毛巾擦头发：“看人不要光看外表。”

韩琳笑嘻嘻地凑过来，“你的眼里只有萧湛，别的帅哥自然都入不了眼。”

苏影在镜子里白她一眼：“瞎说。”

“不是吗？”

苏影接水拧毛巾：“当然不是。还有很多很多比萧湛长得好看、性格又好的帅哥。”

“是吗？”这一声不是韩琳发出来的，苏影吓得惊恐地抬头，萧湛的脸就出现在镜子里。

韩琳这回反应倒快，说道：“我去隔壁洗手间，你们慢慢聊！”说完风一样消失了。

“欸——”苏影拉她都来不及，如果她没记错，隔壁是男洗手间。

偌大的洗手间就剩萧湛和苏影两个人，苏影心虚，捏一把毛巾，水溅到眼睛，“哧——”她捂住眼睛，眼泪直涌。

“别揉。”萧湛已经走近，直接拿西服的袖子给她当手帕，“好点了吗？”

苏影点点头，感觉两人离得太近，她几乎被他半抱在怀里。她退开几步：“谢谢。”

萧湛玩味地看她：“说说看，你看上谁了？”

“什么？”苏影的眼睛还红红的，兔子似的。

“比我长得好、性格又好的帅哥。”萧湛双手撑着盥洗台，头顶的光线照得他有些眯眼，表情严肃得可怕。

苏影的腰抵着台面，身子后倾，急中生智，道：“夜礼服假面！”

整个少女时期的梦中情人。

萧湛笑得肩膀抖动：“不傻啊。”

“你才傻。”苏影小声嘟哝。

“你让我给你时间考虑，这比赛都比完了，是不是该给我回复了？”萧湛从来都是这样咄咄逼人。

苏影眉心揪紧：“太快了，我接受不了。”

萧湛认真地望着她：“快吗？按照正常的程序，我应该先向你求婚，你答应之后，我们发生关系。”

苏影瞪他：“你一定要说得这么直白吗！”

“那我还能怎么说？”

苏影赶紧捂住他的嘴，很认真地问他：“常心是你请来帮我的，对吗？”

萧湛不置可否。

苏影盯着他的眼睛，问：“你为什么对我这么好？我不相信一见钟情。”

萧湛抓着她的手，道：“可能我们前半生缘分未了，后半生还要继续纠缠。”

十八岁是他的前半生，二十八岁是他的后半生，他的前半生、后半生都是她。可她，错认了旁人。

“萧湛，你出来，为什么不见我！”洗手间外莱雪莉的声音骤然传进来，伴着虚浮的脚步声，她应该是喝醉了。

“雪姐，姐，萧总真的不在。你喝醉了，我送你回去好不好。”古成一个大男人都拦不住她。

“叫什么雪姐，土包子！”莱雪莉真是醉得不轻。

萧湛皱眉，当机立断将苏影拉进最里边的厕所隔间，毕竟他不想跟一个醉鬼浪费时间。

“她找你又不关我什么事。”苏影抗议，萧湛捂住她的嘴：“你再出声，我马上就可以让事情跟你有关！”说着，他伸手要开门。

“你……”苏影自觉的消音，情急抱住他伸出去的手臂。

“萧湛，你出来！”莱雪莉已经闯进洗手间，古成一头汗，看见洗手间空荡荡的，松了口气。

莱雪莉还不死心，一个格子间一个格子间推开：“萧湛！你不就是要我给你的心肝宝贝提鞋吗。行，我给她提鞋，只要你见我，我给苏影提鞋。”

苏影皱眉，为什么躺枪的总是她。

“心肝宝贝。”萧湛低声在她耳边说，潮热的气息直往她耳蜗里钻，苏影缩脖子躲。

莱雪莉终于闹累了，古成强行将她带了出去。

苏影还抱着萧湛手臂，触电般松开他：“下次，不要再开这种玩笑！”

萧湛看着她，说：“我把莱雪莉踢出了节目组，你不用担心她会对你不利。”

苏影惊愕：“她其实有点可怜。”

萧湛真的很想敲开她的脑袋看看是什么构造：“她没你想的那么

简单。地球很危险，你还是回火星吧。”

“我听得懂，你这是在讽刺我蠢。”

萧湛挑眉：“听得懂还不算太蠢。走吧，送你回去。”

“韩琳还在。”

“古成会照顾她。”萧湛带她从后门出去。

萧湛一路将她送到家门口，苏影下车，萧湛喊住她：“就这样走，不请我上去喝杯水？”

“不方便。”苏影逃也似的进屋。

萧湛看见她二楼的灯亮起来才回车里，苏影贴着窗边偷偷往下看，看见他的车开走才松口气。他刚才如果执意要进屋，她是拒绝不了的，就像那晚一样，再一次沦陷。

韩琳是什么时候回来的她不知道，只知道一晚上都躁动得睡不着。天蒙蒙亮的时候苏影刚睡着，震耳欲聋的敲门声将她吵醒，她拉了被子蒙住头。

“苏苏，你快起来，出事了！”韩琳的声音特别急。

“出事了？”苏影翻身坐起来，迷迷糊糊地下床开门，“出什么事了？”

韩琳的鸡窝头都没来得及梳整齐，举着手机给她看，她们工作室的微博已经被骂声淹没，荒谬的是微博爆料来源是内部知情人士。

苏影简直不敢相信：“怎么会有另一组图在外媒网上比我们发布的时间还早？”

“我也觉得太可怕了，那批设计图只有我们几个知道，最后的定稿也只有你、我、常心看过，在发布之前根本就不可能透露出去。”

苏影按住不自觉颤抖的手：“现在，我得冷静，想一想到底是哪里出了问题。”

韩琳抓一把鸡窝头：“你和我是绝对不会的，常心……”

“常心绝对信得过。”萧湛的人苏影都信得过。

“那就没人了，难道千里之外真有那么一个人和你的脑电波一样，跟你做出一模一样的设计？”韩琳觉得太匪夷所思。

苏影摇头：“这世上不可能有一模一样这种事。”

韩琳又看一眼微博：“完了，完了，这回全完了，全民都在抵制我们，还要我们滚出节目组。”

“还有一个人有机会泄露设计图。”苏影突然喊出来。

“谁？”

“徐梓淇！”苏影脱口而出。

“徐梓淇？”韩琳摇头，“她就算有机会也没时间啊，她看到设计图的时候我们已经在录制了。”

苏影拿手机点开网站：“我们的录制时间是提前一天的，加上海外时差，徐梓淇完全有时间泄露设计图。她还得有一个帮手，她一个人做不成。”

“莱雪莉！”

苏影第一个想到的就是她，反应这么迅速，安排得这么严密，在海外有一定的影响力，只有她有这个能力。

韩琳也冷静下来，慢慢坐下：“可是，这说不通啊，她的动机是什么。我们和徐梓淇无怨无仇，她为什么这样害我们。”

“那只能问她自己了，我们得马上把徐梓淇找出来。”

不光她们要找徐梓淇，已经有三波人在找她了——莱雪莉、秦业明、萧湛。

萧湛一大早看到抄袭的消息，亲自去安抚了几个爆料的记者，封口费花了不少。可现在是网络时代，之前莱雪莉把苏影炒得那么热，现在只要一根小针就能让苏影粉身碎骨。

萧湛从车上下来，古成等在酒庄门口：“萧总。”

萧湛脸色冷峻："找到人了吗？"

古成摇头："能动用的关系、人脉都用上了，但是徐梓淇像是人间蒸发了。"

萧湛扯开领口，径直走进酒庄。

"网上现在什么情况？"

古成跟在他身后："我们找人查过 IP，爆料是在网吧发布的，查不到人。"

萧湛抿一抿嘴唇："找公关公司网上控评，不要让事态继续扩大。"

"知道。"

"还有——"萧湛突然停下脚步，古成赶紧刹住脚步。"我让你之前准备的关于莱雪莉的资料，找个合适的人，泄露出去吧。"

古成愣了一下："你觉得害苏影的人是莱雪莉？"

"除了她我想不到别人。"萧湛的脸色吓人，"要解决一个丑闻，必须用另一个更大的丑闻。"

古成莫名觉得后背一凉，他很久没有见过这样令人不寒而栗的萧湛了。

接下来是铺天盖地的热搜——"时尚女魔头莱雪莉以权谋私，偷取新人作品，嫉才打压新人"。一时间盖过苏影的抄袭风波。

毕竟跟时尚女魔头莱雪莉比，苏影不值一提。最精彩的是，几乎没有一个圈内人出来帮莱雪莉说话，全都是拍手叫好的。莱雪莉做人做到这个份儿上，也别怪谁了。

萧湛安排完这一切，还是不放心苏影，要去看一眼。天刚刚擦黑，萧湛的车缓缓开出停车场，突然冲出个人拦在车头，幸亏车开得慢及时刹住。萧湛降下车窗，莱雪莉一副失魂落魄的模样，挡住他的去路。

保安已经赶过来拉人，莱雪莉像疯了似的，拼命巴住萧湛的车子不走。

萧湛面无表情地对保安喊了句："让她过来。"

保安松手，放开她。

萧湛熄火下车，靠着车身点了一根烟："给你五分钟时间。"

莱雪莉盯着他的侧脸："为什么要这样对我？因为苏影？为了苏影，你要毁了我？"莱雪莉压抑着情绪。

"自己做过什么心里有数，我给过你机会。"

莱雪莉抓住他的袖口："我知道错了，萧湛，再给我一次机会。"

萧湛淡淡地看着她，隐在烟雾中的脸上神色乖戾狠厉："我提醒过你，你自己没把握住机会。"

莱雪莉弓着腰，泪如雨下："萧湛，我不敢了，我不敢再为难苏影了，这次的事不是我，真的不是我。是，我算计过苏影，从苏影上访谈我要她穿别人的作品的时候，我就在算计让她背上抄袭的丑闻，一辈子洗不清，可她坚持不穿。第一场比赛，也是我叫走苏影的模特，想让她出丑。还有秦业明，也是我找来害苏影的。可是，苏影运气太好，我的每一步算计，她都完美解决。这次的事不是我，真的不是我，你相信我，真的不是我！"

萧湛居高临下看着她，突然问她："你知道为什么我会资助你出国留学，帮你爬到今天这个位置吗？"

莱雪莉愣了一下，木然地摇摇头。

"因为在某一个瞬间，你让我想起了苏影。你今天所有的一切都是因为苏影才拥有的，你却在背后捅她一刀。你觉得，我还会给你机会吗？"

莱雪莉的眼睛瞪得像铜铃，她不敢相信，不愿相信，这么多年她一直猜不透的原因竟然只是这样。

"我不信……"她抓紧他的袖子，"萧湛，我不信！她明明什么都不是，没有我漂亮，没有我年轻，甚至还被别的男人抛弃。"

萧湛灭掉烟："刚好五分钟。"转身上车，莱雪莉什么形象都不顾了，抱住他的裤腿："你要我做什么都可以，一次，再给我一次机会！斟茶认错、下跪都可以，只要苏影高兴，我什么都肯做！”

“晚了。”

萧湛招一招手，保安一上来就架开莱雪莉。

莱雪莉终于号啕大哭，四年的努力，她付出所有的青春、血汗甚至尊严才爬到今天的位置，短短几个小时，她便失去所有。她自知在那个位置积怨太深，一旦被踢出局，以后再没有翻身之日，因为明白现实的残酷，她才绝望。

萧湛知道莱雪莉就职的杂志集团想进军内地，但缺少人脉和资源，他本想以此为条件卖莱雪莉一个人情，让她捧红苏影。她自作孽，萧湛直接跳过她跟总部谈。最后的结果，当然是弃车保帅，牺牲莱雪莉一个时尚女魔头的虚名换来几个亿的收益，傻子都知道怎么选。

萧湛到苏有清影小院的时候，天已经全黑，工作室的大门敞着，屋中央的绣架上只绣了一半的叶子，孤零零的。

韩琳背对大门正接电话：“刘总，您听我解释，外面那些都是谣传，我们的设计绝对全部是原创，刘总，喂，刘总……”这个电话刚挂，另一个电话又响起来，“赵总，撤单？还要我们赔偿违约金？不是，我们并没有做违约的事啊。您有时间吗，我可以亲自向您解释这件事，喂，赵总……”

韩琳都数不清从早上到现在接到多少个撤单并且要求赔偿的电话，心力交瘁。

“怎么就你一个人在？”萧湛站在她身后韩琳都没发觉，吓了一跳，她转身道：“萧先生，你终于来了，你一定要帮帮我们。”

萧湛看了一圈：“苏影呢？”

韩琳苦着脸：“出去了，说是去见个人。”

萧湛看一眼窗外夜色：“知道是什么人吗？”

韩琳摇头：“我问了，她没说。”

萧湛皱眉。

茶室冷冷清清，秦业明坐在靠窗的位置。夜色下，路人行色匆匆，他看了一眼手表，等了十分钟，是他来早了，苏影一定会来。

喝过第二杯，秦业明果然在人群中看见苏影。她今天穿了件卡其色风衣，笔挺利落，和印象中的苏影完全不一样。秦业明回过神，苏影已经进来了。

苏影起伏的胸口压着火："我来了，你想说什么？"

秦业明倒杯茶推到对面："坐下。"

苏清冷冰冰的："我不是来喝茶的。"

"你就这么不想跟我待在一起？"

秦业明一定没察觉到自己的变化，从之前的有恃无恐到现在的五味杂陈。一个对他依赖、死心塌地爱了他十年的女人，就这样投入另一个男人的怀抱。她也会全心全意对那个男人依赖、死心塌地吗？每一个夜深人静的时候，秦业明才知道，他并不是一点都不在乎苏影。

苏影盯着他："五分钟，不管你说不说，我马上走。"

秦业明看着她的脸，像是想重新认识她一遍一样。他从旁边的椅子上拿起合同推到苏影面前，道："这是你们工作室所有员工的劳动合同，她们现在全部是我的员工。"

苏影脸上没有一丝意外，压着愤怒："还有呢？"

秦业明拿开第一份文件，第二份是合约，下面还有第三份文件。

"据我所知，你现在连违约金都赔不起，你的工作室已经破产了，你不卖给我还能怎么样？"

苏影不说话，只是盯着他。

秦业明抽出第三份文件："你不必马上给我答复，这第三份是……"

"徐梓淇是你的人。"苏影突然开口。

秦业明脸上的表情是错愕不已，不用他回答，苏影知道答案了。

“我以前只是觉得你凉薄，今天才见识到什么叫卑鄙无耻！”苏影愤怒地起身。

“徐梓淇是我的人，爆料的事不是我干的。”秦业明说得很慢，明知道解释没有用。

一开始他是动了这样的心思，安排徐梓淇接近苏影，搞垮她的工作室趁机收地。

“秦业明，我告诉你，那块地我卖给谁也不会卖给你。反正我现在一无所有，光脚不怕穿鞋的，大不了鱼死网破！”苏影愤怒地转身，秦业明伸手拉住她：“不准去找萧湛！”

苏影气极，笑了，冷漠地看他：“你有什么资格对我说不准？”

秦业明自知失态，手却不放开她：“不管什么事都要付出代价，萧湛现在帮你，以后把你卖了，你哭都来不及。”

苏影越笑，眼底的冷漠越深：“我愿意。秦业明你还能再伪君子一点吗！”她用尽全身力气甩开秦业明的手。

“如果没有十年前那件事，你会爱上我吗？”

秦业明也不知道为什么会问出来，大概从没想过，苏影会投入另一个男人的怀抱。

苏影没有回答，背影已经消失在夜色里。

秦业明捏紧第三份合同，那是一份房屋租赁合同，集中高级手工定做服装的工作室。

茶室对面，老式破旧的奶茶店，女人一身挺括羊绒大衣坐在窗边，气质和店铺格格不入，戴着墨镜看不清脸。

她的方位刚好可以看见秦业明，描绘精致的嘴唇紧抿，牙齿咬着愤怒。

“欢迎光临，欢迎光临……”门口招财猫断断续续传来招呼客人的声音。

“姚小姐。”

姚岚转过脸，从头到脚一身黑的女人在她对面坐下，脸上还戴着黑口罩，露出的两只眼睛里满是惊慌：“姚小姐，现在所有人都在找我，我，我怎么办？”

姚岚摘下眼镜：“南城你是不能待了。”她从手提包里拿出鼓鼓的一包钱，“你得马上离开，越快越好，千万不要被秦业明和萧湛找到，机票在钱袋里。”

女人赶紧收钱：“我明白。”说完，她起身就走。

姚岚戴上墨镜，看向茶室，秦业明已经走了。

在一起同床共枕的人才能发现身边人的变化，从秦业明看见苏影和萧湛在一起时，他就开始变了。

可能秦业明自己没发觉，可姚岚已经有了危机感，毕竟他是从别人那里抢来的。

虽然秦业明把徐梓淇安排在苏影身边伺机而动，可是以秦业明心慈手软的性格，他下不了狠手，姚岚决定帮他一把。

莱雪莉利用秦业明试探萧湛，拉秦业明赞助真人秀比赛，让她背这个黑锅也不算冤。

姚岚优雅地端起面前的奶茶，喝了一口。奶茶很难喝，可她的心情很好。

苏影，还没完，后面会更精彩，这次一定要让你永无翻身之日！

苏影回去的路上，下起倾盆大雨，将她淋了个透。

一楼工作室黑漆漆的，二楼都没灯光。韩琳走了吗？苏影摸黑进屋，摸到开关开灯。

“啊！”萧湛坐在她的绣架前，她吓得叫出声。

“你怎么在这儿？也不开灯，是要吓死人吗！”苏影生气了。

萧湛偏一偏头：“上去洗个澡换身衣服我们再谈。”

“很晚了，我很累，有什么话明天再说吧。”苏影站着没动，直接赶人，她今晚确实很累。

萧湛什么也没说，默默起身，苏影侧身让开门口。萧湛抓住她的手腕拉过来就把人抱起来，苏影都没反应过来：“萧湛！”

“叫你去洗澡你不听，非要我动手。”萧湛说着上楼。

苏影推他：“你放开，我自己可以走。”

萧湛紧一紧手：“你别动，我胳膊撑不住，摔下去别怪我。”房间门口，萧湛一脚踢开门，径直抱苏影去浴室，“还要我帮忙吗？”

苏影从他身上下来：“不用。”

萧湛僵着手臂：“我在外面等你。”带上门。

苏影松口气。“阿嚏！”打个喷嚏才感觉到冷。她放热水，脱掉湿衣服，热气慢慢弥漫整个空间她才感觉暖和起来。人暖和了，脑子也清明了，她发现个很严重的问题，洗澡忘了拿衣服。

萧湛突然在外面敲门，苏影吓得关水问：“干什么？”

“你洗很久了。”

苏影随手扯块浴巾包住身体：“你可不可去楼下等我。”

“不可以。”

苏影咬牙，拉一拉浴巾勒紧，开门。萧湛料到她会是这个样子出来，开门见山地说：“我要买你的工作室，韩琳已经签了字，就差你了。”

苏影都忘了尴尬，瞪大眼睛望着他：“韩琳什么时候签的字？”

“你回来之前。”他举起合同，“你签完字，苏有清影工作室我全权接手，你们什么也不用管，做自己的设计，继续比赛。”

苏影抿一抿嘴唇，低头，眼窝泛酸：“我不卖。”

萧湛皱眉看她：“因为你所谓的情怀？”

苏影不说话，默默绕开他，去拿衣服。萧湛一把按住衣柜门，苏影被困在他和柜子之间。

“说话。”萧湛咄咄逼人。

苏影背对着他："你已经帮过我很多回了，我可能这辈子都还不起。我不希望你继续陷在我这个无底洞里。"

萧湛蓦然扳过她的身体低头就吻住他。

苏影咬紧牙齿，他咬她，她吃痛。他抓住她的手腕举过头顶，她胸口起起伏伏，浴巾散开落在地上。

他呼吸急促，抱起她，彼此囚禁在身体里的欲望像烧开的水，咕嘟咕嘟前赴后继。苏影本能地搂住他的脖颈儿。

萧湛将她压进温暖的被窝里。

"放松……"他的声音轻得像空气里腾起的雾气．咬她的耳朵，"我给你讲个故事。从前有个少年，爱上一个女孩，少年自卑，只敢在背后默默守护……"他的声音娓娓动听，温柔至极他继续说道，"生日那天，少年终于鼓起勇气准备告白。"

苏影已经在溃堤的边缘，萧湛停下来问她："你猜结果怎么样？"

苏影哪里有力气回答他。

"他在生日那天，弄丢了女孩。如果时光可以倒流，可以找回当时的女孩，他愿意付出任何代价。"

窗外铺天盖地的大雨，窗户上映出起伏交缠的影子，这样的夜所有理智矜持都交由欲望主宰。

苏影在他怀里沉沉睡过去，已经很累却还有精力做梦，又一次梦到十年前的那天，白衬衫少年的背影越走越远，她急切地喊了一声"喂"，少年停下转身，画面突然变得很慢，她看不清少年的脸，以前那张脸明明是秦业明。

梦里画面陡转，少年身上都是血，为了救她……

她吓醒了，阳光闯进房间，明晃晃的。她睁开眼睛，萧湛早醒了，四目相对，她仓皇逃离。梦境里的脸和现实中的那张脸重叠，在她眼里放大。

"醒了。"

“嗯。”没有第一次那么尴尬。

“做噩梦了？”

苏影的眼睛闪烁了一下：“没有。”

“饿不饿？”萧湛问她，从昨晚到现在两人都没吃过东西。

“家里什么也没有。”

萧湛翻个身下床，套上衬衫随意塞了一角到裤子里，下楼去厨房。打开冰箱，当真比她的脸还干净。

“你是怎么活这么大的？”他在楼下喊。

苏影赶紧穿好衣服跟下来：“你小点儿声！”

左邻右舍听到她家有个男人会怎么想。

她打开橱柜，找到一袋挂面，这还是上次买东西送的，又说：“工作室有专门做饭的阿姨，每天做好了送过来。”

“还有什么？”萧湛接过面。

苏影再去翻了翻，找到一袋萝卜干，忘了是谁回老家带来的，还有几个苹果，她全都拿到萧湛面前：“就这些。”

“够了。”萧湛挽起袖子。

苏影张大嘴：“你不会想用萝卜干和苹果下面条吧？”

“不是我，是你。”萧湛拿锅接水，“过来，我教你做苹果面。”

“苹果面？那怎么能吃！”

“过来。”

苏影非常不情愿地过去，萧湛把位置让给她：“煮面也有技巧，不是煮熟就行。”他贴在她背后，“一定要用宽汤，先放点盐。”然后握着她的手放盐，苏影觉得昨晚那种酥酥麻麻的感觉卷土重来。

“煮面的时候要用筷子翻搅。”他握紧她拿筷子的手，贴她更紧，胸膛的起伏，甚至跳动的血脉她都能感受到。

“面出锅前要拿冷水过一下，这样才能保证面条爽口嫩滑。”他说得很慢，声音低沉浑厚。苏影不禁口干舌燥。

“你很热吗？”萧湛明知故问。

苏影下意识舔舔嘴唇：“因为你靠得太近。”

萧湛贴着她的耳郭：“我只是教你下面条，你在想什么？”

锅里水沸起来，苹果的味道散开来，苏影一不小心流口水了。

萧湛在她身后笑得愉悦：“这是对我垂涎三尺吗？”

苏影捂住嘴，转身瞪他：“才不是！”

第八章
错爱十年

苏影吃了两碗苹果面，她太饿了。

萧湛就坐在她对面，她的脸就没从碗里抬起来过。

萧湛起身去给她倒了一杯水，顺带拿来合同，一并放在她面前。

再不想面对，碗里的面也有吃完的时候，苏影还是得面对。她放下筷子，擦嘴，喝一口水，翻开合同看。对于她这样一个破工作室来说，萧湛给她开的价可以算天价了。合同上还注明工作室的一切债务全部由他承担。

苏影笑了：“这样的条件，傻子才不会签吧。”

萧湛只是看着她。苏影起身去找笔，萧湛已经准备好，递给她。苏影接过，左边是萧湛的签名，大气洞达。都说字如其人，他对任何事任何人都透彻洒脱，唯独苏影，仿佛已经刻进他的血脉，执念成魔。她在右边签上自己的名字，刺透纸张的力道，松开笔的那一瞬心如刀绞，抬眼看萧湛的时候，如释重负。

“从现在开始，苏有清影工作室就是萧先生的，我会尽快找到房子搬走。”苏影将签好的合同还给他。

萧湛没作声，起身：“我会叫人来搬东西。”

苏影不解：“搬什么东西？”

萧湛单手扣西装：“你的东西。”

“我！”苏影指着自己，“我连房子都没找……”

“不用找。”萧湛说完人已经走了。

苏影追出去，问：“什么叫‘不用找’？”

韩琳刚好到了，笑嘻嘻地看两人：“你俩这是刚起，还是刚回？”

萧湛开锁上车，对韩琳交代了一句：“帮她收拾东西，我晚点叫人过来。”

“好嘞，保证完成任务。”韩琳反应多快啊。

苏影还一脸蒙，直到萧湛的车开走，她还没反应过来。

“他什么意思啊？”

“收拾东西啊。”韩琳麻利地拉她进屋。

“收拾东西干什么？”

“收拾东西等他来接你啊。”韩琳快急死了，“他要你搬过去和他一起住啊，傻妞。不对，是准萧太太！”

苏影张大嘴：“我什么都没答应！”

韩琳一把搂住她的肩膀：“你就从了吧，萧太太，萧先生真的是个好男人。”

“你现在到底是哪头的人！”

“你和萧湛不是一家吗，我还用分哪头？”

苏影摘下苏有清影的门头牌，人都走光了，工作室现在是一副七零八落的景象。

韩琳叹口气，道：“坚持了这么久，最终还是要关门了。”

苏影笑笑："没有工作室，我一样可以刺绣，我可以开网店，说不定作品能卖到国外，现在很多国外的人喜欢在网上淘刺绣收藏品。"

韩琳有些惆怅，看着她，问："你真的要退赛？抄袭的事……其实萧湛已经处理好了，你实在不必……"

苏影竖好牌子："我参加比赛也是为了救工作室，现在工作室都没了。况且……"她顿了顿，"我已经给萧湛添了很多麻烦，我不想他再为我做什么。"

韩琳拉过她，认真地问她："你对萧湛到底是什么感觉？我不相信你对他一点都不动心。"

任何一个女人被萧湛这样呵护都会动心，苏影又不是铁石心肠，她只是对不太确定的事没有信心。

她一生中最好的年华、最炽烈的感情都给了秦业明，不敢再轻易交付真心。

韩琳替苏影收拾好东西，有约就先走了。苏影对着空荡荡的屋子感叹，坚守了这么久，最终还是守不住。不过也没有想象中那么难过，大概是因为买主是萧湛而不是秦业明吧。

丝线乱如麻，苏影静下心，一缕一缕捋顺。

手边的手机响了，她以为是萧湛，看都没看便接了起来："喂。"没有回音，她清了清嗓子："哪位？"对方还是不说话，苏影皱眉放下丝线和手机，那边突然说话了："是我。"

苏影骤然回头，秦业明就站在门口，她的心情一瞬坏到极点："秦业明，你信不信我报警告你骚扰！"

秦业明的样子很狼狈，衣服湿了半边袖子——外边没下雨，袖子上还沾着茶叶。

"我爸知道姚岚的事……把我从家里赶出来让我向你赔罪。"

"不需要。"苏影起身要关门。

秦业明用手撑着门板："我能进去待会儿吗，我的手臂好像烫伤了，很痛。”

苏影看他额上的汗不像是装的，她迟疑的时候秦业明已经迈进屋。他慢慢脱下外套，挽起衬衫袖子，手臂上已经起了水泡：“我处理一下烫伤马上就走，我……现在没有地方可以去。”

苏影什么也没说，径直回去理丝线。柔和的灯光在苏影的头顶投下一圈光晕，圆领针织衫里露出一截白皙的颈项，下颌微微内收，那是排斥的微动作。

秦业明在洗手间，两人之间只有哗哗的水流声。

“对不起。”秦业明的声音很轻，几乎要被水声盖过。

苏影无动于衷，秦业明很挫败，道：“我爸很生气，气到晕倒抢救。”

苏影被线球上的针扎到，渗出一滴血珠子，她咬着手指，问：“秦叔现在怎么样？”

秦业明关掉水，道：“还在观察，医生说他不能再受刺激，不然会很危险。”

苏影又恢复沉默。

秦业明从洗手间出来，稍稍抬一抬手，手臂就疼得厉害：“你这儿有没有止疼药膏之类的东西？”他的袖子只能拉到手肘，整条手臂都被烫伤，擦药得脱掉上衣。

苏影冷漠地看他：“是不是处理了烫伤，你就马上走？”

秦业明苦笑：“我知道你不愿意看见我。”

苏影拉着秦业明的手腕让他整条手臂都在冷水下浸湿，这样脱衣服的时候不会蹭破水泡。

“可以了，脱掉衬衫。”苏影往窗台去，从抽屉里拿了一把剪刀，窗台上养着芦荟，她剪下几段。

秦业明坐到桌边，脱掉衬衫，苏影一回头就看见他腹部的伤疤。十年了，还是触目惊心，可以想象当年伤得有多重。

什么事都不能回想，一回想，回忆便收不住，心软便也挡不住。

苏影努力不去看他的伤疤，抬起他的手臂将鲜芦荟涂上去：“芦荟有镇定消炎的作用，涂完你就可以走了。”

秦业明沉默片刻，道：“其实我也不知道能去哪里。”

“那是你的事。”苏影有些不耐烦，动作却还是轻轻的。

秦业明知道她是一个心软的人，好像他受伤失落甚至无助的时候一直都是她陪在身边，为什么以前的自己看不见。

“小影。”他突然抓住她的手，“我们……”

“放开！”

秦业明突然抱住她：“小影，我们可不可重新来过，我爸最后的心愿就是看见我们俩好好在一起。”

苏影全身僵硬，冷笑：“如果不是因为秦叔，不是为了股份，你还会低声下气来跟我道歉吗？”

秦业明迟疑了一下，抱紧她，说：“你再给我一次机会，我证明给你看。”

“你们在干什么？”萧湛进院子的脚步声，他们都没听见。

秦业明和萧湛对视，萧湛面无表情，眼神寒冷如刀。还被秦业明抱在怀里的苏影恼怒又紧张，这样的情景他一定会误会吧。

萧湛扫了一眼秦业明的手臂，苦肉计？

“秦业明，我数三声，你再不放开我的未婚妻，你那条胳膊就不只是烫伤。”

秦业明自然不愿在这个时候示弱，抱苏影的手臂更紧：“你说谁是你的未婚妻？人家答应了吗？”

他是了解苏影的，在一件事上受了伤，绝不会那么轻易再去碰触。

“我答应！”苏影字字铿锵，“秦先生，请你放手，自重。”

秦业明睁大眼睛：“我不信。”

萧湛已经上前抓住苏影的手臂将她拉过来：“没事吧？”苏影摇

摇头。

什么时候他们两人已经这样默契，秦业明不敢相信，无力感从心底最深处涌上来。他默默捡起地上的衬衫穿上，转身。

“这样就想走？”萧湛戾气很重。

秦业明拎着外套站在门口背对两人：“萧先生是想打一架不成？”

“徐梓淇爆料的事我还没找你算账，你最好回去管好自己的女人，不然我动手就不止打一架那么简单。”萧湛厉声警告，“我知道秦家现在遇到点麻烦，一个不小心，家破人亡。”

秦业明猛然回头：“你什么意思？”

“回去问你的女人。”萧湛将苏影护在怀里，秦业明抿紧嘴唇，加快脚步离开。

屋里终于安静下来，苏影垂着眸，很尴尬，退开几步。她这样的回避姿态，让萧湛压下去的怒火一下腾起来。他攥住她的手腕一下按到冰箱上，不给她避开的机会吻了上去。那哪里是吻，分明是咬，带着腾腾的怒气，惩罚的力道丝毫不留情。

苏影吃痛，她也恼了，反咬，两人喘着粗气都不肯先认输。

萧湛看见她眼底慢慢聚集的雾气，到底是心疼，饶过她娇柔的唇舌：“为什么让他碰你！”

苏影心虚，也委屈：“我……不该让他进屋。”

“你还知道！”萧湛盯着她。

苏影抬头看他，他背着光，细碎的光华落入他的眼底，火光闪烁。

“我也不知道为什么，看见他身上的伤，我……”

秦业明因为她受伤是事实，她认定他十年是事实，十年前的真相早被岁月腐蚀掉，原来的面貌被人遗忘。

萧湛捧住她的脸，深吻下去，这一次温柔缠绵：“余生……只准记住我。”他霸道地替她做决定，“这里不能住了，今晚就跟我走。”

苏影推他：“不行。我不跟你走。”

萧湛将她抵在冰箱上："刚才已经答应嫁了，还不跟我走？旅行结婚，明天的机票。"

苏影张大嘴："我答应了吗？"装失忆。

萧湛的表情突然严肃起来，定定地望着她："从现在开始，什么也不要看，什么也不要想，跟我走。"

苏影不知道怎么回应："我还有很多事没做完。"

萧湛扳正她的脸面对自己："我会让你得到想要的一切，我保证。但是现在，你要听话，跟我走。"

苏影像是被蛊惑了："好。"

这个男人就是有这个魔力，让人忘了所有的理智、矜持，甘心交付信任。

一天之内，萧湛替苏影退了真人秀比赛，禁止她看新闻，手机也不准玩，甚至订好了机票，急切地要带她离开南城。

苏影不知道为什么，韩琳一时也联系不到，她的预感非常不好，感觉有什么事要发生，可能已经发生了。

古成在门口按一声喇叭："苏影，萧总叫我来接你去机场。"

苏影推着行李箱出来："他呢？"

古成接过她的行李箱搬进后备厢："萧总还有点事要交代，让我先送你去机场。"

苏影微微皱眉："韩琳的手机也打不通，我得跟她说一声。"

"我跟她说就行了。"古成怕说漏了嘴，赶紧岔开话题，"身份证、护照都带好了吗？要不要再检查一遍？"

苏影看着他："古成，你们是不是有什么事瞒着我？"

"没有啊。"古成不看她的眼睛。

苏影心中隐隐的不安更甚："你不说，我打电话给萧湛。"

"别呀，真没事！"古成手足无措，又不能抢她的手机。她手机刚巧有电话进来，古成松了一口气。

《轻轻的亲亲 2》

作者：赵十余

（非卖品）《苏心如玉》赠品
<<< POSTCARD

苏心
如玉

陌生的座机电话，苏影的眉头皱得更深，接起来："喂？"

"请问是苏影吗？我这里是市中心医院，秦海老先生病危，执意要见你，请你赶紧来一趟。"

"我马上就来。"苏影挂断电话就对古成说，"去中心医院，马上，快！"

古成还愣着："可是萧总说送你去……"

"你不送我，我自己坐出租车。"苏影说着跑起来。

古成赶紧上车追上去："上车，我送你去。"

苏影上车，握紧手机，秦业明说秦叔不能再受刺激，会很危险。

"古成，再开快一点。"

古成点点头，一脚油门踩到底。

医院门口，车还没停稳苏影就开门下去，直奔秦海的病房，空无一人，护士告诉她送抢救室了。

抢救室门紧闭，苏影拉住一个护士问："里面现在什么情况？"

护士答得含含糊糊："要等主治医生出来才知道。"

"为什么突然病危了？"

"好像是看了一个什么微博热搜。"

"秦叔从来不看微博，他根本不懂。"

护士拿出自己的手机点开微博给她看："好像是这个。"

"黑马设计新秀发迹史，母女齐上阵！"

整篇文章字眼粗俗，不堪入目。

"太过分了！"苏影气得发抖，怎么往她身上泼脏水她都可以忍，但她不能忍受妈妈已经去世了还要遭受这样的羞辱！还有秦叔，简直是无妄之灾，怎么会有这样恶毒的人！

抢救室的门开了，医生慌张地出来："苏影来了吗？"

"我在！"苏影脸色惨白。

"你快跟我进来。"医生很着急，"秦老先生刚醒，一定要见你，不然不配合救治。”

苏影跟着医生进去：“秦业明为什么没来？”

医生走得很快：“小秦先生的电话打不通。”

秦海气若游丝，撑着一口气等她。

“秦叔。”

秦海看见苏影，嘴唇颤抖，艰难地发出声音：“是我的错。”

苏影握住他干瘦的手：“秦叔，那些八卦新闻，不要放在心上，要听医生的话配合治疗。”

秦海摇头：“是我错了，我不该强迫你和业明在一起，耽误了你，也害了你。”他老泪纵横，“我永远都记得十年前重遇你母亲那一刻的激动。既然我和你母亲不能在一起，那么，我希望我的儿子可以和她的女儿在一起，弥补遗憾……是我错了。”

苏影不敢置信，望着秦海：“秦叔，您……在说什么？”

秦海抓紧她的手：“我爱慕你母亲，只是我一个人的事，你母亲从来没给过我回应。可是，业明……却把他母亲郁郁而终的账算在你们头上，都是我的错。”

苏影本来蹲在床边，一个重心不稳跌坐在地上。十年，她默默忍受秦业明对她的厌恶，看她时强烈的怨恨，终于知道原因了。

母亲一直阻拦她和秦家来往，是她一头陷下去，要不是姚岚那一巴掌，她还傻傻地以为自己坚守的是真爱。

多可笑，原来从一开始，她就是个笑话。

心电监测仪发出警报，医生强制送苏影出去。苏影觉得耳朵嗡嗡作响，什么声音都听不见，傻傻地跌坐在椅子上。

医院下了病危通知书，护士不停地给秦业明打电话，但的都无人接听。

秦业明站在窗边，茶几上的手机不停地在响。姚岚坐在沙发上，身体端正，腰挺直：“你问我多少遍都不是，不是我爆料！”

秦业明侧脸沉郁：“是你告诉我苏影的母亲和我父亲是青梅竹马，我父亲因为爱慕苏影的母亲，所以强迫我和苏影在一起，这件事没有人比你更清楚。”他转头，好似整个房间的光线都变阴沉，“除了你，还有谁？”

“不是我！”姚岚就这一句，咬死不承认。

“我爸爸上次因为你的事气得心脏病发，医生说很危险。”

“所以你是准备一辈子都让我见不得光？”姚岚质问。

“苏影从来不会做伤害我的事。”秦业明不自觉就说出这句话。

姚岚骤然起身：“呵，原来男人都一样，得到红玫瑰，红玫瑰就变成墙上的蚊子血，白玫瑰成了心里的白月光；得到白玫瑰，白玫瑰变成衣服上粘的饭粒，红玫瑰成了心口的朱砂痣。那我现在是蚊子血，还是饭粒？”

秦业明也不知道怎么就说出那句话，他烦躁地捋一把额前的头发：“我只是想告诉你，不要做伤人不利己的蠢事。”

姚岚的眼睛已经红了：“你是不是后悔了？”

“你不要无理取闹，我不管你用什么办法，花多少钱，清理干净网上的爆料。”秦业明对她的耐心已经用完。茶几上他的手机又响起来，他转身过来，拿了手机就要走。

姚岚冲过去抱住他：“不要走，不要离开我！”

“我接电话。”秦业明不耐烦，接通，“喂。你说什么！我马上就来！”

姚岚又抱上来，死不松手：“我不准你走，我不准你去见苏影，我们才是一对，你是爱我的！”

秦业明掰开她的手：“我爸爸病危，因为你！”

“病危就病危，要不是因为他，我们早就在一起了，他该死！”

几乎是姚岚话音刚落，脸上已经挨了一巴掌。姚岚没站稳，脚一扭撞到茶几上，额头撞破了，鲜红的血触目惊心。秦业明自知失手，想扶她，手机里还在催促，他果断转身，大步离开。

“秦业明，秦业明……”身后是姚岚撕心裂肺的叫声。

秦业明已经用最快的速度赶到医院，但还是晚了。他冲到抢救室门口的时候，秦海盖着白布被推了出来。

“对不起，秦先生，我们已经尽力了。”

苏影木然地从椅子上起来，睁大的眼睛盯着秦业明：“为什么不接电话？你本来可以见你爸爸最后一面。”

秦业明定在原地，将手里握着的手机砸在地上，眼眶红得可怕，扑通一声跪在地上。

苏影跟着移动病床走，路过秦业明身边时，他突然握住她的手臂：“别走，别留下我一个人。”

对这个男人，苏影连恨都没有了，不值得。可是，无论如何他都为了救她挨过一刀，她曾经也为他做过许多傻事，这次是最后一次。

从此，她和他，两清。

“我……”

“她跟你没关系，跟秦家更没有关系，没理由陪你治丧。”萧湛终于赶来了。

来医院的时候，苏影拜托古成不要告诉萧湛，可是秦家出这么大的事，苏影和秦业明的关系又这样复杂，古成不敢再瞒。

萧湛腿长，几步就走到苏影跟前。他抓住她另一只手腕，道：“跟我走。”

秦业明站起来握紧苏影的手：“别走。”

苏影夹在两个剑拔弩张的男人中间，直觉自己要被撕成两半。

“今天谁也不能离开医院！”走廊的脚步声嘈杂起来，发号施令的男人风衣挺括，留着简洁的短发，沉稳又有几分儒雅，与他对视的时候，才能发现他眼睛里隐藏的锐利。

“是，秦先生。”秦易带来的保镖立刻守住出口。

秦易面色冷峻，对萧湛还是很客气：“萧先生，死者为大，我大伯生前拿小影当女儿，她留下送老人家最后一程，也是应该的。”他转脸看苏影，“不过，愿不愿意还是看她自己的意思，在场的，谁也不准强求。”秦易说话掷地有声，最后才看秦业明，“哥，放手，医院还等着亲属去办手续。”

秦业明慢慢松开苏影，懊悔又羞愧。

秦业明不足挂齿，萧湛却不能不给秦易面子。秦易才是秦氏主事人，秦家在南城也不是能随便得罪的。

萧湛紧握苏影的手，对她说：“如果你不愿意，我马上带你走。”

苏影知道他有这个能力，现在这样复杂的情况她也不该留下，可死者为大。

“对不起。”苏影垂下眼睛，不敢看他。

“我知道了。”萧湛放开她的手，转身。苏影望着他的背影，想喊，张了张嘴却发不出声音。

“谢谢你愿意留下。”秦易对苏影一直是当大嫂对待的，“我去送送萧先生。”

秦易在楼底下追上萧湛：“萧先生。”

萧湛回身：“秦总还有指教？”戾气深重。

秦易笑笑：“指教不敢，只是希望萧先生能卖个面子。”

萧湛眯一眯眼：“秦总这么大面子还需要别人卖。”

“我会劝我哥不要再找你的麻烦，也希望萧先生能手下留情。”秦易难得有这样放低姿态的时候。

萧湛笑了：“行啊。你让秦业明从南城消失。”

“萧先生，你一定要这样咄咄逼人吗，到最后就是两败俱伤。我知道你除了陆家还有海外风投的支持，可是秦家也不是能随便欺负的。”秦易还是笑着的模样。

“看样子秦总对我是做足了功课。”萧湛也不想遇到秦易这样的对手。可是，只要有关苏影，他可以与全世界为敌。“听说秦家最近遇到了一点麻烦，令尊那么大年纪遭受诬陷一定着急上火，我知道只有傅程鹏能帮你们，我和傅老爷子还算说得上话。”

秦易耐心用尽：“萧湛，你不要欺人太甚。”

萧湛哼笑一声：“欺人太甚的是秦业明，我并不想针对秦总你。”

秦易一时哑口无言，他不是不知道秦业明做的那些糊涂事，到底是理亏。

“好，我答应你的条件。但是，奉劝萧先生赢也不要太得意。”

赢？多讽刺的字眼。如果可以，萧湛愿意拿现在拥有的一切和秦业明交换十年。

傅绍白常常问他后悔过吗。他说不后悔是假的。年少时觉得承诺太重，他怕给不了她想要的，怕自己配不上她。可他忘了，人终有长大的一天，他们还有一辈子。

那时的萧湛，相依为命的奶奶还在，他没有父母，也不想知道他们是谁。破旧的院子里有一棵枇杷树。那一年枇杷花开得正好，他听见院子里有生人的声音，女孩的声音还未脱稚气，出奇地好听：“奶奶，您脚扭伤了可不能再乱走动，家里没人照顾您吗？”

“谢谢你送我回来，姑娘。我呀，有一个大孙子，比你大不了几岁，成天在外边野。我只是扭了一下，没大碍，不需要人照顾。”

“那可不行，这样好了，我就在隔壁补习，您需要什么告诉我一声，我替您去买。”

“这怎么好意思。”

“没事，没事。”

十八岁的他一直站在院子外，灰头土脸，脸上挂了彩怕吓着人。小姑娘从院子出来，他躲到墙根后，一米八高的个子连大人都不怕，倒怕一个小丫头。他还记得那姑娘穿了一件细棉连衣裙，裙摆上绣着同色的花样，长马尾在脑袋后面俏皮地荡来荡去，既有活力又明媚。他突然觉得他的人生好像也应该能有另一种活法，也能那样明媚。

后来他才知道那姑娘叫苏影，每天下午放学来隔壁补习，每次总会抽十分钟来看看奶奶。他偶尔回来会发现挂破的衣服上会有些竹叶、银杏的图样，是用手绣出来的，那时候苏影已经绣得像模像样。大概知道他是男生所以尽量避开花花朵朵，尽管这样，萧湛还是嫌弃太阴柔，再也不肯穿。

苏影每天都来，却从没碰到过他。他每晚都送她回家，风雨无阻，却从来都不让她发现。年少的感情炽热而纯粹，只是偷偷这样守护就已经很满足。

某一天，苏影在书包里发现一个粉色的信封。

那天，她下补习课等了很久。其实她一直都知道有个人每晚都陪她走那条坏了路灯的小道，所以她才不会害怕。她不知道是谁，只偷偷看过他转身回去的背影，白衬衫的少年，很高。

她捏着粉色信封在路口等了很久很久，天已经黑得路上一个行人都没有了。

回去的路上灾难就那样发生了，苏影死死拽着书包，不让劫犯得逞，也彻底惹怒了劫犯。

萧湛赶来的时候，苏影已经被打晕了，慌乱逃窜的劫犯看到有人来，红了眼，亮出刀。

萧湛一心在苏影身上，劫犯疯狂要逃路，刀子扎过来的时候，萧湛都没感觉到疼。

劫犯吓得扔了刀逃跑，那一刀扎得深，以至于萧湛想抱起昏迷的苏影送她回家都没力气，只能守护在她身边。

失血过多让他意识流失，半清醒半昏迷的状态，隐约感觉到有人来了，脚步很轻，他以为是劫犯折返。捡起地上的刀，等那个人一靠近，他闭着眼睛就刺了过去。

再醒来时，他在医院，警察围住他，苏影却不见了。

那一天，萧湛弄丢了他珍爱的女孩。那一天，是他十八岁生日。他许的愿望是向心爱的姑娘告白成功，而苏影从一开始就认错了人。

萧湛在酒窖待了四天，谁也不见，很久没有这样醉生梦死过了。

苏影一直在殡仪馆，出殡后她就和秦家一点关系都没有了。

秦业明整个人变得很颓废，所有的事都是秦易一个人操持。

秦易决定跟秦业明好好谈谈。

夜深，殡仪馆灯火通明依旧挡不住森寒。秦易拽掉秦业明手里的酒瓶：“明天就是出殡的日子，你看你像什么样。”

秦业明身上的衣服皱巴巴的，胡子茬儿杂乱：“不是有你吗？”他抢过酒瓶。

秦易砸了酒瓶：“你这个样子，大伯死不瞑目！”

秦业明笑得肩膀抖动：“你大伯我爸他根本就不在乎我这个儿子。不对，应该说，我和我妈在他眼里都是多余的人。”

“所以你就一直迁怒苏影？”秦易终于把话题引到苏影身上。

秦业明沉默，好半天他才缓缓抬头看着秦易：“阿易，我后悔了。”

“晚了。”秦易叹口气，“我已经答应萧湛，你会离开南城，不会再和苏影有任何牵扯。”

“你凭什么替我决定！”秦业明的眼睛猩红。

秦易平静地看着他，缓缓地开口：“十年前，救苏影的人是萧湛。”

秦业明瞪大眼睛看着他，像是没听懂，嘴张了好半天，问：“你说什么？”

“我也是调查萧湛的时候无意间查到当年的事。”

“原来如此。”秦业明苦笑，原来那个时候萧湛说他偷了别人的时光是这个意思。原来是他，竟然是他。

“苏影知道吗？”

“知道她还会留下来吗？”秦易过去拍拍他的肩膀，“哥，有些事，错了就是错了，总有一天她会知道，你留不住。”

秦业明低着头，脸藏在阴影里：“我知道怎么做了。”

秦易松口气，捏一捏他的肩膀，道：“不管多难，我会帮你，我们是兄弟。”

“嗯。”

第二天出殡，天阴沉沉的，亲朋好友商界巨贾悉数到场。

秦业明捧着遗照，苏影扶棺，秦易先走一步在墓地安排事宜。

黑色的豪车排成连绵的山脉，秦业明和苏影最后上车，秦业明伸手扶她。

“苏影！”大家都猝不及防，姚岚疯狂地冲到苏影面前，一把拽住苏影，指甲掐进她的肉里。

苏影都快认不出姚岚，她头发胡乱地束在脑后，脸色苍白，眼圈发青，额头的伤触目惊心。

“苏影，你是魔鬼，害得我一无所有，你是魔鬼。”

姚岚抓得苏影的手好痛，苏影觉得她精神有点不正常：“姚岚，所有的事都是你自作自受，谁也怪不着。”

姚岚眼红如血：“秦业明是爱我的，他一直都是爱我的。是你，都是因为你，我要你死，你死了秦业明就会回到我身边。”她突然发疯般拉扯苏影。

秦业明第一时间下车：“姚岚，你发什么疯，放开她！”

三个人拉扯扭打到马路中间，所有宾客都探头看，不明所以，拉架都无从下手。

“危险！”宾客中不知谁喊了句。

马路上疾驰而来的货车刹不住直冲向三人。就在那一瞬间，姚岚放手逃开，苏影也知道要逃开，可她动不了，两条腿像粘在地上一样一步也挪不动，脑子一片空白。

都说人要死的时候会看见光，她好像已经看见那道光。

货车冲过来的那一刹，苏影被强劲的力道推离原地，整个人从马路中间滚到路边。

她惊魂未定地抬头，睁大眼睛，看见推开她的秦业明被货车刮倒，头撞到马路边的隔离栏。

医院嘈杂，秦业明被送进急救室，秦易赶来的时候，护士正给苏影处理擦伤。

“她怎么样？”秦易问护士。

“外伤，不要紧。”护士扔掉消毒棉球，“等会儿拿着片子去给医生看看。”

苏影抬头看秦易，脸色惨白：“秦业明还在急救。”

秦易转身就去急救室，苏影一瘸一拐跟在他后面。

急救医生刚好出来，秦易加快脚步走过去：“医生，伤者的情况怎么样？”

医生摘下口罩：“你是伤者家属？”

“是。”

“只是软组织擦伤，没什么大碍，但是头部撞伤还有待检查，看看有没有什么后遗症。”

“会有什么后遗症？”苏影追问。

“这个不好说，人的大脑是最复杂的。”

护士推着移动病床出来，秦业明还没醒，头上包着厚厚的纱布。

秦易拜托苏影照看一下秦业明，有些手续他得去办。苏影没法拒绝，医生也说秦业明醒了身边不能没人。

“咝——”秦业明比预计的醒得早，他闭着眼睛捂住头，“好痛。”

苏影赶紧过去：“别动，你头上有伤。”

秦业明模模糊糊睁开眼睛，看清苏影的脸，问她："这是哪儿？"

"你受伤了，在医院。"苏影的声音没什么起伏，给他倒杯水。

秦业明撑着额头坐起来："我怎么在这里？几点了，上课是不是要迟到了，今天是'黄药师'的课，被抓到就惨了。"

"黄药师"是他高中班主任的外号。

苏影的手抖了一下，水都泼出来了："秦业明，我警告你，不要开这种无聊的玩笑！"

秦业明的眉头皱起来："你怎么了？怎么这样跟我讲话？"

苏影什么心思都没有了："医生，医生——"

主治医生及时赶到，替秦业明做了简单的检查，又问了他一些问题。他叫什么，多大，做什么工作，家里有什么人，他都答得清清楚楚，只是他说的那些事都是他十八岁那年的事。

"我叫秦业明，这是我的小未婚妻。"他抬手指向苏影。

苏影脸一白，望向医生："他这是什么情况？"

医生面色凝重："大概是脑震荡的后遗症，患者会出现一部分记忆的缺失。"

"那他这种情况会好吗？"

"说不好，有的可能会随着身体的好转复原，也有的会持续很长一段时间。"

秦业明一脸茫然："你们在说什么？"

医生看了他一眼，叹口气，望向苏影："你多陪陪他，现在就要靠家人了。"

"我不是，我和他……"

医生压一压手掌："不管你们现在是什么关系，即使是朋友，也该伸手援助不是吗？好了，我让护士进来挂水，他还得留院观察两天。"医生说完出去了。

"小影？"秦业明拉住她的手，"能告诉我发生什么事了吗？"

苏影盯着他，不放过他脸上任何一个细微表情：“秦业明，你不要装了，不管你是伤是残，我们都不可能回到从前，我们现在什么关系也没有。”

秦业明还是表现得一片茫然：“苏影你到底在说什么？你明明是我的未婚妻，上完大学就结婚，你怎么可以说我们什么关系都没有。”

“你……”苏影彻底不知道怎么办了，有嘴说不清。

第九章
星空下的求婚

萧湛终于“出关”，酒庄葡萄架围成的简易冲凉间，他站在花洒下冲掉身上的酒味。

古成背对葡萄架站着：“萧总，韩琳打了好几次电话来找你。你真的不见？也许是苏……也许是她最好的朋友有什么事。”这些天古成一直陪着萧湛，外边的事也少闻。

水声停了，萧湛披上浴巾：“衣服。”古成赶紧递给他，继续说：“韩琳听上去真的很着急，说是跟秦业明有关。”

萧湛一言不发，冲凉间只有穿衣服的窸窣声。

古成：“萧总……”

萧湛已经出来了：“再多话就把你的嘴巴粘起来。”

古成张了张嘴，到底没再出声。

萧湛才穿好衣服，办公室外头传来一片嘈杂声，十个保安都拦不住韩琳闯进来。哪里是拦不住，大家都有眼力见儿，韩琳谁敢真拦。

“萧湛，你再当缩头乌龟，苏苏又要被秦业明那个渣男抢走了！”

韩琳是真急了，口不择言。

萧湛脸色一沉，古成赶紧拉韩琳：“你不要命了！快跟我走，萧总这会儿没空见你。”他一个劲儿给韩琳使眼色。

韩琳推开古成，冲到萧湛面前：“昨天秦家出殡，姚岚去闹场，拉着苏苏同归于尽，秦业明及时推开了苏苏，现在，苏苏在医院陪着秦业明。你再不去，苏苏又要被秦业明那个渣男骗得心软，就什么都晚了！”

“你说真的！”古成惊疑的空当儿萧湛已经攥紧车钥匙大步出去。

萧湛一脚油门，弹射起步，在车流中惊险飘移。秦业明，想用苦肉计回头，做梦！

苏影一夜没睡，昨晚韩琳教育了她一宿，叫她不要对“渣男”心慈手软，对“渣男”的仁慈就是对自己的残忍。

韩琳说的她都明白，可无论如何秦业明到底是救了她。十年前，他为救她，挨了一刀，这次撞伤头，她真的做不到那么冷酷。

秦业明的脸色比昨天好了许多，看见苏影眼睛都亮起来：“我以为你已经走了。”

“今天感觉怎么样？”苏影的声音没起伏。

“医生说我今天需要去做个 CT。”秦业明拉住她的手，“小影，你到底怎么了，为什么对我这么冷漠？”

苏影冷冷地看他：“你自己做了什么事自己不知道吗？”

“我不知道，你能告诉我吗？”

苏影抽回手：“秦叔和我妈妈的事，你是什么时候知道的？”

秦业明面露惊讶：“我爸和你妈妈，什么事？”

苏影握紧拳头，定定地望着他：“秦业明，我告诉你，我妈妈和你爸什么事也没有。就算他们曾经有过一段难忘的感情，可我妈妈深爱的人只有我的父亲。你妈妈去世，我很遗憾。对你也许是一个很大的打击，可是，跟我们一点关系都没有。”她一口气说完，“不管你信不信，我言尽于此。从现在开始，我跟你，做回陌生人。”

秦业明睁大眼睛伸手要抓住她，苏影后退，他从床上翻下来：“小影，你别走……”他的腿脚因为躺麻了，半天站不起来。

苏影皱一皱眉还是上前扶他，秦业明抱住她不松手：“那些都是姚岚误导我，我知道错了，小影，你别走，我现在只剩下你了。”

“终于肯恢复正常了？”苏影冷漠地开口。

秦业明愣住了，一时情急说漏嘴，他根本没什么记忆缺失症。

“你真让人不齿，放开我！”苏影再也抑制不住愤怒，秦业明心一横，用蛮力将她压到床上：“小影，是我错了，你再给我一次机会，就一次好不好。”挣扎中秦业明看见她脖子上的吻痕，“你和他……在一起了！”

苏影愤怒地瞪着他：“是啊，我和萧湛在一起了。”

妒火烧光了秦业明最后一点理智：“你是我的，十年，从十六岁到二十六岁，你一直是我的！”他疯狂抓住她，手上下了狠劲，苏影分毫挣不开。

“秦业明，十年，让我们保留最后一点体面可以吗？”苏影的眼泪滚落。

秦业明已经停不下来：“你是我的，是我的！”

病房的门被踹开，如山崩地裂，萧湛及时赶到，抓住秦业明一把就掀翻，紧紧将苏影抱在怀里：“没事了。”

苏影那一瞬间在他怀里泣不成声，萧湛心疼，看一眼秦业明怒火更盛。他将苏影推出去：“等我。”

关上房门，反锁。

“萧湛，你别做傻事！”苏影在门外大喊。

秦业明从地上爬起来，萧湛脱了外套，扯开领口的扣子。

秦业明也撕掉了手上缠的绷带，两个怒火中烧的男人都恨不得亲手撕了对方。

萧湛举起椅子砸在地上，椅子当场断裂。他勒住秦业明的领子：“你敢动她！下一次，”他用手指着秦业明的脑袋，“椅子从这里砸下去，你可能会变白痴！”

秦业明的手指在发抖，他脸上笑得很痛苦：“现在是法治社会，你砸一个试试。”

萧湛笑着松手，点了一根烟，居高临下，像看一只蝼蚁：“你提醒我了，提心吊胆不知哪一天会被砸成傻子比直接砸成傻子要刺激得多，不是吗？”

“你！”秦业明整个背上都是冷汗。

“萧湛，你快出来，别做傻事，不值得！”苏影焦急地在外面喊。

萧湛打开门，苏影红着眼睛，嗓子都哑了。萧湛拢一拢她耳边散下的发丝：“放心，我只是给他一点警告，让他记住，不要随便动别人的东西。”

“萧湛，今天的事，没完！”秦业明痛苦地喊出声音。

“我等着。”萧湛搂住苏影带她走。

车上，萧湛一言不发，车厢，静极。苏影知道他生气，垂一垂眼睛，看见他指头都打伤了，整个手臂看上去很僵硬。

“你受伤了。”

萧湛掉转车头拐进一条小巷，刹车。萧湛解开安全带将苏影摁在椅背，苏影感觉嘴唇上一痛，萧湛霸道地吻上来。

苏影消极承受，泪眼汪汪。

萧湛恶狠狠地说：“再有下次，我不知道会对秦业明做什么！”

“对不起。”苏影的声音很可怜。

她有什么错，萧湛放开她，重新发动车子，倒出巷子。

一路回到公寓，萧湛都没再跟苏影说过一句话。古成不放心，和韩琳一直等在萧湛家门口，看见两人平安回来，松了一口气。

傍晚，下起暴雨，萧湛一直待在自己的房间没出来过。

“萧总是真生气了。”古成看着苏影小声说。

韩琳也压着嗓子：“我白天说他是缩头乌龟，他会不会秋后算账啊，我好害怕啊。”

“他是在生我的气。”苏影说。

“萧总一个人待在房间很久了，不会有什么事吧？”古成有点担心了，“他回来的时候，我看他手上有伤。”

苏影起身：“我去看看他。”

苏影上楼，敲敲门，没反应。她拧了一下门把，门没锁。她推门进去，房间很暗，窗帘全拉上，床上的人弓着背躺着。苏影不知他是不是睡着了，小心翼翼地靠近。

“别过来。”萧湛突然出声，苏影吓得定在原地。

“出去。”萧湛的声音沙哑，似乎忍着痛苦。

“你生病了？”苏影两步过去开了床头的壁灯，萧湛侧卧在床上，额头有汗，嘴唇颜色都惨白。

“你怎么了？”她伸手去探他的体温，有点热，不打紧，“哪里不舒服吗？”

萧湛躲开她的手起身，右边的肩膀看上去十分不妥，苏影问他：“你的手受伤了？”

上次脱臼就没好好护理，阴天下雨潮湿都会疼。今天砸椅子的时候用力过猛导致手臂二次受伤，疼痛更严重了。

“我没事，你出去。”萧湛嘴硬。

苏影皱眉看他，对着门口喊了声：“古成。”

古成噔噔噔上楼，推门就进来：“怎么了？”

“你去煮一桶生姜水来，要冰桶那么大才够。”

“我马上去。”古成什么也不多问。

苏影转身去浴室，出来时手里多了两条热毛巾，也不管萧湛愿不愿意，解他的衬衫，快准稳，一粒，两粒，三粒……

“抬胳膊。”她发出指令，萧湛脸色不好，身体却自动进入听话模式，扯到疼痛的关节，“哧——”

苏影放缓动作小心翼翼替他褪下衬衫，用热毛巾敷在他的关节处：“别动。”她拧干另一条毛巾屈腿上床，替他擦背，“阴雨天注意保暖，保持干燥。如果热敷还不能缓解疼痛，让古成开车送你去医院。”

“你没做错什么，用不着这样。”萧湛的声音不冷不热。

“我知道你对我好，你生气是因为我没有保护好自己，我知道。”苏影在他背后喃喃说道。

萧湛反手抓住她的手腕，气还没消：“知道还不听话！”

苏影用热掌心贴在他心口：“不会有下次了。”萧湛抓住她的手拉过她，两人的脸近在咫尺。

古成来得可真是时候，一掌推开门：“生姜水熬好了。”

空气里的粉色泡泡一下全破了，古成搁下冰桶就走：“抱歉抱歉，你们继续，继续。”

苏影被热气熏得脸红，下床去拎桶，将滚烫的生姜水全倒进浴缸。

“进去泡着，泡出汗为止。”

萧湛气也消了，心情也好了，泡了许久，肩上的疼痛慢慢消失。

萧湛披着浴袍出来，整个人看上去清爽了许多。苏影庆幸自己还记得这个土方子：“睡一觉就好了，我让古成备着吃的。”

萧湛倒听话，上床，盖上被子：“冷。”

“你这里好像没厚被子。”苏影去储物柜找被子。

“冷。”萧湛弓起身子。

苏影过去床边弯腰摸他的额头，犯难道：“我让古成去买一床厚被子？”萧湛顺势拉她进被窝：“两个人就暖和了。”

苏影有点儿无奈：“萧先生，你今年几岁？”

萧湛搂紧她：“今年二十八岁，明年十八岁。”

谁能想象性格乖戾的萧先生会像现在这样对一个女人撒娇呢。

雨过天晴，被雨洗刷过的天空特别通透。

苏影是被电话吵醒的，她翻身拿手机被萧湛拉回去，严丝合缝嵌在怀里："冷。"

苏影想说太阳都晒屁股了："我接个电话。"萧湛不松手，苏影亲他一口，"乖——"轻松从他怀里出来，对付撒娇的男人这招最好使，韩琳教的。

苏影披了一条毛毯到阳台，接通电话："喂。"

"苏小姐你好，我是《女神新衣》总制片人，节目组出于多方面考虑还是希望苏小姐可以申请退赛，现在正是风口浪尖，这个安排对苏小姐来说也是有利的。"制片人说得比较委婉。

苏影心里明白，"抄袭"对一个设计师来说几乎是毁灭性的伤害，关于她的黑料更是铺天盖地，绯闻还在持续发酵。如果节目组还继续捧她，就会让大众对节目提出质问，一个有黑幕的节目谁会买账。

萧湛和秦易这样的人物都没办法控制舆论，众口铄金，网络暴力足以逼疯一个正常人。所以，萧湛那样急切地要带她离开，是为了保护她。

"您不打电话过来，我也准备退赛的，给您和节目组添麻烦了，抱歉。"苏影说得坦坦荡荡。

制片人倒不好意思了，说："苏小姐，你千万别这样说。我们也是没办法，我们节目组都是相信你的。"

这样的场面话苏影听听就算了，道了一声"谢谢"。

"还有……就是关于萧先生那边，还请苏小姐帮我们好好解释一下。"制片人支支吾吾，拿不准她和萧湛的关系，毕竟不能得罪萧湛。

"这个，我可能无能为力，需要你们亲自跟萧先生沟通。"苏影也知道什么该说，什么不该说，她要答应不就承认了潜规则吗。

"谁的电话这么久？"萧湛起床气大，苏影捂紧话筒："你别说话。"

萧湛的眉心拧成"川"字，苏影赶紧结束电话："退赛申请稍后我会把书面文件发到节目组，那就这样，拜拜。”挂掉电话，苏影松口气，“也不知道制片人有没有听到。”

“听到什么？”萧湛还黑着脸，起床气不是一般大。

“潜规则啊。”

“我捧我自己的老婆也算潜规则？”

“谁是你老婆。”苏影不好意思地低头。

萧湛拉住毛毯将人抓过来：“嫁给别人试试！”

午后的阳光暖暖的，带着些许温柔的风熏得人都慵懒了，窗外银杏树上偶有麻雀叫几声。

退赛后的苏影难得清闲，趴在案台上临摹。阳台上摆了一张茶几，一方紫色软垫，萧湛躺着看书。苏影偶尔抬头看他一眼，阳光在他侧脸留下一片立体阴影，垂眸专注某件事的男人最有魅力。她看着看着，笔尖迟迟不落，墨汁染了白纸，又报废一张，男色误人哪。

萧湛合上书，扭头看她：“萧太太，这都第几张了？”

“还不是因为你惹我分心。”苏影干脆搁笔。

萧湛起身：“我可什么都没做。”

苏影感觉今天大概是没法继续了。

萧湛从背后抱住她：“要不咱们做点快乐的事？”

苏影拿手肘顶他：“青天白日。”

“不是你一直对我心猿意马吗？”嘴唇擦过她的耳郭，痒得苏影全身都麻起来：“萧湛！”

“听到了，知道你有多想我，不用叫得这么大声。”

“萧总！”又是一掌推开门，又是古成，又是这种粉红泡泡的时刻。萧湛视线射过来的时候，古成觉得凉飕飕的，“萧总，我真不是故意要挑这个时候，那个，傅先生要找的人找到了。”

萧湛放开苏影，严肃道："确定是她吗？"

古成直点头："确定。"

"我亲自去确认一下。"萧湛拎了外套就往外走，回头叮嘱苏影，"不要乱跑，去哪儿给我打个电话。"

"嗯。"苏影站在阳台上看着萧湛和古成的车开远，偌大的公寓只剩她一个人了。她叹口气，她从来没过过像这样无所事事的日子，真的不适应。

萧湛一直到晚上都没回，她记得傅绍白是拜托萧湛找什么人来着，萧湛这样郑重其事，应该是很重要的人。

苏影打电话给韩琳，一个人吃饭太无聊。

韩琳爸爸今天生日，她得陪老爷子。

苏影看着挂钟，一个人好寂寞。她从来不怕寂寞，因为习惯了，萧湛真是把她养娇了。

她举着手机，踌躇着要不要给萧湛打个电话，又怕会不会打扰他办正事。手机突然响起来吓她一跳，手忙脚乱就滑动接听键。

"小影，对不起。"秦业明的声音传过来。苏影立刻就要挂电话，触屏有点失灵。

"你先别挂电话，我说完绝对不会再骚扰你。"秦业明倒有自知之明，"我只是想把你妈妈的遗物还给你，跟你道歉。"他还附了张照片过来，复古小皮箱，一方丝帕，一本发黄的相册——全是妈妈少女时期的照片。

"这是我在整理我爸遗物时发现的，我觉得应该交给你。"

苏影握紧手机，她不想妈妈的照片留在秦家。可是，萧湛一定不会让她去见秦业明。

秦业明继续说："明天一大早我就要走了，离开南城。"

苏影一个字都没回应，也没挂电话，秦业明知道她在犹豫："知道了。我会替你好好保管，你放心。"他作势要挂电话。

“你在哪里？”秦业明真的太了解苏影了。

“在家。”

“你带上东西在附近的肯德基等我。”苏影到底是学聪明了，肯德基人多，大庭广众，秦业明不敢对她怎么样。

坐上出租车，苏影心跳很快，像做错事的孩子。如果中途萧湛回家发现她不在，她就对他坦白。

车开了一路，萧湛也没打电话过来。苏影想，他应该还在忙，一去一回三十分钟够了，应该不会有问题。

车突然发出异响，司机赶紧靠边停车。

“怎么了？”苏影问。

“我下去看看。”司机皱着眉下车，推开车盖一股浓烟呛得他直咳嗽。他回来躬身对苏影说：“对不住啊姑娘，车坏了，你下车另外拦一辆吧，我也不收你的车钱了。”

苏影无奈，下车，司机为了避开拥堵车道特地选了人迹稀少的单行道，这会儿让她上哪儿拦车去。她只能走出这条单行道到大马路上去拦车。这单行道还有一段路灯是坏的，黑漆漆的，苏影不自觉加快脚步小跑起来。

有大灯亮起来，刺得人睁不开眼，苏影还没反应过来，嘴被一只大手捂住，腰上一紧已经被人掳进车里。苏影感觉头撞到靠椅，闷闷地疼，恐惧如同黑暗从四面八方而来将她淹没。她迟钝地反抗，手脚并用，牙齿咬捂在嘴上的手，眼泪在一瞬间就吓出来了。

“哧——”男人抽气一声，苏影怔了一下，这声音……

“还知道怕？”车内的灯在这个时候亮了，萧湛的脸近在咫尺。

苏影泪眼汪汪：“以后不准这样吓我！”

萧湛望着她：“你还想吓我多少次？每一次，我的惊吓不比你刚才少，只会更多。”

“我……我不会让自己出事。”苏影像做错事的孩子。

“那是因为你还不了解男人，特别是秦业明这样自负又输不起的男人。”

“你怎么知道我是去找……”

“我在你手机里装了定位。”萧湛直接说。

“我只是去拿妈妈的遗物。”苏影解释道。

“他真想给你的话，大可以快递给你，为什么一定要你去拿。”萧湛一语道破。

苏影还是太单纯，萧湛也不想过多苛责她。秦业明这样的人，要彻底断了他的念想，才能一劳永逸。

萧湛替苏影系好安全带：“坐好。”车开出巷子，不是回家的方向。

苏影看窗外离家越来越远的路线：“我们去哪儿？”

“机场。”萧湛踩了一脚油门。

“你要带我去哪儿？”

“旅行结婚。”

苏影睁大眼睛望着他：“你，你这是……”她一时找不到合适的词，脱口而出，“绑架！”

萧湛笑了：“你喜欢抢亲游戏？”

“别开玩笑了，我要回去。”

“古成会去秦业明那儿把你妈妈的东西拿回来。”萧湛单手托着她的脸颊，“你看我的样子像开玩笑吗？你的行李、护照都在后备厢。”

苏影傻了。

车停在机场门口，苏影抓紧安全带不下车。

萧湛笑一笑：“我不介意抱你上飞机，乖。”他弯腰过来真要抱她。

“我自己能走。”苏影跟着萧湛进去机场大厅，脑子一片空白。

她承认，她喜欢萧湛，可是结婚和谈恋爱不一样，结婚不是冲动，是一生一世的誓言。

“大家好。”萧湛握紧苏影的手停在大厅中央，“我叫萧湛，这位是知名设计师苏影，我们今天旅行结婚。”

“哇，恭喜！”

“恭喜！恭喜！”一个人鼓掌带动一片。

苏影脸都红透了，萧湛亲她一口。苏影赶紧拉他往里走，逃离围观人群。

“嘴上说不要跟我走，身体却这么诚实，口是心非是女人的专利。”萧湛还在笑。

苏影瞪他：“别人都看着！”

萧湛一把抱住她：“看着怎么了，我亲自己的老婆，抱自己的老婆。”

苏影这会儿只想快点上飞机，找个角落坐下来。

头等舱，漂亮的空姐送来红酒、晚餐。萧湛从坐定就一直盯着苏影看，空姐都忍不住捂嘴笑：“两位用餐愉快，有任何需要都可以叫我。”

苏影尴尬地微笑道谢，空姐离开，她敲敲桌板：“还看。”

萧湛皱一皱眉：“看了半天也没觉得特别漂亮，只不过皮肤白一点，眼睛大一点……”

苏影捡一块蛋糕塞进他嘴里：“能不能不胡说八道。”

萧湛就着她的手一口吃掉蛋糕，继续说：“也没有特别漂亮，为什么这么招人喜欢。秦业明、乔楚南、古成。”

苏影惊愕：“你别胡说八道。”

“萧太太这么受欢迎，萧先生很有压力。虽然不是特别漂亮，却是特别招人爱。”

苏影不想跟他继续这个荒诞的话题，看窗外：“我们要去哪儿？”都飞上千尺高空还不知道他要带她去哪儿。

“吉尔德森。”

苏影以为会是巴厘岛那种情侣约会圣地，问：“为什么去那儿？”

萧湛喝口红酒：“吉尔德森三分之二的婚姻缘起于‘抢亲’。”他搁下酒杯宠溺地看她，“你喜欢，都依你。”

苏影张大嘴："还有这种地方！"

萧湛被她的样子逗乐："兴奋吗？"

"那不犯法吗？"

"那只是一个地方风俗，大多数是男女双方早有爱慕之情，他们按照传统习俗自导自演一出'抢老婆'的闹剧，最终喜结良缘。"

"不觉得很有情趣吗？"萧湛的声音带着极浓的蛊惑。

"一点都不！"苏影喝一口水。

萧湛笑出声。

扩音器提示飞机即将着陆，并给大家介绍比什凯克的风土人情和气候。这个季节的比什凯克温差较大，提醒大家准备保暖衣物。

比什凯克是吉尔德森的首都，也是"丝绸之路"上的一座古城，悠久的历史总给人许多旖旎的想象空间。

一下飞机就有专车等候。

苏影登机前被"劫持"的那点气闷都被新奇驱散，她贴着车窗玻璃，隔着霓虹的夜色看那些高高低低的塔尖、圆顶。吉尔德森的房屋多数是中世纪欧洲风格建筑。

酒店的房间也是事先预订好的，打开窗户就能看见雪山湖泊。

"好美。"苏影站在窗边，天空很低，手可摘星似的。

萧湛从背后抱住她："你更美。"细细噬咬她的后颈，她痒，扭着身子躲："别闹，我好累。"

苏影是真累了，这一路，惊吓加舟车劳顿。

一觉睡到中午，萧湛的叫醒服务相当到位，沿着她圆润的肩头一直咬到颈窝，她痒得翻个身："好困。"

"萧太太，我带你来这儿不是来睡觉的。"萧湛伸手捏住她的鼻子。

苏影憋得慌，脚从被子里伸出来蹬他，被他捉住。

"啊！"她昨晚洗完澡就上床睡了，这会儿一丝不挂。

"萧湛，你放手。"苏影一大早脸就红了个透。

萧湛从被子里出来，问："醒了吗？没醒，我再为你服务一会儿。"

苏影将被子拉到胸口，惹火的腿已经收回来："流氓！"

萧湛不逗她了，拉着她的手："今天行程挺紧，起床。"

"我的衣服呢？"

萧湛递一套全新的衣服给她，她抖开，马术套装，床边还摆了一双马靴。她这才看萧湛的穿着，同款套装。

"我们穿成这样是要去哪儿？"

"骑马。"

苏影苦恼："我不会。"

"我教你。"

苏影穿上套装刚好合适，稍紧身的马术裤将她笔直的腿、圆润的臀勾勒出完美的线条。苏影把头发全都拢上去扎成马尾，定做的马术服扣得严严实实，莫名有一种制服的诱惑。

"可以吗？"苏影转过身。

萧湛皱一皱眉。

"不好看吗？"苏影低头看看自己，"哪里不好？"

萧湛上前将她按在墙壁上："我改变主意了，今天我们不出门，留在酒店好不好。"温热的呼吸，灼热的眼神，他不是在开玩笑。

"不要。"苏影双掌抵着他的胸膛。

好像是不太妥，而且他安排了惊喜。

简单地吃过午餐，萧湛带她正式踏上旅程。

天空蓝得像一方琉璃，白云像刚弹出来的棉花，白白软软，放眼望去活脱脱的电脑护眼屏保。严峻的路况让卡车改装的大巴都爆胎，能看见各色皮肤的人都堵在路上。

苏影和萧湛骑马经过，租马真是明智之举。

萧湛在前面扭头问她："还怕吗？"

苏影的身子绷得紧紧的："还好，就是紧张。"

萧湛摇摇头："放松，你这样还没到地儿就能把自个儿累死。"

她放松不下来啊，感觉一放松就要从马上摔下来。

"前面听着有溪水声，我们到那儿休息下。"

苏影点点头，全神贯注攥紧缰绳。

蜿蜒的溪流清澈见底，沿途的草地半青半黄。萧湛抱苏影从马上下来："屁股疼不疼？"

坐在马上的时候太紧张没觉得，这会儿着了地被他一问苏影还真感觉到疼了："疼，腰酸背疼。还有多远，我不想骑马，可以走到吗？"

"那路况，骑马绝对比走舒服，来吧。"萧湛已经拉过喝足水的马儿，上马，右手攥着另一匹马的缰绳，左手接苏影，"上来。"

苏影眨着眼睛看他："我们骑一匹可以吗？"

"可以。"

苏影踩着马镫被萧湛一拉就坐了上去，萧湛让她坐前面，坐后面怕她掉下去。

"真的没问题吗？"苏影还是有点儿担心。

萧湛一低头就能咬到她的耳朵："做什么都没问题。"说完咬着牙齿笑。

山峦起伏，回头看来时路，蓝的天好似都成了背景。萧湛为了照顾她，让马儿走得很慢，苏影突然在前面笑起来。

"笑什么？"

"想起读书那会儿看的武侠剧，都有男主角带着女主角同骑一匹马浪迹天涯。当时羡慕得不得了，好浪漫。"少男心里都有一个武侠梦，少女心里有一个英雄梦，白衣飘飘、俊朗不凡的大侠从天而降解救她于危难。

"我读书那会儿应该最爱看……名著。"

"是吗，中国的，还是外国的？你最喜欢哪一本？"苏影天真地问他。

萧湛笑着皱皱眉："你真想知道？"

"嗯。"

萧湛凑到她耳边说了一句。

"萧湛，你，你，变态！"

"哪里变态了？那不是名著吗？"萧湛成功分散了苏影的注意力，不知不觉已经可以看见山谷中的蒙古包，那是他们今晚要住的地方。

黄昏时分，天空的云朵仿佛被夕阳燃烧，霞光一片。

苏影终于能伸个懒腰松松筋骨，萧湛将马儿交给马夫。苏影放眼看去："这儿怎么只有一个蒙古包？"

萧湛摸出烟盒抽一根烟出来点燃："今晚只有我们俩。"

苏影莫名身体发软，幕天席地太过野性了。

飘出来的食物香味引得人馋虫大动，累了一下午，这会儿已经是饥肠辘辘。

主人太热情，准备了一大桌丰盛的晚餐，到了这儿保持身材什么的就别想了。苏影最爱那道凉面，面条泡在酸酸咸咸又带辣味的汤汁里，配上多种不同的蔬菜和羊肉块，非常开胃，就是有点辣。

苏影是典型的怕辣，又爱吃辣。

晚餐吃得太过愉快，肚子撑得很。

主人收拾好碗筷，替他们铺上柔软的床铺才离开，蒙古包里真就只剩下他们两个人了。

萧湛拉着她去蒙古包外看星星，这里的星空可是难得一见。

地上铺着厚厚的毛毯，苏影直接裹着被子出来。墨色的天空满天繁星，像夜的精灵不小心打碎了女巫的水晶球。

苏影仰头靠在萧湛肩上："真的好美。"她伸手分开五指一握，好似真的抓到了天上的星星，伸到萧湛面前，"你猜我抓到了几颗？"

萧湛吐出一口烟圈："幼不幼稚。"

"那你给我玩个不幼稚的？"

萧湛磕磕烟灰："玩什么，你说。"

苏影抿嘴笑："萧先生不要太自信，等会儿我说出来，你做不到可就打脸了。"

萧湛指尖的烟在星空下一闪一闪："只要你说得出来，没有我做不到的。"

苏影坐直身子："你要做不到可要受罚。"

萧湛一下灭掉烟，半褪外套："直接来惩罚我吧。"

苏影推他："想得美。"

萧湛笑着钻进她的被子里："你想要玩什么？"

苏影从被子里伸出一只胳膊："我想要天上的星星。"她憋着笑，"你摘一个下来给我玩玩。"

"真要天上的星星？"他认真地问她。

苏影当他是硬撑："要。"

"成。"萧湛答得自信满满。苏影倒真的好奇起来，想看他怎么个摘法。

萧湛抱紧她指着天空："十二点钟方向，看到那颗星了吗？看准了，我这就给你摘下来。"苏影还真听他的话，看准正对着她的那颗星星。她都笑自己傻，星星怎么可能摘得下来呢。

"下面，见证奇迹的时候到了。"萧湛打个响指。

苏影看准的那颗星真的缓缓向下坠，她惊恐地瞪大眼睛，比遇到外星人还恐怖。

那颗"星星"在墨色天幕的掩护下缓缓朝苏影飞过来，苏影的眼睛都不敢眨一下。萧湛乐得在她脸颊亲一口："傻妞。"

"星星"飞近一些，苏影才知道他叫她傻妞是什么意思，那是一架无人机。

上当受骗外加小心脏差点被吓出来的苏影恼怒地打他："萧湛，你吓死我了！"她那拳头落在萧湛身上跟挠痒痒似的。

萧湛一把捉住她的双手："乖，还没结束，继续看。"

无人机稳稳地落在苏影面前，借着微弱的光可以看见机身吊着一个东西。萧湛伸手取下，单膝跪地："这枚戒指我准备了很久，这个求婚我也准备了很久。所以，苏影小姐，你忍心拒绝我吗？"

高兴也会流泪，因为感动。

苏影捂住嘴，泪光闪烁，喉咙哽住发不出声音，她无法形容此时的心情，激动又欢喜。

萧湛托住她的手要戴上去，苏影抓住戒指："萧湛，我还没想好。"

萧湛看着她的眼睛："你什么都不用想。"

苏影眼泪滑落，摇头："也许你只是一时冲动，过后就后悔了。"

"你爱我吗？"萧湛问她。

苏影低下头，轻轻点了下。

"那就够了。"萧湛将戒指戴上她的无名指，已经错过一次，他不允许，也绝对不会让自己再错过第二次。

他吻她的手指，吻她脸颊上的眼泪，吻她柔软的唇。谁主动的已经不重要了，因为星星见证了他们爱的誓言。

零下一度的夜晚，他们互相取暖，谁也没觉得冷，因为两人的身体热切地拥有彼此，眼泪被热度蒸发。

第十章 我只要你

第二天，苏影睡到炊烟燃起才醒。萧湛昨晚没收住性子，苏影烧到三十九度。她翻个身，全身像散了架一样，特别是背，疼得厉害。昨晚在外面虽然有毡子垫着，石块、石子还是硌得人受不了。

这里的医生和药品都是奢侈品，主人给调了草药，说是他们这儿的人，有个头疼脑热的都用这个。

萧湛端了药进来，苏影迷迷糊糊，鼻音很重，问他："你拿的什么？"

"草药，退热的，你在发烧。"

苏影有气无力："都怪你。"

"是是是，都怪我。"他拉着她戴戒指的手亲一口，"先把药喝了，有力气了再骂我。"

苏影喝了一小口："好难喝，不喝。" 她直接推开药碗。

萧湛犯难，不喝药，这烧怎么退得下去。萧湛喝一口含在嘴里，真苦。他托住苏影的后脑勺，俯身压上去，将药汁喂到她嘴里。

苏影苦得皱眉头，黑褐色的药汁从嘴角缝溢出来。一碗药喂得两人满身大汗，气喘吁吁。

苏影痛痛快快发了一身汗舒服多了，萧湛再探她的体温，已经开始退热了。

主人提醒他们要变天了，得赶紧把蒙古包转移到更高的地方。

夜晚雨真的下下来，小溪漫过草坪。萧湛拥着苏影，只有两个人的天地，幸福不过就是和你一起听雨声，陪你看放晴后的日出。

早上，雨停了。

“好美！”苏影从包裹严实的被子探出头，蒙古包门帘打起，乌云挟带着雨后彩虹是这里特有的风景。

“真的好美！”她兴奋地抱住萧湛。

萧湛眼中只有她的笑容：“我眼中看到的比这个更美。”他在第一道晨曦中亲吻苏影。

苏影抱着他的脖子：“我们今晚还住这儿吗？”

“你还上瘾了？”萧湛压住她。

苏影推他：“我才刚好。”

萧湛亲一亲她的额头：“已经完全退烧了。路是要往前走的，我们的新婚旅行才刚刚开始。”

“我们就这样一直走吗？”

“一直走，看看路边的风景，尝尝当地的美食，再返回比什克。”他没告诉她，那儿有一个盛大的婚礼正等着她。

这些天的旅程都是为了婚礼筹备争取时间。

为期一周的旅行结束，苏影和萧湛又回到了比什克。苏影心情不错，旅行的意义，有时候是为了躲开一些事，一些思绪，牵着那个人的手一直往前走，意义就在脚下。

苏影靠着萧湛的肩头，这些天累坏了，她迷迷糊糊地问他：“还没到酒店吗？”

萧湛蹭一蹭她的头发：“回酒店之前我们可能要去趟银行。”

苏影还眯着眼睛：“为什么？”

“我们得去兑换点索姆。”

“我能不能在酒店等你？”

“不能。”

苏影皱一皱鼻子：“为什么，我好累。”

“留你一个人，被别的男人抢走了怎么办。”

苏影转脸埋进他的肩膀气闷地咬一口，隔着衣服不痛不痒。

萧湛笑，他的婚礼可是策划了好久，力求盛大。

比什克银行人比较多，排着长长的队伍，各种肤色的人都有。苏影困得厉害，萧湛给她找了位置坐着：“在这儿等我，不准睡着。”

苏影打着哈欠，昏昏欲睡。

萧湛捏一捏她的鼻子，她拍掉他的手：“讨厌。”苏影被他一闹清醒了，十指交叉在胸前绷直伸个懒腰。

“戒指好漂亮。”旁边坐的姑娘笑着开口。

苏影收回手：“谢谢。”在异国他乡遇到同胞总是觉得亲切。

姑娘看上去二十多岁，穿着橘色冲锋衣，墨镜架在齐肩的头发上，牛仔裤包着笔直的腿，裤脚扎在浅筒登山靴里，说不出的飒爽，笑起来很有亲和力，让人看着舒服。

“刚才是你老公？好帅。”

苏影看了眼手上的戒指，笑一笑，没回答。

姑娘点点头，知道这个问题不能深究，刚好叫到她的号，姑娘对苏影笑笑：“到我了。”

姑娘刚离开，萧湛拿到号过来，问：“朋友？”

苏影摇摇头：“不是，陌生人。聊了几句。”

萧湛看着她：“没想到萧太太不仅能吸引男人，女人也不放过。”

苏影拧他：“能不能不胡说八道。”

姑娘的业务办得挺快，路过的时候冲苏影笑了笑，径直往大门去。

银行玻璃门外突然响起尖叫声，紧接着好像听到火药玻璃瓶的爆炸声。姑娘刚走到门口，就看见外面有男人朝门口砸过来一个玻璃瓶。

“砰——”一声巨响，门口的姑娘被重重扑倒在地，身上的男人似有千斤重。姑娘个子小，整个人被男人罩在怀里，玻璃门碎成碴儿砸在男人的背上。

立刻有蒙着黑头巾的男人冲进来，银行内已经乱成一锅粥。陆续进来三个拿匕首的男人，将人群全部集中在银行大厅中央。

刚才救人的男人和被救的姑娘也被赶到人群中。男人太高，比萧湛还高，一双眼睛又黑又亮，鼻梁高挺，脸部立体清晰的轮廓带着冷静自若的沉静，在人群中显得特别突兀。所有人都吓得面如死灰，苏影被萧湛紧紧护在怀里。

戴黑头巾的男人迅速控制人群，吼着让人们蹲下，用他们听不懂的地方语言说着什么。

橘色冲锋衣姑娘小声翻译给苏影他们听：“我们不是来抢劫银行的，只要天黑之前我们得到想要的就会放你们回去。”

“你是这里的人？”萧湛小声问她。

姑娘摇摇头：“不是。我是医生，经常接触不同的病人，会一点这里的语言。”

“知道这些是什么人吗？”

“不知道。”

“坏人。”救她的男人，声音冰冷得像没有生命的机器人，眼睛一直盯着那个黑头巾男人，目光锐利狠戾，好似蓄势待发的豹子，下一秒就要咬断敌人的脖子。

姑娘瞪了男人一眼，都看得出来是坏人，好不好。

“一定会有人来救我们的吧。”周边人群听着男人的声音，战战兢兢地小声问。

姑娘好心安慰：“一定会。”

男人的嘴角弯了一下，冰冷的眼睛像看一群蝼蚁：“我们现在只能靠自己。”

人群中有人哭起来，一个，两个，三个……嘤嘤啜泣。

萧湛和男人对视一眼就明白了他的想法，他握紧苏影的手，表情严肃而虔诚：“苏影，你愿意嫁给萧湛，不论顺境逆境，健康疾病都不离不弃吗？”

苏影傻了：“这种时候……你干什么？”

“他们俩是我们的证婚人，苏影你愿意吗？”萧湛认真地问她。

梁潇瞬间也知道他们想干什么了：“你们不要冲动。”

苏影抓住萧湛的手，摇头：“不要。”

萧湛笑了：“你答应我，我不舍得让自己出事。”

苏影的眼泪缀上睫毛：“我愿意。”

萧湛吻她，说道：“对不起，婚礼应该盛大浪漫，这种境况就让你嫁了。”他盯着苏影厉声交代，“待会儿你不要回头，一直往外跑。如果……”后面的话他没有说出来，有点儿庆幸没有先领证，没有绑住她，她是自由的。

苏影的眼泪流下来，萧湛安抚她：“别哭，我不会让你有事。”

萧湛和男人的动作快得惊人，匪徒还没反应过来，已经被踢出几丈远，匪徒不敢置信地瞪大眼睛。

“还不跑！”男人吼一声，蹲在地上的人群拼了命地往外跑，只有梁潇还傻傻站在原地。

苏影紧紧拉住梁潇：“快跑。”

空中管制，飞机飞不了，机场大厅挤满了人，都在询问飞机什么时候可以恢复，机场服务人员也给不出时间。

人群中有发火砸东西的，有痛哭流涕的，人世百态一时间都在这一方空间上演。

候机室，苏影从外边挤进来：“飞机飞不了，我们怎么办？”

她和萧湛离开银行就直奔机场，一刻钟也没耽搁。

萧湛略微有些喘，脸色也不大好，窝在椅子上直不起背：“这里人太多，回酒店。”

苏影看出他不对劲：“你怎么了，是不是哪里不舒服？”

“我没事，走。”他撑着站起来，没站稳。苏影揽住他的腰扶了一把，掌心摸到濡湿一片，收回手，满手血。

“你受伤了！”苏影一下慌了，拉开他的衣服要看。

萧湛抓着她的手：“没事，就是被碎玻璃片划了一下。”其实是在银行和匪徒缠斗的时候不小心伤到，当时场面混乱谁也没注意，他怕苏影担心也没吭声。

“划一下会出这么多血？”她害怕，比刚才遇到匪徒更害怕，“我们马上去医院。”

两人避开主干道去了比较偏僻的小医院，医疗设备和住院环境都非常简陋，庆幸的是没受暴乱波及，主治医生还是华人。

医生戴着手套，两只手直接在伤口左右转了一圈，这过程大概十多秒。萧湛疼得满头冷汗，愣是没吭一声。

苏影在一旁哭成泪人，不敢哭出声。

签手术同意书的时候，医生问她是伤者的什么人。

苏影直接答：“妻子。”

经此一遭，她还有什么好顾虑的。只要两个人在一起，只要两个人都平安，什么都不重要。

“医生，我丈夫会不会有危险？”苏影紧张地问。

医生皱皱眉头：“所有手术都是有风险的，我们一定会尽全力。”

苏影攥紧笔，低着头：“如果，他有什么事，我绝对不活着走出你们医院。”

医生急了：“萧太太，你别这样，你这样我们压力很大。”

苏影利落地签上名字，力透纸背。她把手术同意书交还给医生，深深鞠躬："拜托你们，一定要救我丈夫。"

医生什么也没说，进去手术室。

苏影跌坐在休息椅上，掌心的血已经干涸，她握住手腕不让自己发抖。

这场手术足足做了六个小时，苏影不吃不喝。护士不忍心，比着手势让她去吃点东西洗个澡，有消息会通知她。她不，一步也不肯离开，护士摇摇头叹口气。

萧湛从手术室出来直接被推进ICU，苏影只能隔着玻璃看他。萧湛的脸上没有一丝血色，眼睛紧闭，连胸口都看不出呼吸起伏，如果不是仪器显示生命迹象……苏影捂着嘴哭，他受伤了，她竟然一点都没发现，还拉着他去机场。她不敢想，要不是空中管制，怎么办！

医生告诉她，再晚一点这人就真救不回了。

"他什么时候会醒？"苏影擦干净眼泪问。

"麻药过了大概就会醒。"

苏影心一紧："大概是什么意思？"

医生也不敢说得太绝对："如果到明天早上没出现什么并发症，他就能醒了。"

"会发生什么并发症？"

"感染，休克，大出血……"医生没说完，苏影已经站不稳了。医生扶住她："萧太太，我们只是告诉您可能出现的最坏结果。就萧先生目前的情况来看，手术很成功，应该不会有什么大碍。"

苏影慢慢扶着玻璃站稳："我可以进去陪着他吗？"

"最好等明早他稳定了再进去，放心，有专门的护士照顾他。我看你已经很累了，去吃点东西休息一下吧。"

苏影摇头："我不饿，什么也不想吃，我就在这看着他。"

医生劝不走她只得摇摇头离开，下半夜苏影实在支持不住在休息椅上睡着了，护士给她盖了床被子，这丈夫还没脱离危险期妻子就病倒了可怎么办。

早晨，苏影是被脚步声吵醒的。

她一下惊醒，从椅子上坐起来，也顾不得麻了的腿，抓住从病房出来的护士：“我丈夫怎么样？醒了吗？”

护士对着她说了一通，她听不懂，更着急：“他到底怎么了？你会说英语吗？”护士也着急，又说了许多，苏影一句也听不懂。

医生摘下听诊器出来：“萧太太，萧先生的情况很好，放心，已经过了危险期，好好调养就没什么大碍了。”

苏影红着眼眶问他：“我现在可以进去看他吗？”

医生点点头。

“谢谢。”苏影没有立即进去，扭头去洗手间洗了把脸，又整理了头发才进去。

萧湛还没醒，阳光从窗户扑进来落在他脸上，有种透明的惨白。病房很静，只有仪器嘀嘀的声音，那是生命的象征。

苏影不敢去看他被子下的伤口，拉着他露在被子外的手贴在脸上。

萧湛隐隐觉得掌心有温热液体滑动，他努力想醒过来，但眼皮太重就是睁不开。他动一动嘴唇，喊她的名字：“苏影……”

她止住哭，俯身下去：“是我。”

萧湛能听到她的声音，就是睁不开眼睛。

“等你好了，我们马上回国，回国就去民政局，我要名正言顺做你的妻子，我什么都可以不要，只要你。”

岁月经不起蹉跎，浪费时间的人是可耻的。人只有这一辈子，仅有这一辈子，再也经不起一分一秒的浪费。

萧湛想握紧她的手给她回应，但没有力气，一点力气也使不上。

医生进来：“萧太太，您不能在这儿待太久，萧先生现在很虚弱，需要好好休养。”

苏影擦干眼泪：“知道了。”

萧湛一直处于半清醒半昏迷的状态，明明可以听见他们说话就是醒不过来。

苏影抽空回了趟酒店，医院条件差，很多东西都得自己准备。街道已经平静了许多，但还是乱糟糟的。她一路提心吊胆，想着进到酒店就安全了。

“苏影。”远远地有人喊她，她吓了一惊。

秦业明出现的时候她着实愣了一下，其实秦业明已经到这儿三天了，今天才查到他们在这家酒店落脚。

“你还好吗？”秦业明见她脸色憔悴得吓人。

苏影没多看他一眼：“我现在很忙，没空跟你叙旧。”她径直进去酒店电梯。

秦业明也跟着进去：“我找了你好多天，没想到萧湛把你带到这儿来了。这里很危险，跟我回去。”

苏影没转头看他，对着墙壁上扭曲的人影道：“我和我丈夫在一起，为什么要跟你回去？”

秦业明有一瞬的尴尬：“我只是担心你。”

苏影举起手上的戒指：“我和萧湛已经结婚了。”她转头，“秦先生，请你不要再来打扰我们的生活。”

秦业明盯着她的戒指：“只要你们还没登记领证就不算。”自私的人固执起来还真没法讲得通。

苏影笑笑：“我们领了结婚证第一时间发给你看。”

叮一声电梯门开了，秦业明伸手拉住她：“领证不是儿戏，你想清楚了？”

苏影盯着他的眼睛：“就算今天去领证，明天就要陪他去死，我也愿意。”

“苏影你是不是疯了！”

“你这种自私到只爱自己的人是永远都不会明白的。”她狠狠甩开秦业明的手走出电梯。

秦业明跟着追出去："我自私？那我为你差点没命算什么？苏影你没良心！"

苏影停住，背僵直。秦业明知道她的心最软。苏影一直没有回头。

秦业明看到希望："我不乞求你能马上原谅我，只求你想清楚，不要那么快嫁给萧湛，你们才刚刚认识不是吗？你了解他吗？了解他多少？"

"不管贫穷富贵，无论生老病死，苏影和萧湛不离不弃，这是我们婚姻的誓言。"苏影说完大步离开。

萧湛说，这世上没有什么比她重要。当时她不信，现在她信了，因为这一刻在她心里这世上没有任何人、任何事比萧湛更重要。

静谧的夜，漏进房间的月光随着窗口的树枝晃动，落在萧湛脸上，他的脸色已经恢复了一丝血色。

秦业明一路尾随苏影到医院，看着她离开病房去小厨房才进去。他说是病人朋友，两个人的名字都对得上，护士没有阻拦。

病房很静，窗台摆了一束不知名的花，楼下杂草丛里逆境而生的花，看上去生机勃勃。

萧湛毫无知觉，左手扎着针水，一滴一滴汩汩流进他的体内。

秦业明从看见躺在病床上的萧湛的那一刻起，就知道自己输了，彻底输了。他站在床边，想起十年前，他也是这样重伤。那时的苏影还很青涩，稚气未脱，但已经很会照顾人了，细致体贴，一个眼神她就懂，因为那时候她认定了他。

十年，他以为那些记忆已经尘封，再也不会想起。这一刻，每想一分，心刻骨地痛一分。这一刻，他才明白自己失去的是什么。

突然有个疯狂的念头在脑中扭曲叫嚣，如果萧湛消失，苏影是不是会回到他身边。他盯着输液管，往里面注入空气真的可以要人命吗？

秦业明太过专注盯着输液管，全部心神都被疯狂的念头占据，没发现萧湛已经睁开眼睛。

“你怎么在这里？”萧湛沙哑的声音在静谧的夜里特别惊悚。

秦业明吓得脸色煞白踉跄退了两大步才站稳，世上本没有鬼，都是人心里的鬼。

萧湛强撑着慢慢坐起一点，轻蔑地弯一弯嘴角：“你还真是阴魂不散。”似乎是扯到伤口，咧嘴抽气一声不再动。

秦业明强压着恐慌镇静，盯着他：“我来恭喜你。”

萧湛轻哼了一声：“恭喜我重伤住院？”

“恭喜你苦肉计得逞。”

萧湛慢慢挑眼定定地看着他：“你以为谁都像你那样卑劣。”

秦业明握紧拳头盯着他：“我都忘了，你还欠着我。”

萧湛看着他的眼睛像黑夜里的鹰：“是啊，我是欠你。所以，她认错人，我认了，那是我第一次认命。可是，你不该在不爱她的时候接受她。现在，她是我的妻子，我不会再给你一丝一毫伤害她的机会。”他说话的声音不大，明显还很虚弱，却让人听得脊背发凉。

秦业明握着拳头发抖：“你为什么不一开始就告诉她？”

萧湛望着天花板呼口气，还是太虚弱，说了这么久的话，有点儿累。

“你演技那么好，都能竞选影帝了，我告诉她也得她信。”他是有私心的，他担心说出来会加深苏影对秦业明的愧疚感，对秦业明来说那确实是一场无妄之灾。

“现在那些都不重要了，我希望那些不开心的往事就烂在大家肚子里，你也不希望她知道你是个冒名顶替的卑鄙小人吧。”萧湛最后这句带着警告。

秦业明不甘心，他骗了秦易，答应秦易要放手，但他怎么甘心，尤其知道那个人是萧湛。

秦业明挺直了背："记不记得我曾经和你打过一个赌，我赌她不会嫁给你。如果我输了就离开南城，这辈子都不会在你们面前出现。如果你输了，这辈子都不要出现在她面前。"

萧湛闭着眼睛笑："还需要赌吗，你已经输了。"

"你们没有领证，也没有举行结婚仪式，更没有宴请亲朋昭告天下，我还没输。"

萧湛慢慢地挑起眼睑，目光锐利地望着他："这样垂死挣扎有意义吗？"

"怎么，不敢赌了？"

萧湛眯着眼："你就从来没入过我的眼，哪来的不敢。"

"你！"秦业明愤怒，被轻视、蔑视的愤怒，让他一下子冲到床边。

"秦业明，你干什么！"苏影刚好推门，手里端的汤都吓得落在地上，她两步过去一把推开秦业明。

秦业明从来不知道她有这么大的力量，一把差点将他推倒。

苏影挡在萧湛前面："你想干什么？你跟踪我到这里想干什么？！"声声质问，牢牢守护身后的人。

萧湛盯着苏影的后脑勺，觉得这辈子为她掏心挖肺都值了。

秦业明不是傻子，心思一下转过来："这里不安全。我一直跟着保护你，看你进了医院我当然要跟进来看看。"

"看过了，你可以走了。"苏影全身绷得紧紧的，护住萧湛。

秦业明看了一眼她身后的萧湛："萧先生什么时候沦落到要女人保护了。"

"被自己的女人保护也挺幸福，秦总怕是这辈子都体会不到了。"萧湛的声音轻快，伤口也不觉得疼了。

秦业明拳头一再收紧，脸上带着笑，似乎一点儿也不在意萧湛的奚落："小影，就算我们做不成夫妻也不至于成仇人。从现在起，我希望我们能尽释前嫌，我祝福你们，真心的。"

苏影皱眉，着实看不透他了。萧湛心里跟明镜一样：“谢谢。你别再出现在我们面前我会更谢谢你。”

秦业明一直看着苏影：“这里很不安全，你们留在这里也不是事，秦家的私人飞机随时可以飞。”

“不是空中管制吗？”苏影回国心切，这医院的条件实在太简陋，她担心萧湛的伤。

“空中管制不是所有飞机都不能飞，只要符合要求的就可以。”

苏影半信半疑。

秦业明拿出十足的诚意：“我来，是为了找你。现在看到你好好的，我也该回去了。你们跟不跟我走，我都不勉强。”他转身走了几步，回头看苏影，“三天之后，上午十点，你随时可以打电话给我，我的号码一直没变。”他的目光越过苏影望向萧湛，“萧先生是怕我做出什么事吗？萧先生可不像胆小的人，我也没那么傻。”说完他就走了。

萧湛从后边拉一拉苏影的手：“半夜给我做了什么好吃的？”

苏影整个人柔软下来，掀开他的被子，伤口好好的没出血，她松口气：“他有没有对你做什么？”

萧湛拉着她坐到床上：“我这不是好好的吗。”

“那你刚才跟他聊什么？”

“聊你啊。”萧湛揉着她的手。

“聊我？”

萧湛拉着她的手放到心口：“我坦白从宽，答应不生气。”

苏影更摸不着头脑：“生气什么？”

“他这么晚来就为了跟我打个赌，他赌你不会嫁给我。如果他输了就离开南城；如果我输了，就永远从你面前消失。”

苏影抽回手瞪他：“如果我不嫁给你，你真的准备永远从我面前消失？”

萧湛拉拉她的袖子：“说好不生气。”

苏影绷着脸。

萧湛一捂腹部："哎哟。"

"怎么了，伤口疼起来了？"苏影绷住的脸一下紧张起来。萧湛捉住她的手，将她的掌心贴在心口笑。

苏影的着急都僵在脸上："萧湛，你再敢拿伤跟我开玩笑，我，我再也不跟你说一句话！"

萧湛抓紧她的手："我没应他，此生，只有死别，再没有生离，这是一辈子的誓约。"

苏影的鼻子酸得厉害，故意道："萧湛你想好了，现在反悔还来得及，领完证我就缠定你了，我发誓你这一辈子都甩不掉。"

萧湛微微使劲，苏影顺着他靠近他的心口，虚着劲不压着他："快来缠我，我都等不及了。"

苏影闷闷地在他胸前扑哧一声，萧湛用下巴蹭着她的发："秦业明这么上赶着恭喜我们，我们就给他这个面子，坐他的飞机回去，让他送我们去民政局。"

苏影不作声，萧湛安慰她："放心，秦业明不是傻子，不会对我怎么样，这回让他彻底死心。"

苏影抿抿嘴唇："嗯。"

医生也建议苏影最好将萧湛转去国内比较好的医院，她本来还犹豫不决，听医生这样说，终于还是给秦业明打了电话。

秦业明一反常态，不纠缠不拖泥带水，还细心地替萧湛雇了个随行医务人员，以防途中发生什么意外。

苏影猜不透秦业明的心思，却也渐渐对他放下了戒心。

一切出乎意料地顺利，天清气爽，飞机平稳地进入云层，苏影甚至都没感觉到起飞时的不适。萧湛的气色比前几天好了许多，苏影替他盖上毛毯："伤口会疼吗？"

萧湛摇摇头。

“想不想喝点什么？”

萧湛点下头：“水。”

“我去拿。”苏影去茶水间，窄小的空间，操作台占了一半，放着各种饮品和食物。纸杯在顶上的橱柜里头，她踮起脚还差着一点。背后有热源靠近，秦业明一伸手取下纸杯：“你有什么事可以叫我。”说完，将纸杯递给她。

苏影接了，转过身去倒水：“谢谢。不劳秦先生费心。”她利落地倒好水，秦业明横在出口，她出不去。

“我只是想跟你示好，这个机会也不给？”秦业明的表情很委屈。

苏影冷着脸：“其实你真没必要，你过好你的生活，我过好我的生活，大家都好。”

“真的连做朋友的机会都不给？”秦业明不死心。

“再见是朋友不过是一句笑话，其实真没什么必要。请让让，我丈夫还在等水。”

秦业明挫败，侧身让开。

秦业明在她眼睛里看不到情绪也看不到怨恨，他现在在她眼里，就是一个熟悉的陌生人。

他不甘心，怎么能甘心！

第十一章 我等你很久了

苏影拿餐巾替萧湛细细地擦嘴角：“还要吗？”

萧湛摇摇头：“刚刚秦业明为难你了？”

苏影搁下杯子：“没有。”

“真没有？”

苏影叹口气看着他：“八点档家庭伦理剧看过没？”

萧湛一脸疑惑。

“想想你也没看过，大概的套路就是：前夫休了糟糠之妻和小三在一起，以为那就是他追求的新生活。结果，他发现自己重复的还是和糟糠之妻在一起的日子。再拿小三和多年相处的糟糠之妻一对比，越看越觉得还是糟糠之妻好，痛哭流涕回头求原谅。”

萧湛一脸津津有味：“然后呢？”

“糟糠之妻找到真爱，怒甩前夫开始新生活。”

萧湛笑，拉着她的手：“所以我是真爱？”

苏影娇嗔一句：“幼不幼稚。”

萧湛拉近她："快说，我是不是真爱？"

"是是是，你是真爱。"

"只怒甩哪够，还要幸福得刺瞎前夫的狗眼，让他再没脸出现。"

"你快点儿好起来，我才有幸福啊。"

萧湛拉起她的手亲她的掌心："想我了？"

"萧湛你都这样了还不老实！我说的幸福，不是你想的那个。"

萧湛好笑："我想的哪个？"

"就是……"苏影瞪他，"你就会欺负我。"

"这天底下我欺负谁都不敢欺负苏影，苏影皱一下眉我都心疼。"萧湛说得极认真，绝对不是花言巧语。

苏影娇嗔："哼，这样的花言巧语不知对多少姑娘说过。"

"就你一个。"

"不信。"

"我要骗你，就让我长睡不醒。"萧湛玩笑道。

"萧湛，不准你胡说八道！"苏影听着他的话头皮都是麻的，那时等在急救室外的恐惧真的不想再经历一次。

萧湛拥住她："逗你玩，还真急了。"

"这种事也能拿出来玩！"苏影真动气了。

"好好好，我错了，老婆大人，别生气。"萧湛温言软语地哄她。

苏影不理他："从现在开始，不准说话，闭上眼睛睡觉。"

"你不陪我，我睡不着。"病号的特权，撒娇博心疼。

这边情意绵绵无绝期，那边秦业明借酒浇愁愁更愁。

飞机平安着陆，机场没有见着古成的车，这不像古成办的事儿。苏影打了个电话，古成那边挺吵，像是在吵架。

"喂。"

"苏小姐，萧总还好吗？我这儿半路上出了点事，可能一时半会儿过不去。"古成那头气急败坏。

“怎么了？”苏影捂着手机问他。

“遇到个碰瓷的，死活拉着我不放，一定要去医院验伤，给钱都不成，见鬼了。”

苏影皱一皱眉头，道：“这么奇怪。那我们自己叫车，你不用急着过来，好好处理清楚，我们这边不用担心。”

挂了电话，萧湛问她出了什么事。

苏影摇摇头：“路上太堵，古成可能赶不来，我们直接叫120去医院吧。”

秦业明适时开口：“120过来也得时间，我的车就在外边候着，你们去哪家医院，我送你们。”秦家的司机已经过来搬行李了。

车上，萧湛和苏影坐后面，秦业明坐副驾座，一路无言。

到了医院，秦业明也要跟着进去。苏影一转身：“秦先生，谢谢你送我丈夫来医院，没什么事就请回吧。”

秦业明望着她，无奈地笑一声：“这翻脸是不是太快了，我只是想表示一下关心。”

“谢谢，不需要。”

秦业明苦笑着连连点头：“好。”他回身钻进车里，走得干脆，省了苏影许多麻烦。

长途跋涉，医生让萧湛先好好休息，养足精神后再做一个系统全面的检查。

暮色时分，古成才赶到医院，猛一推开门，苏影做了个“嘘”的手势。古成赶紧放轻脚步，用口型问她：“他怎么样？”

苏影替萧湛盖好被子带古成出来：“在那边就做过手术了，医生说没什么大碍，就是失血过多需要静养调息。”

古成点点头，低头看见她无名指上的戒指：“我是不是该改口喊嫂子了。”

苏影脸上已经不见以前的羞怯，满满的幸福：“你喊得出口，我都怕把我叫老了，还像以前一样喊我名字就好。”

古成挠挠后脑：“我可不敢。”

“古成来了吗？”病房里萧湛已经醒了，两人先后进去。

“萧湛。”古成到床边，拧着眉头，“我就说该带我一起去，要我去了能让你出这事儿！”

萧湛撑着要坐起来，苏影赶紧按住他：“你别乱动，要什么告诉我。”

“睡了一天，这会儿肚子有点儿饿。”

“你好生躺着，我去小厨房。”苏影抬头看古成，“你看着他，不许他乱动，我马上就回。”

“遵命，嫂子。”

苏影出去了。萧湛还是要坐起来，古成赶紧扶着。

“有烟吗？”

古成摸了摸衣兜：“没有。”

萧湛伸出一脚踹他一下：“学会睁着眼说瞎话了。”

古成笑着拣了把椅子在床边坐下：“这儿可是医院，禁烟的。待会儿嫂子回来要看见我给您抽烟，不抽我才怪。”

苏影端了两碗汤进来，满屋飘香。

“这汤我炖了一下午，这会儿正出味，古成也尝尝。”

萧湛清清嗓子：“你炖的汤就只有我一个人有福消受，就不要为难别人了吧。”

苏影瞪他一眼：“古成你别听他瞎说，我这汤可是严格按照食谱上来操作的，尝尝。”

古成起身，很识相：“下次吧，我到点去接女朋友下班，要是去迟了我可有得受。”

“有女朋友啦，什么时候的事儿？”苏影惊讶，他们才走几天。

古成挠挠后脑勺不好意思：“就你们离开这段时间，我看见那姑娘第一眼就觉得是她了。”

“有时间我们可得见见那姑娘。”

“那还用说，过些日子我带她来看你们。”古成看看表，“不行，我真要走了。”

“路上开车小心。”苏影送古成到门口，回身看萧湛，“这还真是缘分到了挡都挡不住啊。”

萧湛拍拍床边的位置，苏影坐过去，问道：“怎么？”萧湛捏着她的鼻子，声音很是无奈：“傻妞！”

苏影拍掉他的手：“痛啦。”瞪他，“你把古成吓跑了，这两碗汤你得给我喝得干干净净一滴不剩。”

萧湛故意叫道：“古成，救命——”

“萧湛！”

一场秋雨一场寒，苏影依偎在萧湛的被子里念书给他听。她这段日子都成人工催眠仪了，萧湛一定要听着她的声音才能入睡。

转眼已经在医院住了半个月，萧湛各项检查指标都达到正常，到底是年轻底子又好。

窗外雨声淅沥，寒风摇着枯枝好似能听见断裂的声音。苏影替萧湛盖好被子，轻手轻脚下床。主治医生让她下午去趟办公室，她猜想着大概是说出院的事儿。

一出门冷风直往人领子里灌，她拢了拢领口加快脚步，在电梯口不小心撞到个人，连忙道：“对不起。”一抬头，苏影皱眉，“你在这儿干什么？”

秦业明刚要开口解释。

苏影横眉冷对：“秦业明你是不是真无聊到要做跟踪偷窥这种龌龊的事？”

秦业明脸色一沉：“你说完了？我可以说了吗？我前段日子受伤，

医生让我今天来做个全身检查。”

苏影才想起来，这家医院是秦业明之前住的那家。气氛尴尬，幸好电梯这个时候到了。叮一声，秦业明抬脚进去，转过身，表情哀伤：“是不是要我死，你才能对我好一点。”电梯门关闭，苏影站在原地，心里五味杂陈。

苏影见过医生，萧湛已经可以出院，但是回家休养还是要忌口，最重要一条是戒烟。苏影又绕出去买了一盒戒烟巧克力。回来的时候萧湛不在，病房空无一人，苏影吓死了，把巧克力都扔了抓着护士问，最后还是调出走廊监控才找到萧湛，他在吸烟区。

“哪儿来的烟？谁给你的？”苏影当着萧湛的面将他抽剩的半截烟捏得碎粉，她生气地瞪他，“你再这样偷偷跑出去抽烟，我就把你绑床上了。”

萧湛一脸无赖：“我喜欢。”简直一点反省的意思都没有。

苏影押他回房：“萧湛，你再不把烟戒掉，我就关你进小黑屋，不给饭你吃，说到做到。”

萧湛伸手搂住她：“你舍不得。”

“你！”苏影气死了。

萧湛抱住她，哄着：“好了，不生气了，我戒烟，保证。”又问她，“医生说我什么时候可以出院？今天可以吗？我们去民政局。”

苏影还绷着脸：“今天周五去不了，得到下周一。”

萧湛深深地将她拥进胸怀，喃喃地说：“还要这么久。”

“久吗？才两天就到周一。”

他的心跳一下一下震动苏影的耳膜：“我已经等了很久很久了。”

萧湛周日出院，古成还真带了女朋友来。不过萧湛见了古成的女朋友之后，有点儿担心。

姑娘小鸟依人般坐在古成身边，怯生生的模样看上去就二十出头。韩琳也来了，她一向是大大咧咧的性格，盯着人小姑娘看了半天，看得姑娘都不好意思了。

“看够了吗，看够了吗！”古成把姑娘往怀里一藏，姑娘的脸一下子红透了。

韩琳不高兴了：“还是不是哥们，我一女的，多看两眼她又不会少块肉。”

古成斜她一眼：“不礼貌，知道吗？”

“嘁——”

苏影在一旁掩嘴笑，萧湛开口道：“我还是第一次看古成这样紧张人，杨小姐不动声色就把一匹野马收得服服帖帖，本事不小。”

姑娘的脸更红了：“萧总说笑了，您叫我惠如就好。”

“对，喊惠如，什么杨小姐，多生分。”古成完全陷入温柔攻势。

“那惠如你是做什么的？看你的样子倒像个乖乖女，怎么会和古成认识？”韩琳今天句句带刺。

“我怎么了，乖乖女怎么就不能认识我了？”古成句句护短。

杨惠如大方微笑：“我是艺术系的学生，还有一年就毕业。和古成哥认识也是个巧合，我……家里穷，所以在酒庄兼职，客人喝多了幸亏古成哥出手帮我，要不然我都不知道怎么办。”

很老套的英雄救美局，可要古成心甘情愿入局倒是不简单，萧湛多看了小姑娘两眼。

“哎哟喂，英雄救美，这都多少年前的‘梗’了。”韩琳今天挺反常的。

眼看着古成要急了，苏影起身拉了拉韩琳：“陪我去下洗手间。”韩琳跟着苏影出去。

“你今天怎么了？”一出来苏影就问韩琳。

韩琳一脸无辜：“没怎么啊。”

“你认识古成的那个小女朋友？”

“我怎么会认识。”

“你好像挺关心她。”

韩琳看着苏影的脸：“你是真没看出来，还是假没看出来？”

苏影有点儿蒙：“什么？”

韩琳压低声音：“那姑娘长得很像你。”

“像我？”她还真没注意。

韩琳耸耸肩：“不信，等会儿你仔细瞧。”

古成已经把东西搬上车，萧湛也上车等她们。韩琳一定要和苏影、萧湛同一辆，拒绝坐古成那辆，说是不想当电灯泡。

苏影笑道：“我们也怕电灯泡。”

韩琳在副驾座系好安全带：“你们都老夫老妻了，怕什么电灯泡。”

“我们连证都还没领好不好，怎么就老夫老妻了。”

韩琳想起来：“领证前怎么也得来个单身派对，萧湛不反对吧？”

萧湛看苏影：“你需要吗？”

“你不需要吗？”苏影反问。

“我只需要你。”

“我的妈呀！我不活了，能不能顾一下我这个单身人士的心情！”韩琳咆哮。

当晚韩琳就把苏影带回去，按老习俗，结婚头一晚新郎和新娘是不能见面的。

说是单身派对，就苏影、韩琳、常心三个人，陆深给安排的酒店。

韩琳托起苏影的戒指：“你这是要闪瞎眼，好幸福哦，萧太太。”

苏影不好意思地抽回手，之前没仔细看，韩琳一说她也觉得钻石大得有点儿离谱了。

常心举杯：“恭喜你们喜结连理，一定要幸福，白头到老。”

苏影回敬：“谢谢。你也一样，大家都要幸福。”

常心苦笑，笑容很快消失不见。

“啊，我要唱歌。”韩琳两口酒下肚就嗨起来，“我要唱《你的名字，我的姓氏》。”

苏影笑：“会不会暴露年龄？”

“暴露就暴露，怕啥，我来。”韩琳绝对是麦霸，扯着嗓子开唱，“曾听说过寻觅爱情，就像天与地别离和重聚过程……”

苏影感觉耳朵遭受了一万点的伤害，常心依旧淡淡的，淡淡的表情，淡淡的笑，只有提到陆深时，她的神色才会有波动。苏影虽然不知道他俩是怎么回事，但她能感觉到，两人都爱着对方。

苏影手边的手机振动，微信消息，萧湛发的：玩得开心吗？

苏影回了一个：开心。

萧湛：在玩什么？

苏影：唱歌。

萧湛：什么歌？

苏影：你是不是睡不着，无聊？

萧湛：没有你，睡不着。

这个男人，变得也太爱撒娇了吧。

苏影又回：在唱《你的名字，我的姓氏》。

下一条萧湛发了语音过来，竟然是录的清唱——

如果要说何谓爱情，定是跟你动荡时闲话着世情，和你走过无尽旅程，就是到天昏发白亦爱得年青。不相信当天荒不再地老不合时，竟跟你多相拥一次便爱多一次，怎相信最回肠荡气之时，可用你的名字和我姓氏，成就这故事……

他声音好听得让苏影湿了眼眶。

“嗨，你们好。”突然闯进来的人打断了韩琳的号唱。

房间光线昏暗，为了韩琳唱歌，特地关了大灯。苏影眯着眼睛看来人，韩琳一眼就认出杨惠如，常心没见过自然是不认识的。

苏影开大灯，韩琳一下没了兴致，扔了话筒。

杨惠如有点尴尬："我是不是打扰你们了？"

"没有，进来坐。"苏影招呼她进来，对常心介绍，"这是杨惠如，古成的小女朋友。这是常心。"

"常心姐好。"杨惠如嘴甜，常心微笑点头。

杨惠如挨着苏影坐："古成说你们在这儿开单身派对，我也想凑个热闹就来了，希望不会打扰到你们。"

"不会不会，我们就三个人，你来了更热闹。"苏影特地给她拿杯果汁，真当妹妹照顾。

杨惠如接过果汁："谢谢嫂子。你们在唱歌吗？"

韩琳拎了面前的啤酒，喝一口，气鼓鼓的样子。

"是啊，你看想唱什么，自己点。"苏影给她话筒。

"好啊。"杨惠如倒不客气，一个人就唱起来。

韩琳起身，苏影拉她："干什么去？"

"洗把脸。"韩琳进去里边套间，掬几捧凉水浇脸，摸了半天没摸到毛巾。苏影递给她："又不高兴啦？"

韩琳擦干净脸上的水："没有啊。"

苏影拉着她照镜子："还说没有。"苏影靠着盥洗台看韩琳，"你是不是吃醋了？"

韩琳一下爹毛："我吃醋！我吃谁的醋！"

苏影不说话，挑眉看着她。

韩琳一下后退好几步，双手食指指着自己："你说我吃杨惠如的醋啊。呵呵！我就是觉得那女孩挺装的，一看就居心不良。"

幸好苏影进来把门关上了，幸好套间够大。

"你小点声儿，人就在外面，听见多不好。"

"嫂子，到你的歌了。"杨惠如在门外喊。

苏影拍拍韩琳："果然，背后不能说人。走吧，高兴点。"

四个女人又喝又唱，韩琳喝得最多，常心第二，两人已经趴下。只有苏影是清醒的，还不忘把她俩扶上床盖好被子。

一转身，刚刚还睡在沙发上的杨惠如不见了，她好像没喝什么酒。

苏影去洗手间找，也没看见人，该不会跑出去了吧。一个女孩子深更半夜出点什么事，她怎么跟古成交代。

苏影随便套了件外套出去找，一路问服务员有没有看见，其中一个服务员说好像看见她往地下车库去了。

苏影吓得赶紧去地下车库，杨惠如是喝了酒的，酒驾非常危险。

"杨惠如——"酒店的地下车库太大，她只能靠喊。

"我在这儿。"杨惠如从车顶的天窗钻出来朝她招手，满脸天真笑容。

苏影松口气，看样子小姑娘是喝醉了。车门开着，苏影上车拉她："快下来，你喝醉了。"

"我没喝醉。"杨惠如坐回椅子，看着苏影，"我喝醉了怎么把你引到这监控死角来。"

苏影一下子愣了，杨惠如笑了，问："很惊讶吗？"

苏影正了正神色："我看得出，古成对你是真心的，不管你的目的是什么，不要伤害真心爱你的人。"

杨惠如笑，笑得肩膀抖动，眼泪都笑出来了，缓缓开口道："一个月前，我还在社会最底层苦苦挣扎，我该谢谢你，要不是长得有几分像你，古成大概看都不会看我一眼。说起来，古成还真是个痴情的好男人。"

苏影想起来之前萧湛开玩笑说过古成喜欢她，她当时觉得荒诞，而且喜欢有很多种，不一定就是男女之情。

"我想你可能误会了。"

"误不误会不重要，反正我的目标也不是古成。"杨惠如看上去有恃无恐。

“你想干什么？”苏影警惕。

杨惠如从包里拿出手机，翻出一张照片举到苏影面前。

苏影像被人当头泼了盆冰水，整个人都在战栗。

那是她第一次在丽宫酒庄的时候，洪宗明灌醉了她，还拍了照片。

“这只是其中一张。本来只是洪宗明的变态嗜好，现在倒成了他手里的王牌。”杨惠如收回手机。

苏影攥着拳发抖：“你们就不怕我报警吗！”

杨惠如笑弯了眼：“你不会。这照片要是传到萧湛那里，谁也不知道会发生什么事，你也不想萧湛冲动，毁了自己一辈子吧。”

指甲掐进肉里，苏影感觉不到疼：“你们想怎么样？”

“很简单。你，不能嫁萧湛。”

“秦业明。”苏影盯着她，“你老板是秦业明！”萧湛跟她说过秦业明和他打的赌。

杨惠如耸耸肩：“我只是拿钱办事。”

苏影拽过杨惠如的手机，她还记得秦业明的号码，一个一个数字按下去几乎要把屏幕按碎。

秦业明接了电话，苏影心下一片寒凉，秦业明的习惯，从来不接陌生号码。

“秦业明。”苏影的声音因为愤怒而颤抖，“你真让人恶心！”

“我犯过错，一直在后悔。你怪我和姚岚在一起背叛你，你现在也和萧湛在一起了，我们算扯平。只要你离开萧湛，我们还和以前一样，好不好？”秦业明是和洪宗明合作，可洪宗明做的那些卑鄙事，秦业明是一点儿也不知情的。

“秦业明，你要我说多少遍才能明白，我不爱你了，对你没感觉了，现在甚至觉得和你在同一个城市呼吸同一片空气都觉得恶心，这样还要强迫我和你在一起吗？”

“只要你离开萧湛，我相信有一天你会重新爱上我。”太优渥的环境总会给人盲目的自信，一个自私到极致的人只能他负别人，绝对不允许别人负他。

“永远都不会！”苏影咬牙切齿道。

“洪宗明现在不遗余力对付萧湛，秦家的实力你多少是了解的。你是想要萧湛身败名裂，还是想要他走得体面一点？”

“你们要干什么！”

秦业明在电话里笑起来：“杨惠如有能力让古成和萧湛兄弟反目，萧湛最有力的靠山是陆家。陆深看上去铜墙铁壁，其实只要一个常心就能破。其他外援，远水救不了近火。”

苏影的喉咙像被堵住，说不出话来。

“这次，我不逼你，我给你时间考虑。不过，萧湛能撑多久，我可保证不了。”秦业明率先挂断电话。

手机从苏影掌心滑落，她脸色惨白，感觉手和腿都不是自己的。

杨惠如叹口气捡起手机：“我觉你挺笨的，两个男人，你稍稍使点手段，两边都哄得服服帖帖，哪会有这麻烦。”

苏影已经平复下来：“再过十年，你回想起今天的话一定会后悔。”

杨惠如不以为然：“十年后的事情十年后再说呗，现在，我只要眼前的利益。”

“你真的一点都不在乎古成吗？”

杨惠如的眼睛黯沉了一下，无所谓地笑笑：“他也不见得有多在乎我，不是吗？”

苏影无话可说。

苏影坐了一夜，韩琳睁开眼睛看见窗边坐着个人吓了一跳：“你这是刚起，还是兴奋了一夜睡不着？”

苏影雕塑似的一动不动，韩琳打着哈欠下床：“常心呢？”

“陆深昨晚就接回去了。”苏影的声音低沉。

“啧啧，陆少也不像传闻中那样薄情啊。”韩琳过去倒杯水，“渴死了。”

苏影缓缓转过脸，看着韩琳：“有没有什么办法让我今天去不成民政局？”

“噗——”韩琳一口水喷出来，嘴都顾不上擦，“你说什么？”

“我今天不想去民政局。”

韩琳赶紧放了杯子，过去摸她的额头：“没发烧啊，为什么啊？”

苏影拍掉她的手：“就是不想去。”

“不是，你……”韩琳话没说完手机就响了，不用看一定是萧湛。

“喂，萧先生啊，苏苏她……昨晚我们疯到半夜都喝醉了，这会儿还没缓过来。放心放心，有我在，不会出事。”韩琳挂断电话拉了把椅子坐在苏影面前，“什么情况？昨晚我错过了什么吗？”

苏影垂下眼睛盯着自己的指尖，一点一点握紧，问：“你还记得洪宗明吗？”

韩琳愣了一下：“就那个骗我们签约的变态？”

苏影点点头：“秦业明和洪宗明联手对付萧湛，可洪宗明手里有我的照片。”

“秦业明是不是疯了！”韩琳怒不可遏，“报警，这是威胁！”

“他是疯了，疯子都不用负法律责任的。”苏影无力地撑住额头，“我不想成为他们对付萧湛的筹码，也不想萧湛变成笑话。”

南城说小不小，说大也不大，圈里的人抬头不见低头见，以洪宗明的卑劣，一定会利用她极尽羞辱萧湛。

“可这事瞒不住。这就是个定时炸弹，爆了真会死人的。”韩琳担心道。

“我知道。”苏影抬头，“秦业明只是不甘心我嫁给萧湛。我想先稳住他，只要秦氏不为难萧湛，洪宗明就不敢太猖狂，我们还是可以采取平和的方法解决这件事。”

韩琳也不知道说什么了，她冷笑：“秦业明真无耻，当初薄情寡义不要你的是他，现在不择手段来挽回的也是他，他是不是有病！”

“也许，这就是我欠他的。”

这世上的事，有因才有果，兜兜转转，阴差阳错，总是要还的。

韩琳纠结地看着她：“那萧湛那边怎么办，他这会儿已经等在民政局了。”

萧湛今天穿了件黑色大衣，庄重得体，灰羊绒领口露出白衬衫，扣子严谨整齐，每一个细节，每一根发丝都在显示他对今天的虔诚、珍重。

十年，他等了十年，今天，他终于能牵着她的手一起到白头。

“哇，萧总，你今天帅呆了！”

古成说没去过民政局，一定要跟来。

萧湛看一眼表。

“放心啦，我看过皇历，今天超级宜嫁娶，绝对顺顺利利。”

古成看上去比准新郎官还高兴。

萧湛摸摸衣兜，空空如也：“有烟吗？”

古成捂住衣兜：“没有。”

萧湛虚虚踹他一下：“学会睁眼说瞎话了。”

古成笑嘻嘻：“待会儿嫂子来要看见我给你抽烟，不抽我才怪。”

萧湛倒没强要，突然问他：“你小女朋友呢？”

“昨晚去参加嫂子的单身派对，她和嫂子相处很愉快。”古成一脸幸福。

萧湛沉默片刻：“不该有的心思断了吧，念想也不要有。古叔、古婶一直都希望你成家，好好找个两情相悦的女孩子。”

古成差点被口水呛到，一直以为藏得很好的心事就这样被揭开。古成自己都不知道是从什么时候开始，他特别喜欢跟苏影说话，也许是她每次都淡淡的，他说什么她都静静听着，偶尔笑笑给他回应，让人觉得很舒服。也许是她说他的家好美，她是唯一一个说他家很美的女人。

古成眨眨眼睛，勉力挤出笑脸：“我这不正努力向萧总你看齐吗，说不定明天你们就能喝上我和小如的喜酒。”

萧湛什么也没说，伸手，重重地拍拍他的肩膀。

“嫂子怎么还没来啊，韩琳不给力啊。”古成努力活跃气氛，“我给韩琳打个电话。”

韩琳这会儿听到手机铃声头皮发麻，苦着脸看苏影：“怎么办，我接不接啊？”

苏影皱着眉点点头：“开免提。”

韩琳接通，古成欢快的声音传过来：“人呢人呢，什么情况？”

“我……”韩琳结结巴巴，“我们还没准备好。”

“还要准备什么，人来就行了，赶紧来。”

“不是。是苏影……不舒服。”苏影在一旁对韩琳做出头痛的示意。

“哪儿不舒服了？”

“她头晕，肚子痛，全身痛。”

“这么严重！”古成声音拔高，电话传来吱吱的电流声。“喂。”手机已经换到萧湛手上，“出什么事了？”

韩琳吓得不知所措，给苏影使眼色，怎么办，怎么办？

“韩琳，出什么事了，手机给苏影，让她跟我说句话。”萧湛的声音可怕。

“她现在不方便。”韩琳紧张得差点咬到自己的舌头。

“她怎么了，很不舒服吗？”萧湛更着急了。

“她怀孕了！”韩琳一句话吼出来，她和苏影都蒙了。

苏影捂住话筒：“你说什么了。”

韩琳要哭了：“我也不知道我在说什么。”

只听见电话里萧湛说了一句：“我马上来。”电话就断了。

“天啊，天啊，我说了什么！”韩琳捂脸，“怎么办，怎么办？”

苏影也不知道怎么办:“这样，我们统一口径，就说我突然不舒服，酒店医生过来看过，说我可能是妊娠反应，最好卧床休息不能走动。”

“这……行吗？”韩琳觉得会穿帮啊。

“不行也得行。”苏影脱了鞋上床躺着，“先把今天拖过去。”

萧湛风驰电掣般赶来，韩琳紧张得汗毛都立起来:“萧……萧总。”

萧湛径直去里边套间，小心翼翼握住苏影的手，声音温柔：“哪里不舒服？”

苏影摇摇头：“我没事。”

萧湛将手掌放在她的小腹上：“真的吗？”眼睛里都是欣喜期待的光彩。

苏影低头，张嘴却发不出声音。

“酒店的医生过来看过，说可能是妊娠反应，让小影姐最好卧床休息，等身体状态好一点，再去医院做个全面检查。”韩琳背书似的一口气说完。

“那你现在感觉怎么样？”萧湛温柔得要把人融化。

“还好。”

萧湛半搂住她，动作轻柔：“我们回家。”

苏影鼻子一酸，抱住他的腰：“好。”

萧湛稳稳将苏影抱在怀里，每一步都小心翼翼，像是捧着全世界。

古成开车，苏影在萧湛怀里睡着。她睡得沉，到家了也没醒。萧湛抱她下车，让古成送韩琳回去。

一挨着床苏影反而醒了：“已经到啦。”

她要坐起来，萧湛按住人：“别乱动。”

“你别这么紧张啦，就算真怀孕我也没那么娇气。”

萧湛皱眉：“那也不准乱动，要什么跟我说。”

苏影有点儿愧疚，她没料到他会这么喜欢孩子。

“萧湛，我……”

萧湛看她的眼睛柔情满得要溢出来，苏影突然没勇气说了：“我有点害怕。”

萧湛笑了，用食指轻轻在她额前弹一下：“傻妞。”

他把温热的手掌伸进被子贴在她的小腹：“小豆芽，你好，我是爸爸，告诉妈妈，别害怕。”

那一瞬苏影的眼泪啪啪地往下掉，萧湛第一次手忙脚乱。以前她哭，他按着她亲一顿就好了。这会儿，她亲不得压不得，在他眼里比瓷娃娃还娇。

“喊你傻妞你还真傻啊。”萧湛给她擦干净眼泪，“别怕，我会一直陪在你身边。”

“我也可能不是怀孕，医生只是说可能……”

萧湛捧住她的脸：“我对自己有信心。”算日子应该是看星星那一晚。

楼下门铃响了，萧湛替她盖好被子：“你好好躺着，我下去看看。”

苏影听话，点头：“嗯。”

萧湛开门，陆深站在门口：“你手机怎么打不通？”

“我关机了。”为了领证不受打扰，萧湛让陆深进屋。

“我打古成电话才知道你在家，今天不是去领证吗？”

“今天可能领不成。”萧湛眉梢都是掩饰不住的春风得意。

陆深歪着头看他：“领不成还这么高兴？”

萧湛挑挑眉，说：“准备红包吧，陆叔叔，算一算，将来我儿子是老大。”

陆深愣了一下：“你这也太快了吧！啧啧，老婆追到手，现在更是有子万事足，完美逆袭，人生大赢家。”

萧湛喜悦之余有点担心：“你说孕妇是不是情绪波动大，动不动就掉眼泪。”

陆深露出羡慕嫉妒恨的表情：“我家又没孕妇，我哪里知道！”

萧湛笑："迟早要晋升奶爸的，提前探讨一下，以后你儿子还得跟着我儿子屁股后面喊哥哥。"

陆深一脸后悔："早知道我和常心先生个孩子出来。"

萧湛拍着他的肩膀："你生个女儿不就好了，我们还能结个亲家。"

陆深斜他一眼："你知道你就一定能生儿子？"

"儿子女儿我都喜欢。"萧湛那个得意。

"差点忘了正事。"陆深的表情一下严肃起来，"昨晚我去接常心的时候发现有人跟踪。"

萧湛也正色道："知道是什么人吗？"

"还不清楚，不过，洪宗明最近动作频繁，有意无意，怕都是冲着你来的。"

"他还真是个打不死的小强，上次举报的事我还没找他算账。"

陆深隐隐有些忧虑："洪宗明一个人没有这么大胆，他跟秦业明走得很近，如果秦易也出手，那可是个狠角色。"

萧湛点点头："我知道，我会留意。"

楼上，苏影躲在拐角听见两人的谈话，更担心了。

第十二章
两个宝宝

萧湛准备了几十样小吃，孕妇口味不定，说不定就突然想吃什么，酸甜苦辣还是都备全的好。

苏影一点胃口都没有："我什么都不想吃。"

"多少吃一点。"萧湛端着碗哄孩子似的。

"真不想吃。"

"一口，就一口。"

苏影勉强吃了一口，萧湛笑："以后，我要照顾两个宝宝了。"

苏影看着他，欲言又止，直接问他外面的事好像太奇怪了。

"有话跟我说？"萧湛坐床上半搂着她。

苏影抿一抿嘴："我……"

"萧总，我们来啦。"楼下是古成的声音，也只有他能在萧湛这里进出自由了。古成噔噔噔上楼，拎了大包小包全是吃的，"我也不知道嫂子喜欢什么口味就全买了。"

"你也太夸张了吧。"苏影睁大眼睛看着古成堆了小半屋的零食。

“好啦，这是最后一件啦。”古成扭扭腰。“还有我啦。”杨惠如躲在古成背后进来。

苏影的脸色瞬间就变了，杨惠如笑得纯情：“听说嫂子怀孕了，恭喜恭喜。”

苏影听着她说恭喜的话，整个脊背都是冰凉的。萧湛握一握她的手：“怎么了，冷吗？手好凉。”

苏影摇摇头：“就是有点累了。”

“那我们不打扰，我们去楼下活动。”古成识相地拉杨惠如走。

萧湛亲亲苏影的额头：“那你睡会儿，有事叫我。”

苏影突然抓住萧湛的袖子：“古成……”

“古成？”萧湛皱着眉问她，“古成怎么了？”

“古成是个单纯的人，你要，多关心他，不要总让他当跑腿的。”

萧湛反手拉起她的手亲一口：“我心里有数。”

他这样回答苏影倒不知道是什么意思了。

“好了。累了就睡一会儿，乖。”萧湛放她躺好，盖好被子。

古成还真不是跑腿的，书房，他向萧湛汇报：“酒庄一切正常，酒店那边倒是有点小问题。最近在微博会冒几条抹黑我们酒店卫生的问题，顾客的纠纷也变多了，还有诬赖我们酒店客房装了针孔摄像头侵犯客人隐私的，最后都查清楚解决了。”

萧湛撕了巧克力锡纸，咬一块——不能抽烟。

“查得到微博 IP 来源吗？”

古成摇头：“都是散客。”

萧湛捻着指尖的锡纸：“秦业明那边呢？”

“秦业明这一段时间几乎足不出户，查不到什么问题。”

萧湛沉默。

“萧总，我总觉得这个秦业明……”古成张张嘴，又不好说。

萧湛挑眼看他：“说。”

“我觉得秦业明对嫂子不安好心，我担心他会利用嫂子对付你。”

“啪！”苏影房间传来杯子摔碎的声音。

萧湛和古成吓得赶紧从书房出来，杨惠如正蹲在地上捡碎片，牛奶洒了一床，苏影脸色很差。

“怎么回事？”萧湛和古成都顾着关心苏影，杨惠如的手扎出血都没人看见。

苏影缓缓平和情绪：“手滑了一下，不小心打碎杯子，没事。”

“是我来给嫂子送牛奶，没拿稳，对不起。”杨惠如可怜巴巴地道歉。

古成拉了她一把：“你怎么这么不小心。”

“算了。”萧湛掀了被子抱苏影去客房，“古成你收拾下客房。”

“好。”

杨惠如被晾在了一边。

“我没事，你别这么紧张。”苏影推萧湛。

萧湛放她坐好：“衣服都湿了，有没有烫到？”

“没有，我一点事都没有。”苏影看看自己打湿的袖子，“你帮我拿件干衣服吧。”

“你好好坐着。”萧湛回去主卧室。

古成铺好床：“嫂子，要不要我扶你到床上躺着。”

苏影摆手：“不用，我又不是重病号，是萧湛太紧张了。”

古成笑：“原来男人有了孩子真的会变得不一样，孩子还没落地，萧总已经修炼成奶爸了。”

“你觉得杨惠如怎么样？”苏影突然问他。

古成愣了一下，道：“她……是不是什么地方得罪你了，我回去说她。”

“不是，我是问你觉得她这个人怎么样？”

“她是个小女孩，什么都不懂，很依赖我，比较单纯。”

苏影笑得有些无奈：“有时候，看人不能只看表面。”

古成一脸疑惑：“小如有什么问题吗？”

“她。”苏影斟酌着要怎么说，“你们才刚认识没多久，两个人在一起是一辈子的事，你了解她的过去和背景吗？”

古成挠挠后脑勺：“我喜欢的就是她背景单纯。”

苏影开始相信秦业明的话了，杨惠如有本事让古成和萧湛生嫌隙反目。

古成这两天进出萧湛家频繁，不知是不是因为苏影和古成谈到杨惠如，古成几乎都不带她来了。苏影偶尔洗了水果送进书房，看见桌子上的价格战略和危机公关方案，知道应该是出事了。萧湛从来不告诉她，也不让她听。

半夜，苏影惊醒，萧湛在床边扣衬衫扣子，伸手开床头灯：“我吓到你了。”

苏影撑着坐起来：“你这么晚要出去？”

“出了点事，我得去一下。”萧湛淡淡地说。

苏影心一紧：“出了什么事？”

萧湛穿上外套：“常心遇到了一点麻烦，陆深不方便出面，我得去一趟。”

苏影皱眉：“常心？”

“放心，小事情，你好好睡。”

苏影看着萧湛的车开出院子，虽然不知道什么事，但看他脸色大概有些棘手。

第二天一大早，网上铺天盖地都是常心的绯闻。本来常心只是个默默无闻的小主播，加上外界一直以为陆深对她毫不在乎，所以一直都不引人注目。要不是参加《女神新衣》当苏影的模特惊艳了全场，大概不会有这样的无妄之灾。

苏影第一时间打常心的电话，关机。打给萧湛，也同样是关机。

所有窗帘都拉得严严实实的，常心的手受伤了，自己给自己上药。

“你还好吗？”萧湛递瓶水给她。

常心抬头，说：“没事，你有事先走吧。”

萧湛抬手看一眼表：“我开车出去把下面的人引开，五分钟后你再下楼，有车在后门接你。”

常心低头继续上药：“我哪儿也不想去。”

萧湛叹口气：“你一直低调，也没什么名气，这次的事来势汹汹，闹得这么大，你以为真是冲你来的？”

常心冷笑：“所以是哪个不开眼的以为整我能威胁到陆深？”

“不管是怎么回事，你现在一个人待在这里不安全。”

常心终于上好药：“知道了。”她起身，“这次的事给你添麻烦了，谢谢。”

萧湛拿上车钥匙：“我跟陆深从来不这样见外。”

常心脸一寒：“他是他，我是我。你帮了我，我欠你人情。”

萧湛终于见着比苏影还固执的女人，不过，人家两口子的事他也不好掺和。

萧湛的车刚开出小区，大批蹲守的狗仔全部涌上来。

以常心的名气，哪用得着这么大张旗鼓。

保安开道，萧湛的车勉强开出小区。

狗仔哪里是那么好甩掉的。

萧湛的车刚驶入正常车道，就从后视镜看见狗仔开车追上来。

萧湛一皱眉，打着方向盘掉头，往高速路上开，早晨的高速公路没有车。

狗仔中人才辈出，萧湛的车技已经能排得上名号，这样还有车能跟上他，看样子幕后的人是花了大价钱。

萧湛加速，后面的车反应慢了一拍，车距拉大。语音提示前面分叉道，萧湛继续提速，突然打方向盘拐道。车速太快，后面的车根本来不及拐道，狗仔只能在直行道上追停，眼睁睁看着萧湛的车从分叉道脱身。

安顿好常心，萧湛给陆深去了个电话，发现有十几通未接电话都是苏影打的，他知道她担心，加大油门回家。

苏影远远听见引擎声立马去开门。萧湛下车，苏影拉起他沾了血渍的手："你受伤了？"

萧湛握住她的手，很凉，直接拉到怀里暖着："不是我，是常心。"

苏影惊讶："怎么会受伤，严重吗？"

"进去说。"萧湛洗干净手上的血渍，又换了干净衣服。

"都是因为我。"苏影很内疚。

萧湛伸手就抱住人："孕妇都这么多愁善感吗？"萧湛叹口气，"不是因为你，搞出这些事的人是为了拖住陆深，让陆深无暇分身。"他本不想说这些尔虞我诈的事给苏影听。

苏影似懂非懂，萧湛解释道："有人要对付我，陆深是我最有力的后盾，牵制住他才能将我置于死地。陆家盘根错节，家族企业纷争多，常心出事，正好有人拿她大做文章。"

"你要小心秦业明，还有洪宗明。"

萧湛弹一下她的额头："偷听我和古成谈话。"

苏影捂住额头："没有。"

萧湛抱紧她："我知道你担心我，我不希望你知道这些糟心事。你现在就是吃好、睡好、心情好。"

"那不成猪了。"

萧湛笑出声："是啊，两只小猪。"

苏影抱住他的脖子："老公。"

萧湛笑着皱眉："叫得这么甜。"搂住她的腰一提，抱她坐在桌子上，抵住她的额头，"想要我的命吗？"

苏影还搂着他的脖子:“我想出去走走，天天待在家里要发霉了。”

萧湛只剩下皱眉，笑容消失：“不行。”常心才刚刚出事，他怎么可能让她出门。

“有韩琳陪着不会有事，我就是想去庙里烧一炷香求个安心，绝对不会出事。”苏影软语求他。

“我陪你。”

“不好，我们一起出门太招眼。我保证只是去烧一炷香，很快回来，老公——”苏影连撒娇都用上了，抱着萧湛的脖子摇。

萧湛哪里招架得住，再三叮嘱她手机开定位，随时保持联系。

韩琳开车来接她，心虚得不敢跟萧湛对视。

车沿着新修的水泥路进山，桥下河水奔腾，水面点点金光荡漾，路上很多枯枝黄叶，偶有几处枫叶红得炫目。

“刚刚吓死我了，我真怕萧湛看出什么。”韩琳还拍着小心脏。

苏影看着车窗外，不作声。

韩琳转头看她：“苏苏，你到底是怎么打算的？”

苏影看一看前面：“到了。”韩琳急忙刹住车，前面是一路往上延伸的水泥台阶。

山里空幽，也不是礼佛的季节，一路连个人影也看不见。

苏影下车，沿着台阶上去。寺庙前后有四个大殿，庭院中有一个高大坚固的祈福炉烟雾缭绕。

大殿传出引磬声，苏影进去，高大的佛像慈祥肃穆，秦业明合掌举过头顶虔诚膜拜。

引磬敲过三声，秦业明起身，恭敬地对叩磬师父说：“我父亲的诵经就有劳师父了。”

师父还佛礼，下去准备。

苏影一直站在他身后，秦业明转身：“你来了。我给爸爸在这里上了个名字，虽然我不信佛，但还是希望他能安息。”

苏影面无表情地说："鬼魅出自人心，心里有鬼才来神佛这里找安心。"

秦业明一点也不在意她的讥讽："你来见我，是想通了？"

"常心的事是不是你策划的？"苏影质问，"为了自己的私心这样伤害一个无辜的人，你的良心真的能安？"

"无辜？"秦业明冷笑，"你们最没有资格跟我说'无辜'这两个字！"

苏影努力控制情绪，平静地望着秦业明："我主动放弃继承秦叔的股份，全部还给你，你收手。"

秦业明笑得咳嗽，咳得背都弓起来，好半天才缓过来："秦氏刚刚完成二次重组，股份摊薄，你继承的那点股份不值一提。"

苏影手里最后一点筹码都没了："你到底要干什么？"

"我要你现在离开萧湛，我要赢！"秦业明的表情有点扭曲，满脸涨红。

"我看你病得不轻！"

秦业明一只手扶住身后的功德箱站稳，他今天的状态非常不对劲："我的耐心有限，下一个，该轮到古成了。"

"你！"

"嘘——"秦业明竖起食指按在嘴唇上，"大殿禁止喧哗。我等你消息。"

秦业明走了，苏影像被抽走了所有的力气，她抬头看一眼肃穆的佛像。佛说输赢无定，报应分明，明明这一切与萧湛无关，都是她欠的债。

"苏影？"寂静的大殿里这一声显得特别突兀。

苏影惊讶地回头，乔楚南？

"你怎么在这里？"

乔楚南迈腿进来，有点尴尬："我陪奶奶来烧香，不小心路过。"

苏影心一沉："刚才，我和秦业明……你听到了？"

乔楚南的表情想说没听见她也不信啊。

"你可以当作没听到吗？"苏影盯着他。

乔楚南撸了一把头发："秦业明的事我可以当作没见听，洪宗明在圈子里到处说……"他欲言又止。

苏影的心沉到深渊："说什么？"

乔楚南变得结巴："说萧湛当成心肝宝贝的女人，是他玩过的……"他咽下口水，"说萧湛是'绿乌龟'。我当场把传闲话的人揍了一顿。"

苏影脸色惨白，乔楚南都听到风言风语了，很快就会传到萧湛那里。他现在内忧外患，苏影真的害怕他一时冲动，做出什么不能挽回的事。

"你可不可以帮我个忙。"

"就我和萧湛的关系，有什么我帮得上的你尽管说。"乔楚南是个热心人。

苏影踌躇了一下，说："我想你帮忙去追一个女孩！"

韩琳送苏影回来，古成也在。

"谢天谢地，韩琳姑奶奶你可终于把萧总的魂送回来了。"古成说得那个夸张。

苏影觉得有点对不起古成，可古成终究会知道杨惠如不是良人，长痛不如短痛。

"累吗？"萧湛焐着苏影的手。

苏影摇头："还好。"

"欸，韩琳，你怎么不理我啊？"古成去闹韩琳。

韩琳和他保持距离："你站那儿，离我远点。"

“怎么了，我哪里得罪你了？”古成疑惑地看韩琳。

韩琳背对他倒水喝：“你都是有女朋友的人了，和其他女生就要保持距离，不能像以前那样。”

“我们不是哥们吗。”古成搂住韩琳的肩膀，“说了要当你一辈子的哥哥，说话算话。”

“你走开。”韩琳跳离古成三丈远。

“古成，晚上留下吃饭吧。”苏影开口留人。

古成笑容灿烂：“好呀。”他还不忘抓回韩琳，“和以前一样，你来打下手。”

“你放手啦。”

两人打打闹闹去厨房。

萧湛桌上的手机有电话进来，他看了眼，皱眉：“我接个电话。”径直去阳台。

苏影的心弦被他皱起的眉牵紧。她口渴去倒水，杯子里的水满得溢出来，却因为想事情想得出神，还保持着倒水的动作。

“水满了。”萧湛搁下手机提醒她。

“啊？”她回过神，水洒到脚面，幸好鞋子厚。

萧湛赶紧抱起她脱掉鞋：“有没有烫到。”

“没有，没有。”

“你从外边回来就心不在焉，是去上香吗？”

“我哪有。”苏影推他，“你放我下来，我没事，就是有点累。”

“那我抱你回房睡会儿，等吃饭再叫你。”萧湛抱她上楼。

“萧湛，再这样下去我都忘了自己还有腿。”苏影歪着脑袋无奈地看萧湛。

萧湛一本正经地说：“上楼怕你磕着，下楼怕你摔着，还是我抱着最安心。”

苏影鼻子一酸，贴近他心口：“老公。”

“嗯？”

“我爱你。”她仰头亲他一口。

萧湛心猿意马，十个月啊，他得内伤。

吃过晚饭，古成送韩琳回去。入夜霜降，苏影手脚怕冷，有时开足暖气也没用。萧湛将她双脚贴肉揣在怀里，似漫不经心问她：“今天去上香没顺便求个平安符什么的吗？”

苏影昏昏欲睡，这两天好像特别嗜睡，吃饭前睡了会儿，这会儿又困了，瓮声瓮气道：“那都是骗人的。”

萧湛好笑：“平安符是骗人的，上香求平安就不是。”

“那不一样。”苏影闭着眼睛说。

“上香的人多吗？”萧湛又问。

“不多。”

“碰到熟人了吗？”

“碰到……”苏影一下惊醒，萧湛还是漫不经心的样子。苏影用大拇指在他手臂上抠了一下：“碰到秦业明给秦叔叔做超度。”

提到秦业明的名字，萧湛立刻变了脸色：“他有没有为难你？”

“我们没照面。”苏影这个谎说得彻底。

萧湛倒没再问：“早点睡吧，明天我们要去趟陆家。”

“陆深和常心没事吧？”

“明天常心生日，陆深发了帖，在陆园办，算是给常心正名，也给外面的人一个警告，再动她就得掂量一下。”

苏影疑惑地问他：“陆深对常心到底爱不爱？看常心感觉陆深对她非常不好，可实际上陆深非常在意她。”

萧湛第一次犯难了：“他们之间的事，有点复杂。陆深伤过常心，也为常心付出过惨痛代价。”

苏影知道这可能是个禁忌话题，不再追问。

常心生日，陆园十分热闹，商界有头有脸的人物全来了。

刚开始一切都好好的，苏影跟着萧湛大方得体，直到古成带着杨惠如出现，苏影变得有点儿焦虑。

特别是杨惠如，一副怯生生的模样，古成宠溺地护着她。

好在，乔楚南也来了。

乔楚南一眼就看见苏影，对她微微点下头，端了杯酒一勾古成的肩膀：“我说最近去酒庄都见不到古成，原来忙着谈恋爱啊。”

苏影也不知道自己这样做是对是错。

常心过来跟她打招呼，萧湛被寒暄的人围住。

“听说你怀孕了，恭喜啊。”

苏影差点都忘了自己怀孕这事：“谢谢。”她低头看见常心手上的疤，“你没事吧？”

“没事，小伤。”

“其实我应该跟你说声对不起，你遭遇那些事，多多少少有我的原因。”苏影抱歉。

“关你什么事，我自己倒霉罢了。”常心无谓地笑笑。

陆深走近，伸手搂住常心：“宝贝，大家都等着你切蛋糕，切完蛋糕再聊。”

常心脸上的笑容消失殆尽，抿嘴不说话。苏影看着两人的别扭劲儿都替陆深着急。

所有人这会儿都围着陆深精心替常心准备的蛋糕，差不多有一人高。蛋糕镶嵌六十六只形态各异的天鹅，以九百九十九朵玫瑰衬托。

苏影站在萧湛身边张大嘴，萧湛皱皱眉头：“这蛋糕……很有陆少的作风。”

常心被拥到中央，陆深陪她一起吹蜡烛，大家嚷着亲一个。陆深倒大方，来了个法式深吻，引得现场尖叫连连。

“我亲爱的妹妹，你抢了我的未婚夫，真的这么心安理得吗？”

人群后面突然飘出这样一句，众人一脸惊愕地回头。

女人很高挑，眉眼和常心有七八分相似。

陆深一下就变了脸色：“常薇！”

常薇一身黑裙，不知道的还以为她是来奔丧的。

“大家继续切蛋糕。”陆深握紧常心的手，握得她发疼。常心的脸色已经阴沉得不像样。

常薇走近，人群自动让开一条道。

她拿手指在蛋糕上蘸一口奶油放进嘴里：“好甜，是我喜欢的象牙海岸牛奶巧克力，阿深，你还记得。”

“常薇，你闹够了吗！”陆深的太阳穴突突地跳。

“没够。”常薇突然拿起桌上切蛋糕的钢刀，“切蛋糕这么开心怎么够。”她狠狠砍下去，六层的蛋糕全碎在地上。

“大家都退开。”萧湛吼一声，果断上前扼住常薇拿刀的手。

人群也预感到危险，惊恐地退开，苏影被人群推挤不小心扭到脚。

常薇很快被制服，陆深送她去医院。常薇有很严重的抑郁症，已经有自残和伤人的倾向。

苏影也一同去了医院，萧湛让医生仔细检查。

“我只是扭了一下，没事。”

“扭了一下也要好好检查，最好做个全身体检。”萧湛坚持。

“不要检查。”苏影反应强烈。

“听话。”萧湛只当她是吓着了闹情绪，“医生，我太太怀孕了，需要做哪些检查？”

“我真的不需要检查，我没事。”苏影在原地走两步，忍着脚踝的剧痛，“你看，我真的没事。”

萧湛脸色严厉：“你再不听话我就亲自动手了。”

“萧先生！”站在一旁的护士突然叫起来，“萧太太出血了！”

苏影珠灰羊绒裙子上沾的是樱桃酱，很像血，场面太混乱，她自己都没注意。

萧湛紧张地抱起苏影："还愣着干吗，快救人！"他大吼一声，医生都吓得不敢说话。

"快，移动病床，急救室！"医生扯着嗓子喊，一下乱成一团。

苏影抓紧萧湛："你，别紧张。我没事，那不是血，我……"

"没事，没事，有我在，我不会让你和宝宝有事。"萧湛胸口起伏得厉害，声音都不敢大。

苏影知道瞒不下去了，所以，千万不要随便欺骗爱你的人，老天都会看不过眼。

她憋足一口气："我没怀孕。"

"没怀孕，没怀孕，不怕，不怕。"萧湛紧张得都不知道她在说什么。他突然停下脚步，看着苏影："你说什么？"

苏影真的没想过他会这么喜欢孩子，她很愧疚，很自责。

"对不起，我没怀孕。"

车内，一片寂静。苏影坐在副驾驶座，萧湛习惯性往怀里摸烟，摸到巧克力，狠狠扔出去。

他是真生气了，苏影不知该怎么跟他解释："对不起。"

"为什么？"萧湛的声音很冷。

"我……"苏影张着嘴，失声。

"不想说？"

苏影抿紧嘴唇。

萧湛狠狠打一拳方向盘，苏影的心脏都跟着打战。

"系好安全带。"他冷冷地说一声，发动车子。

从医院回家的一路上，萧湛一句话都没再说过。

苏影想跟他解释，可他这么生气，只怕会越说越糟。

车在家门口停下，萧湛替她开车门："我去一趟陆家，你在家好好休息。"

苏影下车，脚踝敷了止痛药走路还不利索：“嗯。”她看着萧湛的车开远，叹口气。韩琳的电话跟着就到：“喂，苏苏，什么情况，听说你进医院了。”

苏影长长地叹口气：“今天出了点意外，我们刚从医院回来。”

“那，那个……”

“怀孕的事穿帮了。”苏影直接告诉她。

“萧湛什么反应？”韩琳紧张问。

“很生气。”

“那怎么办？”

苏影也不知道：“凉拌。”

韩琳劝她：“我觉得你还是照实跟萧湛说。”

“我知道，我想想怎么说。”苏影挂了电话，一跛一跛进屋。

萧湛是半夜才回来的，苏影等他等得在沙发上睡着了。他进屋带了一阵寒气，苏影冷醒了：“你回来了。”

萧湛皱眉看她：“这样会着凉，回房睡。”

苏影拉紧羊毛毯：“陆家没事吧？”

萧湛脱掉沾了寒气的外套：“没事了。”

两人就隔着一张茶几，苏影却明显感觉到他的冷淡：“我有话想跟你说。”

“明天吧，我还要打几个电话。”说完萧湛就往书房去，苏影无奈地望着他的背影。

晚上，苏影一个人睡怎么也睡不暖，肚子也闷闷地疼，迷迷糊糊感觉肚子上焐了个暖宝宝才渐渐睡安稳。

早上，床铺另一半还是空的。苏影起来，萧湛已经走了。

苏影一个人憋得难受，很久没去工作室，虽然名义上是卖给萧湛了，但那里一草一木还保持原样。

苏影一样一样摸过以前用过的绣架、屏风，才短短一段日子，这里感觉像是上辈子的事。

“苏苏，你真在这儿啊。”没见着韩琳人，先听见她的声音。

苏影回头，韩琳刚进门：“你怎么来了。”

“我去萧家找你，没人，就来这儿碰碰运气。”韩琳拉一拉她，“你和他怎么样了？”

苏影叹气：“他还在生气。”

“都怪我。”韩琳自责道，“要不是我扯这个谎，他也不会那么生气。”

“不关你的事。”

韩琳突然想起来：“我今天找你还有件事。有位姓何的女士在网上看了你的作品，想跟你见一面，打听了很多人找到我这里。”

“见我？”

苏影的黑料虽然慢慢平息，但她在圈内的名声还是很差。

韩琳点头，说：“这位何女士对你的作品赞不绝口，拜托我一定要约你见一面。”

苏影犹豫，不管怎么样，她从没放弃过自己的梦想。

“好。”

萧湛的冷淡越来越明显，苏影这些日子见他一面都难。

韩琳替苏影约了何女士。

何女士一身剪裁得体的斜纹软呢套装，虽然两鬓已是花白，眼睛却还保持着少女的纯真。

“终于见到苏小姐真颜了。”何女士郑重地递上名片。

苏影接过看一眼：“何沐莲。”名字有点耳熟，她突然想起来，“国绣大师何沐莲！”

何沐莲笑眯眯道：“什么大师，你叫我何女士或是何姐都行。”

“何老师，我看过您的个人自传，很喜欢您的作品。”苏影好激动。

“巧了，我也喜欢你的作品，这就叫惺惺相惜吧。”何沐莲一点架子都没有。

苏影有点不好意思："我哪敢在您面前班门弄斧。"

"现在能静下心学刺绣的年轻人已经很少了，我看过你的作品，古法刺绣颇有功底。"何沐莲毫不掩饰对苏影的欣赏。

"我妈妈是刺绣匠人，我从小喜欢刺绣，所以从小就是妈妈手把手教的。"

何沐莲连连点头："难怪。那我就直说了，我约苏小姐是想邀请苏小姐参与我的团队。文化局需要一批绣品作为伴手礼送给外国贵宾，我是总负责人。"

苏影张大嘴："我吗？"她有点不敢相信，"可是我……我怕给您带去困扰。"

何沐莲压压手掌："我只看实力不看那些八卦。都说字如其人，作品也能看出一个人的品质，我相信你。"

"谢谢。"苏影从心底感激，既是知音，就无须多言。

"不过，参与项目期间要完全保密，暂时断绝和外界的联系，也是为了你们能静下心。"

"什么时候开始？要做多久？"苏影问。

"我的团队已经开始着手准备，你随时可以参与进来，大约要做一个月。"

苏影低头微微皱眉。

"苏小姐有什么困难吗？"

"我……"苏影抬头，"有点私事需要处理。"

"那你要尽快了，我等你电话。"

送走何沐莲，苏影去找韩琳。

韩琳听说后激动得当场跳起来："啊，你要参与设计伴手礼！这是多大的荣耀啊，你还犹豫什么！"

苏影有点无力："我觉得这个时候，我应该陪在萧湛身边。"

韩琳一下蔫了："可这个机会真的好难得。"

苏影叹气："我知道。"她的手机响起来。看一眼，杨惠如三个字在屏幕上闪动，苏影皱眉，挂掉。

"谁啊？"韩琳问。

"杨惠如。"苏影刚说完，电话又响了，一声赶着一声，她不胜其烦，接起来，"喂！"

"小影姐。"杨惠如的声音颤抖，似乎害怕极了，"你快来，古成和乔楚南……要出人命了。"

苏影一下子抓紧手机："他们在哪里？"

"我，我的公寓，地址是……"杨惠如一边哭，一边说。

"我马上来。"苏影没挂电话就往外跑。

韩琳在后面追："出什么事了？"

"乔楚南，你别以为你是富二代就比别人高贵，就可以为所欲为，朋友之妻不可欺你知道吗！"古成抓住乔楚南的肩膀，用膝盖狠狠撞击他的腹部。

乔楚南双手挡住古成防守。屋子里椅子倒了，茶几翻了，杯碟落了一地。

门口围了一群人，杨惠如还穿着浴袍跌坐在地上。

"让一让，让一让。"韩琳带着苏影挤开围观人群。

"别打了，古成，乔楚南，别打了！"苏影大叫，古成的打法真的是在跟乔楚南拼命。

韩琳也吓坏了："古成，别打了。"

苏影和韩琳冲过去，两个人都拉不开古成半分。

"古成，住手！"萧湛及时出现。

古成终于恢复了一点理智，手上力道却一分没减："萧总，今天这事，谁说也没用。”

“不关乔楚南的事，是我让他这么做的。”苏影已经手脚发软，“古成，你要怪就怪我，快放手！”

萧湛费劲地拉开古成，乔楚南跌坐在地上，剧烈咳嗽。

苏影去扶乔楚南：“你怎么样，要不要去医院？”

乔楚南渐渐喘过气，哑着嗓子说：“没事。”

古成一脸绝望，望着苏影：“你把话说清楚。”

所有人都看着苏影，她慢慢扶乔楚南起来：“是我，是我让乔楚南追求杨惠如。”

“为什么？”古成压抑着情绪，“你明知道她是我女朋友。”

“因为她对你不怀好意。”苏影望着古成的眼睛说。

古成笑了：“她对我不怀好意也是我的事，关你什么事？”他完全被愤怒冲昏了头，逼近苏影，“你以为我叫你一声嫂子你就可以管我了！”

萧湛抬手一拳打退失去理智的古成，护在苏影前面：“古成，你再口不择言别怪兄弟都没得做。”

古成擦一把嘴边的血渍，笑出声。

“不做就不做！”他捡起地上的外套，夺门而去。

“古成！”韩琳追出去。

萧湛的脸冷厉得可怕，越过苏影看乔楚南：“乔少我们高攀不起，我们的交情就到这儿为止。”

“湛哥……”乔楚南急了。

“当不起。”萧湛一把拉住苏影就往外走，苏影都要跟不上他的脚步。

苏影被萧湛带上车，车厢闷得她喘不过气：“萧湛，我可以解释。”

“你走吧。”萧湛说得面无表情，眼睛落在很远的地方。

苏影瞪大眼睛看他：“萧湛？”

“你骗我怀孕不过是不想跟我领证，可能真的是我强人所难，我们彼此都冷静一下。”

苏影红着眼眶：“解释的机会也不给我吗？”

萧湛转头看她：“我给过你很多机会。”

这么多天积压的内疚全变成委屈，苏影觉得所有的解释都没意义了，说：“好。”

她用尽所有力气才打开车门，下车，眼泪流下来。

第十三章 该回家了

“苏苏，你别哭啊。”韩琳手足无措，“我去跟萧湛解释，撒谎的人是我，我去跟他说。”

苏影不想哭，可眼泪就是控制不住。她没有地方去，只能来韩琳家暂住，韩爸、韩妈出去旅游了。

“萧湛可能就是在气头上，你看古成对你出言不逊，他不是还打了古成。”韩琳越劝越糟。

苏影捂住脸：“我真的没想过事情会变成这样，明明是想帮忙的，最后竟然因为我弄得兄弟反目。”

“不是，我不是这个意思。”韩琳也想哭了。

苏影吸吸鼻子，擦干净眼泪：“萧湛说得对，我们现在是该彼此冷静一下。”

“那你有什么打算？”

“我想去参加何老师的项目团队。”苏影想一个月时间够两个人冷静了吧。

“那你，要不要告诉萧湛一声？”

苏影沉默。

丽宫酒庄今晚很热闹，洪宗明难得露面，来的时候，带了一群助理和保镖。

“萧先生，看你的样子是不欢迎我啊。”

萧湛眯一眯眼，看见洪宗明后面的古成。古成也看见他了，冷漠地移开视线。

洪宗明哈哈笑起来：“来来来，古成啊，萧先生好歹也是你以前的老板，他不欢迎我们，我们不能失了教养，跌份儿。”

古成笑笑，正视萧湛：“萧老板是不是沉浸在温柔乡里太久了，开门做生意，来者是客都不懂了？”

“怎么会。洪总和古……哦，我现在该怎么称呼你？”萧湛客套地微笑。

“古经理。”洪宗明拍拍古成的肩膀，对萧湛介绍道，“这是我们洪成集团新任命的经理。”

萧湛点点头：“水往低处流，人往高处走。恭喜你，古经理。”

古成解开西装，大摇大摆坐下：“麻烦萧先生给我们上你这里最好的酒。”

洪宗明完全是一副看好戏的模样。

早有大堂经理上来：“古先生，我来为您服务。”

古成扭一扭头，道：“你算什么东西！”

萧湛挥一挥手，对大堂经理说：“你去拿酒来。”

大堂经理不敢出声，赶紧去拿。酒拿来，萧湛亲自开酒，给古成倒上。

古成把杯子举到萧湛面前：“萧先生赏脸喝一杯？”

所有人都看着萧湛，都等着看萧湛发飙，昔日兄弟斗个你死我活。

萧湛一笑，接过杯子，一口干，亮一亮杯子，问：“古经理还满意吗？”

古成挑挑眉，嚣张地说道：“喝酒不能没美女，萧先生给安排一下吧。”

“没有。”萧湛看一眼洪宗明，“有也不陪你。”

“你！”洪宗明要发作，古成接过话头：“既然没美女，那就让老板娘出来陪一杯呗。”洪宗明一听火气瞬间压下去，斜眼看萧湛。

萧湛的表情没什么波动，只是看着古成。

古成笑：“怎么，只是让她来陪我们喝一杯酒，又没让她下跪给我道歉，这也舍不得？”

“古成，你太过分了。”大堂经理忍不了了。

古成挑衅地看萧湛：“过分吗？”

“不过分。”苏影突然出现，她只是想来跟萧湛说一声，怎么也没想到古成竟然会变成这样。

所有人都愣住了，看着苏影，似乎没预料到这样的反转。

萧湛皱皱眉，拉住苏影的手：“男人的事，别在这里添乱，你跟我出去。”

洪宗明哪里会放过这么好羞辱他的机会：“萧先生，苏小姐……不，现在应该叫萧太太。萧太太都来了，喝了这杯，大家一笑泯恩仇。”他上前拦住人。

萧湛的脸色阴沉，一瞬间就变得吓人：“洪宗明，你今晚还想从这里走出去吗？”

洪宗明一下就怕了，怂恿古成上，他的目的就是来看一场兄弟反目的好戏。

古成从沙发上起身，扭扭脖子：“今天谁敢动洪总，先过我这关。”

萧湛抓苏影的手收紧，苏影蹙眉：“放手。”

大堂光线昏黄，细碎的光落进萧湛的眼底，像火星跳跃，他不放。苏影铆足一口气，狠狠甩开他的手，越过他就抄起桌上整瓶酒，满满灌一口，呛得眼泪直流，盯住古成：“古先生，够了吗？”

萧湛指节捏得作响，浑身散发的暴戾气息硬逼得周围人散开。

洪宗明也不是傻子，见好就收，真惹火了萧湛，他也得不到什么好处。

“好了好了，喝酒就是要高兴，咱们换个地方，走走走。”洪宗明勾着古成的肩膀称兄道弟，大摇大摆离开。

苏影这会儿才感觉嗓子痛，胃痛，手也痛，手腕那里肿了一圈。

萧湛还保持背对她的姿势，她看不见他的表情。

“萧湛，对不起。”她真的后悔，古成变成这样都是她的错。

“跟我出来。”萧湛的声音冷厉，抬脚就往外走。

苏影看着他渐渐走远的背影，突然很害怕。她不怕他发脾气，不怕他怪她，只怕他说出什么不能挽回的话。

萧湛站在门口抽烟，她给他买的戒烟巧克力都不见了。

晚上凉风吹过，苏影觉得心都被吹凉了，慢慢走近他。

萧湛摁灭烟：“你能不能哪怕听一次话，好好待着。”

苏影不愿让他看见眼里打转的泪，眨一眨眼睛：“古成的事，抱歉，我真的不知道事情会变成这样。”她低一低头，“我明天会加入何沐莲老师的团队，可能一个月都不能跟外界联系，不会再给你添麻烦了。”

萧湛沉默，苏影很想他能说点什么，耳边却只有风声。

许久，也许并没有多长时间，听见萧湛说：“很好。”

很好。她加入何沐莲老师的团队很好，还是不给他添麻烦了很好。

“我叫人送你回去。”萧湛转身要进去。

“不用了！”苏影声音很大，她胡乱擦一把眼泪，“我自己能回去，不麻烦你。”

她走得很快，萧湛没有追，一直注视着她的背影没入车水马龙的街头。他往怀里摸烟，烟盒贴在心口，他狠狠抓住。

苏影已经加入何老师的团队一周了，所有可以联系外界的电子设备都上交了。她开始还有点不适应，慢慢地，心静下来就好了。

苏影的宿舍在三楼，阳台种了一盆冬青，翠绿欲滴，绿叶中点缀着簇簇红果，有点儿像相思豆，比相思豆大。红果承不住露珠的重量脱离枝茎落下一颗，她蹲下身去将那粒红果捏在指尖："新月曲如眉，未有团圆意。红豆不堪看，满眼相思泪。"

她心里还是想着萧湛，他好不好。她不在他身边，他一定没有什么后顾之忧了。

外头传来敲门声，苏影将红果握在掌心起身，开门，韩琳站在门口。

"你怎么来了，怎么进来的？"

韩琳将大包小包堆桌上："我再不来，你都快看破红尘羽化成仙了。你只是做项目，又不是出家。就算是出家，也没有道理不允许家属探望不是。"

苏影笑起来："有没有这么夸张，我还看破红尘。"

"我说来陪你，当你的助手，何老师都答应了，你就是不同意。"韩琳这气还没消。

"我不是怕你留在这里无聊吗。"苏影拉一拉她的胳膊，"还在生气呢。"

韩琳从包里拿出汤："我妈特地煲给你的，还热乎着。"

"韩妈煲的汤最赞。"苏影在桌子边坐下，"好香。"她食指大动，"韩婶韩叔旅途愉快吗？"

"愉快。"韩琳在她对面坐下。

"你呢，最近在忙什么？"苏影喝了几口鼻尖已经微微出汗。

"瞎忙。"韩琳看着她。

苏影抬头，眨眨眼睛："怎么这么看着我？"

"你就不想知道萧湛的情况？"

苏影搅着勺子，不露情绪："他怎么了？"

韩琳的声音恹恹的："古成帮着那个洪宗明都快要把萧湛的酒庄整垮了，抢人，抢客户。古成跟着萧湛那么多年，人脉、内里的门道全都一清二楚。"

苏影一口汤从喉咙烫到心口，她捂住嘴闷闷地咳。韩琳赶紧给她倒水："你也别太着急，萧湛也不是纸糊的老虎。"

苏影不喝水，硬生生压下不适："没有我，他能应付得很好。我早该答应秦业明，早一点离开他。"

韩琳握住她的手："你千万不能这么想。其实萧湛还是很在乎你，只是……只是事发突然，他需要时间。"

苏影笑笑，眼眶被热气熏红。

"小影啊。"何沐莲噔噔噔从门外进来。苏影和韩琳站起来："何老师。"

何沐莲满面春风："文化局局长看过你的样稿，对你提出传统刺绣结合缂丝的设计非常满意。"

"真的吗？"苏影也高兴。

何沐莲连连点头："还有一个事，坐下说。"

韩琳让出椅子站到苏影身边，何沐莲坐下，问苏影："我觉得你不光刺绣技术好，对设计也很有天赋，有没有想过出国进修学设计？"

苏影愣了一下："以前倒是想过。"

"那现在呢？"

"现在……"她从未放弃过梦想，只是现在多了一个牵挂。

"是这样，局里分了一个保送出国进修的名额给我们，我觉得你的天赋实在难得，我打算推荐你。"何沐莲是惜才如命的人。

苏影完全愣住了："我？"

"不行！"一直在旁边不作声的韩琳大声替她拒绝，拽着苏影的手臂，小声说，"你不能答应。"

"是有什么问题吗？这个机会真的很难得。"何沐莲一脸急切。

苏影起身，把韩琳拉到身后不让她说话：“何老师，这件事有点突然，您容我想想。”

何沐莲也起身：“行。你一定好好想想，机会难得。”

“我会的。”送走何沐莲，韩琳憋死了：“你千万不能答应，你出国，萧湛怎么办，你想异地恋啊！”

苏影回身坐下，继续喝汤。

“苏影，我跟你说话，你听见没。”韩琳急了。

“我不是没答应吗。”

“你的眼睛明明亮了一下，你动心了。”

苏影好笑：“我动没动心你都能看出来呀。”

韩琳一脸严肃，道：“如果你真的想去，一定要和我们说，不要不辞而别。”

“我知道啦，汤再不喝都凉了。”

苏影低头喝汤，她是真的动心了，萧湛会理解她吗？

盛极一时的丽宫酒庄变得冷冷清清，已经连接好几天没有一个客人了。

“酒，给我酒，我要酒！”

萧湛抽走吴奔手里的酒瓶：“闹够了吗？”

吴奔醉得东倒西歪：“湛哥。”张开双臂熊抱。

萧湛抵住他的额头将他隔在一臂之远：“你喝醉了，我送你……”想起来他在这儿没家，“我带你回我那儿。”

“我不回，我要喝酒。”吴奔笑呵呵地抱住酒瓶。

萧湛皱眉，抬手示意，侍者拿来毛巾。他敷在吴奔后颈处，吴奔冰得全身一个激灵。

“清醒一点了吗？”

吴奔只是看着他傻傻地笑呵呵。

萧湛拿下毛巾扔回侍者的托盘，带吴奔到办公室，给他杯水：“臭小子，为了个不值得的女人，至于吗？”

吴奔斜靠着沙发，笑一笑：“等一个女人十年，为这个女人守身如玉，值得吗？”

萧湛靠着办公桌，想抽烟，划燃长柄火柴，火柴熄灭连烟一起扔进垃圾桶。他翻出巧克力，纯正的黑巧克力，苦得舌头发麻。

“值得的人，一辈子都值得。”

吴奔点点头：“谁是值得的人，谁又是不值得的人？”

“你放在心里的那个就是不值得的人。”萧湛直接戳穿他小心翼翼掩藏的心事。

吴奔不作声：“给根烟。”

萧湛抬抬下巴：“垃圾桶，自个儿捡。”

吴奔翻个白眼：“一个个，老婆奴。”羡慕嫉妒恨。

萧湛折着指尖的巧克力锡纸：“我倒想。”

吴奔这会儿完全清醒了：“绍白哥让我给你带句话，做兄弟有今生没来世，有什么需要知会一声。”

“陆深这么近，我都没开口，放心，都是些小角色，还用不着他出手。”

吴奔看着萧湛，眯着眼说：“古成真的叛变啦？我怎么不信呢。”

萧湛笑一笑，不置可否。

洪宗明利用古成狠狠打击萧湛，萧湛看上去好像一直被“打”，可洪宗明总也打不中他的要害。

作为洪宗明的盟友，也是洪宗明最有力后盾的秦业明，这么好的机会居然按兵不动，毫无动静。

半夜，毫无预兆地下起雪来。起初下的是雪粒，噼里啪啦打在窗户上，苏影翻个身，睡不着。

雪粒儿很快变成雪片，鹅毛似的漫天漫地。她的窗下，黑色轿车隐在黑暗中。萧湛也不知道自己怎么就开到了这里，就是忍不住来了，这样看一眼也安心。

苏影翻来覆去一夜，手脚冷得睡不着。

早上，窗台的冬青上都积了薄薄一层雪。她往窗外看一眼，屋顶都白了，路面有车胎压过的痕迹，很新的车痕。她伸了个懒腰，今天还得去图书馆找敦煌图样，还要去见缂丝师傅，好多事。

她洗漱完准备去何老师那儿请一天假，在楼下碰到何沐莲，后头还跟了个人——秦易。

“小影啊，这位秦先生说一定要见你，人命关天，我就把他带过来了。”

秦易脸色凝重地看着苏影：“我希望和你单独聊聊，不会耽误你太多时间。”

“那你们聊。”何沐莲离开。苏影和秦易站在寒风里，苏影转身：“去我宿舍说吧。”

“不用，你跟我走。”秦易的声音焦急。

“你要带我去哪里？”苏影问。

“去见我哥。”秦易也不瞒着。

苏影脸色一变：“我跟他说得很清楚了，我们已经结束了。”

“他病了，胃癌。”

苏影怔了半天才反应过来秦易说了什么：“他……”她震惊得一时说不出话，“你说什么？！”

“我没开玩笑，也不是什么手段。”秦易盯着苏影，“我们要送他去美国治疗，他一直要见你，我不同意，我知道你和萧湛的事。他就用自杀的方式逼我来。”

苏影张了张嘴，不知该如何回应。

“他……什么时候发现的，癌症？”

“之前医院让他去做体检，他一直都没放在心上。直到那天，他从庙里回来，才发现不对劲，开始低烧咳嗽，最后咳血。”

苏影记得，那天她看秦业明就觉得很不对劲。可是，竟会这么严重吗？

“原谅我刚才可能语气不好，我没资格要求你，对不起。”

苏影心里乱糟糟的，秦易把话说到这个份儿上了，她再拒绝就真的太残忍了。

“我跟你走。”

秦易松口气：“谢谢。”

房间，所有窗帘拉得严严实实，秦业明躺在床上睁大眼睛看着天花板。床边横七竖八扔满了酒瓶，酒精都已经无法麻痹他了。

最可怕的不是病本身，而是人崩溃的心态。

从知道噩耗到现在，秦业明已经完全放弃了人生，醉生梦死。

也许人在生命的尽头才知道最重要的是什么，是一颗真心，是直到最后一刻都愿意陪在你身边的那个人。他本来可以拥有，是他自己弄丢了，再也找不回来了。

房门缓缓被推开，有人进来，不小心踢到门口的酒瓶。秦业明双眼空洞地盯着天花板：“不要来烦我，让我自生灭。”

苏影弯腰一个一个捡起地上的酒瓶，小心放上矮桌，又去窗边，哗一声拉开窗帘。刺眼的光线骤然射过来，秦业明挡住眼睛暴躁地怒吼：“叫你别烦我，滚出去！”

“下雪了，今年冬天的第一场雪，不是年年都能看到，不来看看吗？”苏影轻轻说。

秦业明翻身从床上坐起来，瞪大眼睛看她：“苏影，你……”

苏影拉开另一半窗帘，房间敞亮起来。秦业明下床，抱住她，紧紧拥抱："你终于来了，终于来了，我等了你好久好久。"苏影感觉脖子有潮气，她心里难受，可是，她也不想骗他："我来，是为了还秦易一个人情。"

秦业明抱她的手僵住，慢慢放开她。她的眼睛陌生而疏离，一丝一毫温情都寻不着了。

"到现在，你连骗我一下都不愿意吗？"

苏影后退一步，道："命是自己的，你自己都不想要，别人没义务哄着你。"

秦业明笑："你一定很希望我死吧，我死了就没人纠缠你，你就可以开开心心和萧湛在一起。"他盯着她，"可是，你事事为萧湛着想，他却怪你，把你从家里赶出来。"他突然语气一转，"也幸亏他这样对你，不然，我都不知道自己会做出什么，可能，拉着他一块儿死。现在就让洪宗明那个跳梁小丑去表演了。"

苏影心尖发颤，她知道秦业明不是开玩笑，人在病魔打击下真的会做出疯狂的事。幸好，幸好她和萧湛闹矛盾，幸好她有何老师这一去处。

"秦易很担心你，还有你的家人……"

"我没家人！"秦业明突然抓住她的肩膀，"我的家人只剩你了。小影，我知道错了，真的知道错了，你可不可以留下来，只当是陪我最后一程。"

苏影用力地挣开抓他的手："现在医学发达，好好配合治疗。"不能表现出犹豫，她转身就走。

"萧湛那样对你，你还要跟他？"秦业明在她背后喊。

"我爱他。"苏影头也不回地消失在门口。

秦业明的眼睛充血："你爱他，他把你赶出来，你爱……赶出来，爱他……"秦业明突然想到什么，"原来如此，原来如此！"

雪后的环山道，一路惊险，这种天气正常人都不会进山。

“哥，你就不能约个正常的地方吗！”古成从车上下来，满头汗——给吓的，“你知不知道我这一路提心吊胆，一个不小心搞不好就翻车。”

萧湛也从车上下来，道：“有那么夸张吗，我已经上来等你一个小时了。”

古成抹把汗：“我能跟玩赛车的人比吗，我还没结婚呢，就这样挂了多亏。”

萧湛挑挑眉：“我也没结。”

“嘁，饱汉不知饿汉饥。”古成的表情愤慨。

“东西拿到了吗？”

古成从怀里摸出手机，还有一个小U盘：“都在这里了。”

萧湛接过，点开手机，苏影的照片。

“为了这种东西被威胁，真傻。”

“因为太在乎，所以怕对方因为自己受到一丝伤害。”古成感叹道。

萧湛一松手，手机砸在地上，他几脚就踩得四分五裂。

“都安排好了吗？”

古成用两指敲敲额头：“就等你一句话。”

萧湛一脚将手机残片踢下山崖，雪碴儿纷纷扬扬。

“洪宗明，你完了。”

最开始是一个网红在微博上爆料曾经被洪宗明侵犯，一直不敢爆出来是因为被洪宗明拍了照片。那之后患上抑郁症，治疗了好几年，现在终于鼓起勇气决定拿起法律武器替自己讨回公道。

网红效应加上人们对富豪的八卦之心，这条微博一出，很快被顶到热搜。

接着又有人爆料洪宗明在自家别墅藏违禁品，已被实名举报。

警察很快上门，真的在洪宗明的别墅搜到违禁物品，洪宗明被带走调查。虽然很快被律师保释出来，第二天，洪成集团的股票一路跌停，散户纷纷抛股。

“古成，你给我出来！”洪宗明气急败坏，一脚踢开古成办公室的门。

古成弯着腰，瞄球瞄了半天被打断，撑着高尔夫球杆起身：“小学老师没教过你进别人的房间要敲门吗？”

“是不是你！”洪宗明的脖子都涨红了，“我藏那些东西的地方只带你一个人去看过。”

古成歪一歪头：“洪总，你在说什么？我怎么一句也听不懂呢。”

“你少给我打马虎眼，为什么害我，我待你不薄，让你当经理，给你地位，比萧湛给你的多得多，为什么！”洪宗明突然僵在原地，脸色煞白，惊恐地盯着古成，“难道这是……这是你和萧湛给我下的套子？”

古成笑了：“现在才明白过来，你怎么在商场上混的。”

洪宗明的眼睛瞪成铜铃，咬牙切齿：“你，你……”

“就这点事儿你还好意思拿出来说，我和萧湛那是惺惺相惜、知遇之恩的情分，你给得起吗？”古成弯腰，瞄准僵直在原地的洪宗明，挥杆，小白球正中洪宗明的左眼。

“哎哟——”洪宗明捂住眼睛痛得躬身都快贴地上。

古成收了杆：“自个儿的眼睛要管好，不该看的别看。游戏结束，拜拜。”

古成走出办公室，围观的员工惊恐地散开。古成皱一皱眉：“随便谁，给你们洪总叫个救护车，再晚一点，可能要去警局看眼科了。”

古成前脚离开洪成集团，警察后脚就来了。洪宗明作为洪成集团总裁涉嫌偷税漏税做假账，情节严重，证据确凿。

这回是真玩完了。

在酒庄等古成的时候，萧湛开了一瓶香槟，古成吹了一声口哨：“这么好的酒，就我们俩喝，是不是太冷清了。”

萧湛递一杯给他：“今天是个好天气。”

古成碰一碰杯子：“是啊，天气这么好，最适合去接人了，有一个多月了吧？”

“一个月零八天。”萧湛记得清楚。

古成拿下他的杯子：“开车不喝酒，我在这儿等你们，快点哦。”

“回来再给你庆功。”萧湛拿了车钥匙就走。

苏影的项目终于做完了，何沐莲整个团队都受到文化局表扬。

何沐莲再次向苏影提出出国进修的事，她是真的不想苏影的天赋就这样被埋没。

苏影也在犹豫，回宿舍收拾东西，突然一下不知道要去哪里，工作室卖了，住到韩琳家也不现实。

“需要帮忙吗？”萧湛像是从天而降，苏影猛地回头，盯着他半天都没反应过来。萧湛直接过去抱她，苏影终于反应过来，用拳头打他。

萧湛眼里都是笑，苏影瞪大眼睛瞪他：“萧湛，你放开我。”

萧湛缠她更紧：“不放。”

“你……”苏影推他，又是委屈又是气恼，“你不是说要冷静吗，把我赶出来吗，这样又是干什么。”

萧湛皱眉：“我说过这样的话？”

苏影气死了：“大男人还耍赖！”

萧湛两手一抬，将她放到桌子上抵住她的额头，又亲她一口：“我来接你回家。”

苏影别过脸：“不回。我要出国深造了，手续都办好，明天就走。”

萧湛的脸色一变，大手卡在她的腰间：“你再说一遍？”

苏影吃痛，硬着脖子说："再说一百遍我也要出……啊……"萧湛已经将人压到桌上，她的手脚被压得丝毫动弹不得。萧湛危险地逼近："你再说一遍要去哪里？"

他的脸近在咫尺，不是梦里那般冷漠。她鼻子一酸，眼泪就控制不住了，一串一串落下来。萧湛慌了，拿袖子给她擦："哭什么。"

苏影连袖子一起抓住他的手，张嘴就咬。萧湛也不动，由着她。苏影也没真咬，眼泪鼻涕往他袖子上擦。

萧湛笑起来："你咬好了，是不是该换我咬了。"

苏影推他："腿压得好痛，你起来，我有话跟你说。"萧湛听话，放开她。苏影坐起来拉拉衣服，看着他："假怀孕的事，我真的不是有意要骗你，是因为……"

"因为秦业明威胁你。"萧湛接过她的话。苏影震惊："你什么时候知道的？"

"发现你假怀孕的时候。"萧湛居高临下地捧起她的脸，"洪宗明手上的那些照片，你觉得我会在乎吗？不管发生什么事，我只要你。"

苏影又要哭了，眼睛里闪着盈盈泪光："我在乎，我不想让他们羞辱你。"

"真是傻妞。"萧湛低头抵着她的额头，"我就喜欢傻妞。"

苏影的眼睛红红的："还有古成的事。"

萧湛皱皱眉："古成最开始拿到的'剧本'是我和他因为杨惠如发生误会闹翻了，然后成功打入洪宗明的内部。最后变成，我和古成因为你闹翻了，洪宗明居然更相信了。"

苏影瞪着大大的眼睛，张大嘴："古成……古成……"

萧湛捏着她的下巴："小心咬到舌头。古成叛变是我们一早就商量好的，我知道你没怀孕后才放心支开你。我知道秦业明一定会耍手段找你麻烦，你暂时离开是最安全的。"

苏影慢慢抿紧嘴，垂下眼睛："原来，你都安排好了一切，我真是添乱。”

萧湛抬起她的脸：“你不是添乱，你是关心我，我知道。”他轻轻吻她安抚，“现在没事了，古成安然回来，洪宗明受到法律制裁，你也该回家了。”

苏影紧紧抱住他：“好。”

“萧先生，你来得可真快，我还正想去找你。”何沐莲从门外进来。苏影赶紧推开萧湛，萧湛皱着眉笑，转头：“何老师，谢谢您这段时间对小影的照顾，改天我再专程登门道谢。”

何沐莲摆手：“我还要感谢你给我推荐了这么优秀的人才。”

苏影的眼睛在两人之间来回打量：“你们认识？”

“萧先生给我们捐了很多藏品，有些是花大钱价从国外拍回来的。”何沐莲解释道。

“所以我来这儿也是你安排好的？”苏影看萧湛。

萧湛挑挑眉，问何沐莲：“何老师找我们有事？”

“是呀。”何沐莲苦口婆心，“关于出国……”

“您打住。”人家才开个头，萧湛立马打断，“何老师我们很赶时间，就不打扰您了。”长臂一伸拉上苏影就跑。

“欸——我话还没说完，你们跑什么？”

萧湛握紧苏影的手，一路下楼上了车，锁死车门才呼口气。

“我的行李还没拿。”苏影喘着气看他。

萧湛启动车子：“回头我让人来拿。”一踩油门，“回家。”

苏影双手抓住真皮椅：“你慢点，我们赶什么时间？”

“赶时间生孩子！”

午后暖暖的阳光洒进房间，苏影眼皮动一动，真的是太累了，一觉睡到中午还没睡醒。她翻个身伸手摸一摸，旁边是空的，迷迷糊糊睁开眼睛，萧湛不在。她抬手揉揉眼睛，发现手指上系了根红线。

苏影笑着起身，裹住被子下床，沿着红线的方向一直到衣帽间，镜子上贴着便笺——萧太太，我在民政局等你，快起床穿衣服。

旁边是搭配好的衣服，粉色大衣是萧湛选的，直男的少女心。

苏影洗漱打扮好下楼，韩琳等在客厅。

“萧太太，你可终于起来了。”韩琳搁下茶杯，“你再不下来我水都要喝撑了。”

苏影皱眉笑：“你怎么来啦？”

“来护送你去民政局。”韩琳一把挽住她，“这回可得保证万无一失，不然，萧湛得要了我的小命。”

“有没有这么夸张。”

“夸张？”韩琳挽紧她，“你是没看见萧湛早上有多紧张，对我再三叮嘱，不准提前叫醒你，说你昨晚太累了。”她坏笑。

苏影脸红：“别笑，快走快走。”

“啧啧，这是多恨嫁啊。”韩琳大笑。

“还笑。”

今天是个好日子，路况好得不得了，一路畅通到民政局门口。

“新娘子来喽！”韩琳将苏影推到萧湛身边，“新娘子我可给你送来了，一定要幸福。”

萧湛握住苏影的手，胸口微微起伏。一旁古成凑近一点低声对苏影说：“嫂子，你这次要再不出现，萧总可要等哭了。”

古成被萧湛扒拉到一边：“滚蛋。”韩琳拉古成站到一边。

苏影笑着看萧湛：“我来了，萧湛。”

“先叫声老公听听。”

“老公。”

萧湛听着很受用：“多叫两声。”

“我又不是狗，再不去办手续，人家要下班了。”

“哎哟，牙都要酸掉啦。”古成和韩琳在一旁搞怪。

登记员办好结婚证：“恭喜你们，百年好合，早生贵子。”

苏影摸着证上的钢印，眼泪突然就掉下一颗。

登记员笑了：“领证是大喜，可不能掉眼泪。”

萧湛宠溺地揉揉苏影的头发：“追了我这么久，今天终于如愿嫁给我，激动了。”萧湛向登记员道谢，揽着苏影起身，往怀里一收，“萧太太，你这个样子是有多恨嫁。想嫁的话，你早点跟我说，你不说我怎么知道你这么想嫁给我。”

苏影望着他：“你应该早一点出现，更早一点。”十年前，在她最美的年华里，在她刚知道爱情的时候。

萧湛怔了一下，许多情绪涌上来：“现在也不晚，转了一圈，我们都还在。”

“我们自愿结为夫妻，从今天开始，无论顺境还是逆境，无论富有还是贫穷，无论健康还是疾病，无论青春还是年老，我们都风雨同舟，患难与共，成为终生的伴侣！”

第十四章 迟到十年的告白

“洞房花烛夜，我们闲杂人等退散，虽说一刻值千金，还是要注意身体啊，萧总。”古成和韩琳一直闹新房到晚上。

萧湛起身送他们，喝醉了，撑着桌子摇摇晃晃：“送韩琳到家，别开车。”

两人早走了，苏影给叫了车，送两人上车回来，“我扶你回房间，你喝醉了。”

萧湛由苏影扶着，喝醉了也不吵不闹乖乖跟她回房。

房间的灯啪地一亮，萧湛将苏影摁在墙上：“老婆。”声音温柔得不像话。

“嗯。”苏影脆生生地答应着。

“老婆？老婆！老婆，老婆……”萧湛真喝醉了，很多年都没这样喝醉过。

苏影皱眉看着他，好笑。

“听见了，老公。”

萧湛拨开她额前的头发，双手捧住她的脸："老婆，我爱你，爱了十年。"

苏影搂住他的脖子："老公，我爱你，用我的后半生。"

萧湛笑了，捧住她的脸深吻。

"持证上岗"的萧湛简直肆无忌惮，他给自己放了一个月婚假，两个人每天腻在一起，一起去菜场、一起做饭、一起看电影，要么干脆就在床上厮混一整天。

所有的应酬全落在古成一个人身上了，两个星期后，古成终于爆发了。

萧湛的手机不知掉到房间哪个角落了，一声赶一声响。萧湛从被子里伸出手，眼睛都睁不开，摸了半天没摸到。苏影是抬手指头的力气都没有了，皱着眉说："好吵。"

萧湛猛地从床上翻身起来，在沙发底下找到手机，起床火气九级："古成，这么早打电话你找死啊。"

"萧总，你再不来上班我真要累死了。"古成在电话里叫苦。

"我才休息了几天！"

"加上今天十五天。萧总，你快来吧，我都想你了。"

"滚。"

"重色轻友。"古成故意激他。

"我重色轻友你又不是第一天知道。"

"我不管，你再不来上班，我也找个人结婚去，我也要放婚假！"

"不批。"萧湛挂断电话。

"古成的电话吗？"苏影一个人睡冷，将被子蜷成一团。

萧湛恶作剧似的将手从被角钻进去。

苏影惊呼一声："好冰！"

萧湛整个人压在被子上："萧太太，起床了，陪老公上班。"

苏影推他："你好重。"

萧湛撑起手臂虚虚地压着她：“感觉怎么样？”

苏影睁开眼睛，望着他：“什么？”

“做萧太太的感觉？”

苏影挑眉：“就那样吧。”

“嗯？”

“没新鲜感了。”

萧湛皱眉：“这结婚才几天就没新鲜感了？”

苏影笑：“我们不是连蜜月都度完了吗？”

“那个不算，告诉我，想要一个什么样的婚礼。”

苏影从被子里拿出白花花的手臂抱着他：“那些形式化的东西我不需要。”

萧湛捏着她的下巴：“我需要。我得昭告天下你是我萧湛的老婆，谁敢欺负。”

苏影的眼睛微微暗了一下：“有件事我不知道该不该告诉你。”

“有关秦业明的？”他永远都知道她的烦恼，然后替她把那些烦恼变成烟云。

“嗯。”苏影不想瞒他，“我在何老师那里的时候，秦易来找过我，我去见过秦业明。”

萧湛控制着情绪还是表现出不高兴。

苏影抱着他的脖子摇一摇：“你听我说完。秦业明他病了，胃癌。秦易要送他去国外治疗，说是最后一次，我当时就心软了。”

萧湛不作声，苏影有点慌了：“你别生气，真的是最后一次。”

萧湛叹口气：“你见都见了，算了。秦业明我信不过，但有秦易在，他不敢乱来。”

苏影仰着头亲他一口：“就知道老公最通情达理，深明大义。”

“我要是生气就不通情达理，深明大义了？”

“不是啦。老公——”苏影叫得萧湛骨头都软了，“快起床，陪老公上班。”

苏影一下缩进被子：“好冷，我不起。”

“是吗？哦，那好吧。”萧湛故意说，“我还说给你准备了惊喜，真不起？那算了。”

苏影拉下被子：“什么惊喜？”

萧湛去衣帽间，苏影的好奇心被勾起来，套了睡衣下床：“到底是什么惊喜吗？”

萧湛从衣帽间的格层里抽出一个木质盒子，转身捧到苏影面前：“打开看看。”

苏影打开木盒盖子：“相册？”她从盒子里拿出相册，翻开，是妈妈的老照片，发黄、破损的都修复好了，一张一张塑封在相册里。

“我让古成去秦业明那里拿回来的，所以那个时候他才会找去吉尔德森。回来后一直想给你，一直没合适的机会。”

苏影一页一页地翻，看得眼眶发红，合上相册抱在心口：“谢谢你，老公。”

“傻。”萧湛拥紧她，“不会让你哭了，以后都不会让你哭了。”

韩琳打听了好几天，确定这些天只有古成一个人在办公室。她站在办公室门口，紧张地整整衣服，又拿出镜子看看妆容，完美。她对自己说，成功和被拒绝的概率各占一半，不说，一成机会都没有，那样真是窝囊死了。她深呼吸，手搭上门把，心一横，推开门低着头就说：“我喜欢你，你现在不喜欢我不要紧，我会等到你喜欢我！”声音很大，因为太紧张。

“韩琳，抬头看人。”

韩琳一听声音不对啊，抬头一看：“萧总，你怎么在这里？”

苏影这会儿从洗手间端着水果出来，看看韩琳又看看萧湛：“我是不是错过了什么？”

韩琳捂脸：“苏苏，你千万别误会，我对萧湛绝对没有那个意思，我以为房间里的人是古成！”

古成刚好进门：“谁在叫我？”

苏影搁下手里的水果，笑眯眯地看韩琳：“韩琳叫你。”

古成拉一拉韩琳：“你叫我？”韩琳脸全红了。

“韩琳还会脸红，看不出来啊。”萧湛打趣道。苏影拣颗草莓堵住他的嘴：“她怎么也是女孩，表白当然会害羞。”

“表白？”古成一头雾水，“什么表白？”

“你们这群坏人！”韩琳真被说害羞了，从古成身边跑出去。

“欸……什么情况啊？”古成还在状况外。

萧湛抬手一个枣扔过去，恨铁不成钢道：“看人家姑娘脸红成那样还不知道怎么回事？你还真是凭实力单身啊！”

古成反应快，反手接住枣：“到底什么啊？”咬一口枣，“好甜。等等，韩琳该不是要跟我表白吧。”

“你才知道！”萧湛和苏影异口同声道。

古成皱着眉头：“可是，我们是兄弟啊！”

“她性别是什么？”苏影问。

“女啊。”古成答。

“你呢？”

“男。”

“那怎么就是兄弟了？”

古成挠挠后脑勺：“好像是哦。”

苏影无奈地看萧湛：“这就是你调教出来的人？”

萧湛表示无辜：“我只教女人。”

苏影瞪他：“你这套路挺熟啊，很多经验啊。”

萧湛咳两声立刻转移话题：“古成，从现在开始，你放假，等韩琳向你表白完再来上班。”

“什么？”古成黑人问号脸。

“你不是要申请婚假吗？”

古成忙摆手：“不用不用，我上班挺好的，我马上到岗。”古成脚底抹油，溜了。

苏影皱皱眉：“看样子，古成对韩琳没那个心思。”

萧湛抱一抱她：“感情的事强求不得，旁人担心也没用。”

萧湛发了话，古成还是主动约了韩琳出来，两人面对面坐着，特别别扭。

“你要喝什么？”古成问她。

韩琳特淑女地回答：“随便。”

古成又问她：“喜欢吃什么呢？”

“都行。”

古成浑身不自在：“我说，韩琳，咱能不这么说话吗，像以前那样称兄道弟多舒坦。”

韩琳低头手指缠着桌布角：“可人家是女生。”

古成要疯了：“韩琳你看着我！”

韩琳娇羞地抬头看他。古成忍不住打个寒战：“那个，我是粗人，我就直说了啊，我对你，还没有那种冲动。”

韩琳一拍桌子站起来：“你有必要说得这么直白吗！”暴脾气一下没压住。

古成眨眨眼睛，乐了：“这样才对吗，你这样才正常。”

韩琳气死了，还不是因为他喜欢小鸟依人她才努力改变，结果，四不像。

“不吃了。”韩琳拿起包就走。

古成这回可不会就这样不清不楚让她走，他伸手拉住她，道：“还剩两句话。”

他严肃的表情让韩琳的心狠狠沉了下去。她大概知道他要说什么，不听还有机会，应该不管不顾就这样走的，可她还是坐下了。

古成也坐下了，两人一下都沉默了。

“我……”古成起个头又停下，酝酿了一下，“我不懂萧湛和苏影那样的爱情，也不懂爱一个人十年是什么样的感情。我觉得，爱一个人大概就是不知不觉就会想到她，想她说的话，她的笑容。我对你，没有。对不起。”

韩琳看着他，“你对杨惠如是这样的感觉吗？”

古成摇头。

韩琳知道他没说谎：“那……苏影呢？”

古成愣住了，眼睛闪烁一下极快恢复正常：“没有。”

“我知道了。”韩琳起身，“都说这世上没有感同身受。”她看着古成笑，“我倒真希望没有。爱本身没有错，就是别自个儿折磨自个儿，我的心也会痛。”

韩琳走了，去国外进修。

古成被萧湛狠狠揍了一顿，说是揍也不过是做给苏影看的。

古成拒绝韩琳，苏影不怪他，为什么把人给伤得远走他乡！古成一句话也没为自己辩解，只是说对不起韩琳。

古成寄情于工作，很快又替萧湛拿下两家星级酒店，萧湛的婚假是彻底泡汤了。

苏影感觉这两天有点不对劲，每天饿得很快，吃一点又感觉撑着了，随便动一动就喘气喘得厉害。

萧湛太忙，她没告诉他，自己一个人去医院。

经过漫长的排队终于轮到她，医生问她哪里不舒服。她说了一遍自己的症状，医生直接开了个单子：“先去验血。”

苏影捏着单子，紧张地问：“医生，严重吗？”

“验完血拿来给我看结果。”

苏影一路忐忑，排队，抽血，终于拿到验血结果，上面的数据看不懂，第一时间拿去找医生。

医生推推眼镜看一眼："你怀孕了。"

苏影睁着大眼睛看医生："我怀孕了？真的吗？"幸福来得太突然，她都不敢相信。

医生理解她第一次当母亲的心情，非常负责任地告诉她："血检HCG是目前最准确的验孕方法，出错的概率几乎为零。"

苏影抑制住兴奋，手掌轻轻抚在小腹："我真的要当妈妈了。"

医生又问："你先生来了吗？怀孕初期有些需要注意的事项要告知家属。"

"没有，今天只有我一个人来，需要注意什么，您告诉我就好。"苏影想亲自告诉萧湛，萧先生，你真的要当爸爸啦。

苏影小心翼翼地收好病历，小心翼翼地抚着小腹，恨不得马上飞到萧湛身边。

停在路边的出租车看见她出来，立刻开过来，像是预谋已久。

苏影拉开后座门上车，道："师傅，麻烦你，去丽宫酒庄。"司机戴着墨镜只是点点头，不出声。苏影太兴奋，无暇注意这些细节。

她忍不住从包里拿出病历又看了一遍，握着手机想打电话给萧湛。她忍住了，要当面告诉他。她的一切行动，司机都从内视镜窥视得清清楚楚。

感觉车开了很久，还没到。苏影往车窗外看一眼："师傅，你是不是走错路了？"

司机不理她，车开得更快了。

苏影有点慌了，偷偷将手机拨通："师傅，你就在这个大学路停车吧，我要下车。"

司机不但不理她，还踩了一脚油门，看方向是出城去环山道。

"师傅，我不去环山道，请你停车。"苏影握紧手机，故意说给萧湛听。电话那头的萧湛也听出不对："别怕，我马上来。"

"你不通知萧湛，我也会让他来。"司机终于说话了，摘下墨镜，转头看苏影一眼。

苏影惊恐地望着他，第一反应是护住小腹："秦业明，你干什么，停车！"

秦业明的脸色是病态的惨白，他对着她笑一笑："你不用怕，我只是有些账要跟萧湛算清楚。"他目光下移看到她腹部，"一个人来医院，怀孕了？"

苏影护住小腹的手在发抖："你现在的所作所为是犯法的，你知道吗？"

秦业明笑出声："命我都不想要了，我还怕犯法？"

"秦业明……"

"你和萧湛的戏演得真好，古成叛变，你被他赶走……真好，把我耍得团团转，真好。"

苏影不想激怒他："没有人耍你，你联合洪宗明对付萧湛，他也不准备追究了，大家都好好的，不好吗？"

"我不好！"秦业明将油门踩到底，苏影撞到门板上，紧紧抓着扶手稳住身体。

车已经到达环山道，路口拉了封锁带，因为路面结冰，防止出事故所以禁止车辆进山。秦业明直接冲破封锁带："萧湛真是太慢了。"

萧湛已经以最快的速度赶来，天一点一点阴下来，环山道路面涌起团团白雾，可视度非常低。萧湛整个人像绷紧的弦，开了一路都没看到秦业明的车，恐惧像灭顶的洪水，堵得他喘不过气。

白雾中隐隐看见红光，他加快车速，终于看清那红光是车尾灯，追上了。他降下车窗，顶着呼呼寒风大声喊："苏影——"

苏影听到萧湛的声音，探出头，鼻尖都吹红了："我在，我很好。"她想第一时间让他知道她好好的。

萧湛听到她的回应，提起的心放下三分，再提车速追上去。

两车并排，萧湛对着秦业明喊："男人之间的事不牵扯女人，你要怎么样，先把苏影放下车，我奉陪。"

秦业明打开车窗，寒风呼呼往车厢灌，苏影缩成一团。

"萧湛，十年前你欠我的，今天，该还了。"

苏影在他车上，萧湛不敢轻举妄动，一个不小心，车毁人亡。

"你要我怎么还都行，你先把苏影放下车！"

秦业明对着他冷笑："我还忘了恭喜你，苏影怀孕了，今天刚刚查出来，还是新鲜热乎的。你女人孩子都在我手上，害怕吗？我就喜欢看你害怕痛苦的表情。"

"秦业明！"萧湛怒吼，路面的冰都裂开了。

"萧湛，咱们今天就来赌最后一次。"秦业明拼命踩油门，车子已经超出负荷发出刺耳的响声。

萧湛想迫使他停车已经是不可能了，秦业明是同归于尽的开法。

萧湛空出一只手，快速拨通古成的电话："马上给我查环山道的地图，哪里有平坦开阔的地面，要快！"

三分钟后，古成给他回话："山顶，地势宽阔，四面是参天古树，但是那里是一大片山湖。"

"知道了。你现在马上联系搜救队，还有120，让急救车开上山。"萧湛说完，丢开手机，专注追秦业明的车。

"萧湛竟然还没告诉你，十年！十年！"秦业明陷入悲愤的情绪不能自拔。

苏影牙齿冻得上下打架："你在说什么？"

萧湛计算路程，还有一千米到山顶。他慢慢加速紧紧跟在秦业明车后面，现在超车会激怒他，等到安全开阔的地段再一举迫使他停车。

秦业明像是看出他的意图，发了疯似的加速，车轮已经擦出火花，很危险。

没时间再等了，萧湛看见前面的大片山湖，这个季节应该已经结了很厚的冰，赌一把。他瞬间提速超过秦业明的车，两人的车刚好开到山湖边。萧湛猛地打方向盘，将车子横在秦业明面前。秦业明疯了似的撞上去，砰的一声巨响，两辆车同时翻进山湖。

湖面冰块裂开纹路，像流星射线。

秦业明的头撞到方向盘上，昏了过去。萧湛也受伤了，一下动不了。他听到冰裂的声音，努力从车里爬出来，匍匐在冰面上，爬到秦业明的车边："苏影，苏影……"车门被卡住了，他右手受伤使不上劲。

苏影死死护着肚子："萧湛，萧湛……"一开口就哭了，她害怕，真的害怕。

"我在，我在，没事，没事了……"萧湛轻声安抚她，用力拉车门，手上的血滴在冰面冒着热气。

冰裂的声音越来越大，下一秒他们三个人就要连人带车沉入湖底。

萧湛颈上的青筋凸起，眼睛因为太过用力充血，车门终于打开半边，道："快……快爬出来……"

苏影艰难地往外挤，头，肩，腰，腿，终于从车里出来。萧湛慢慢放开车门，对她说："快走，往岸上跑，快！"

"我们一起走。"

"你先走，快！"

苏影听他的话，擦干眼泪，拼命往岸上跑。身后，咚一声，冰块裂开，车子陷进湖底。苏影回头，看见苏醒过来的秦业明死死缠住萧湛，两人一起坠进冰冷的湖中。

"萧湛！"苏影绝望地大喊。

到处都是冰冷刺骨的水，水从萧湛的鼻子、嘴巴、眼睛灌进去，他呼吸不了。身体还被秦业明死死缠着，秦业明在笑，身体痉挛，笑容扭曲而可怕。

萧湛感觉手脚已经失去了知觉，真的要死了吗？苏影一定会哭，说了今后只让她笑，真是一样都没做到呢。留她一个人在这冰冷的世界，他还没亲眼看一看他们的孩子，好不甘心。

苏影浑身湿透，换了干净的衣服，被子里贴了暖宝宝，整个人被裹住还是抖得厉害。医护人员给她姜糖水，让她捧在手里喝。

“刚刚救起来的人怎么样，对，叫苏影。”是古成的声音，幸亏古成及时赶到，苏影刚落水就被救起。

苏影僵硬地起身，滚烫的姜糖水洒了一地：“古……成……”

“苏影。”古成上了急救车，替苏影拉紧被子，“你没事吧？”

苏影的口齿还不利索，摇头：“萧萧……湛……”

“搜救队全部下水了，一定会找到萧湛，你放心。”古成也心急如焚，医生说撞车加上落水，就算救起来也会落下后遗症。

“找到了！”听到远处一声大喊，医护人员纷纷准备氧气和担架。

古成焦急地跳下车，苏影也跌跌撞撞下车。

萧湛的脸惨白得没有一丝血色，完全失了意识，一同被救起的还有秦业明。苏影眼泪漫出来，她不敢哭，怕妨碍抢救。

秦业明的担架从她身边经过，苏影感觉手腕被抓住，惊愕地低头。

“苏，苏……小影。”秦业明还有意识，他撑着最后一点意识。

苏影睁大眼睛，恨极了他。

秦业明却怎么也不肯放开她的手，他的气息很弱，艰难地从齿间挤出字眼：“我，我……有话跟你说。”

“现在不是说话的时候，你需要马上救治。”医生给秦业明再加了一床被子。

秦业明轻轻摇头，紧紧抓着苏影：“我知道……我伤得很重，有些话……我一定要跟她说。”

苏影心心念念都是萧湛：“秦业明，一个字我都不想听你说，你的声音我都不想听到！”

秦业明笑了：“很快……你就听不到了。对不起……对不起，苏影，十年前救你的人……根本不是我，我一直在骗你。”

苏影甩开他的手：“我不要听这个，没有意义了，那些对我都没有意义了。”

“救你的人是萧湛……”

苏影不敢置信地瞪大眼睛看着他：“你说什么？”

“十年前，救你的人是萧湛……一直默默守护着你，深爱你的人是萧湛。”

这个真相来得太晚，冲击太大，苏影的脑子一片混乱。

“他爱了你十年，整整十年……我错了，真的……”秦业明的指甲抠进苏影的手腕。话没说完，秦业明的手无力地滑落。

苏影怔怔地站在原地，脑子里不停回放，她和萧湛第一次见面，他向她讨债。画面和回忆重叠，萧湛和记忆中白衬衫的少年重叠。

“我是谁，你有心自然会知道。可以告诉你的是，我是来讨债的。

“如果一个最应该记住你的人不认得你了，你会怎么做？

“如果我爱你，而你也正巧爱我。你头发乱了的时候，我会笑笑替你拨一拨，然后，手还留恋地在你发上多待几秒。但是，如果我爱你，而你不巧地不爱我，你头发乱了，我只会轻轻地告诉你，你头发乱了哟。如若相爱，便携手到老；如若错过，便护你安好。”

“伤者心跳消失，马上做心肺复苏，送去医院。”医生护士乱成一团。

医院，陆深和常心风尘仆仆赶来。

苏影坚持不去检查，一定要等到萧湛出来。陆深拉过古成，一脸担心：“情况怎么样？”

古成一脸憔悴：“萧湛还在里面急救。”

常心握一握苏影的手，好凉。常心用双手帮她焐热：“他一定会没事，你自己要照顾好自己。”

苏影木然地点头。

急救室的门开了，医生摘下口罩，一脸凝重道：“秦业明的家属在吗？”都没有动，还是陆深问了一句：“他怎么样？”

医生焦急地道：“家属快来签手术同意书和免责协议，伤者的情况非常危险。”

“我来签。”苏影踉跄着起身，歪歪扭扭签上名字。她扔了笔抓住医生的袖子问：“另一个伤者情况怎么样？萧湛怎么样？”

医生也不能多说，只说了句：“还在抢救中。”

医生一转身，苏影一头栽在地上，幸好古成手快接住她：“医生，医生……”

苏影太累，身体太虚弱，加上伤心焦急，她一觉昏睡到第二天早上才醒，感觉有冰冰的液体源源不断输进体内。她睁开眼睛，古成坐在床边：“你终于醒了，感觉怎么样？医生说你怀孕了，还不顾自己的身体，多危险啊。”

苏影撑着坐起来，抓住他的袖子：“萧湛怎么样了，他好不好？”

“他没事，已经过了危险期，在观察室。”古成说得很慢，安抚她。

“真的，你没骗我？”苏影的眼泪一滴一滴落下。

古成点头：“真的，我没骗你。”

苏影松开他下床，鞋都没穿，往观察室跑。古成提着鞋在后面追。

陆深和常心守了萧湛一夜，萧湛刚醒。

“萧总，你终于醒了，吓死我们了！”古成看见萧湛苏醒了，松了一口气。

萧湛转头，目光越过古成落在苏影脸上。她明明比古成先到，却定在原地不敢靠近，怕这是个梦，她一动，梦就碎了。

萧湛朝她伸手，苏影一下就哭出来，泪如雨下，积压的情绪全然爆发：“对不起，对不起，对不起……”除了说对不起，她说不出别的话。

萧湛的手臂还不能自由活动，僵硬地将她拉入怀里，在她耳边说：“苏影……我好怕，留你一个人。”

苏影又哭了，眼泪打湿他的前胸。

“好了，萧湛刚醒，身体还很虚弱，苏影也是，都要好好休息。”陆深提醒道。

苏影赶紧放开萧湛，萧湛笑笑：“我没事。”他想起身，腰部以下一点知觉都没有，“我的腿……”

陆深按住萧湛的肩膀，缓缓道：“医生说你伤了腰部神经，可能暂时需要借助轮椅。”

“轮椅？”苏影不能接受，心情从激动欣喜一下落到谷底。

“你们放心，我已经替你们安排好了，国外医疗发达，萧湛的腿一定没事。”陆深拿出机票。

常心也安慰苏影：“没事的。”

萧湛握住苏影的手：“不管有多困难，为了你和宝宝，我一定会站起来。”

苏影将他的手按在自己的小腹上：“我和宝宝会一直陪着你。”

天边泛起鱼肚白，破晓的晨曦从云层中射出第一道光。

飞机攀上千米高空，飞机舷窗外的云彩渐渐显出。远处天边的白云上方露出一抹红，慢慢地，天空放射出道道红光，飞机的窗户都被红光映成玫瑰色。

“好美。”苏影靠在萧湛的肩头，萧湛用下巴蹭一蹭她的发：“以后每一天我都陪你看日出。”

“迟到了十年的告白，萧湛，你好残忍。”苏影的眼眶光华流转，盈盈一动就要掉下来。

萧湛愣住："你……"苏影仰头，吻上他的嘴唇，无声控诉。

"嘶——"萧湛吃痛地捂住嘴角。苏影咬他："十年，你还打算隐忍到什么时候？为什么不告诉我，十年前那个少年就是你。"眼泪怎么都止不住，心好疼，心疼他。

萧湛眼角的宠溺浓得化不开，拥她入怀："因为我害怕，害怕现在的我不是你心里那个美好的样子，害怕你不要我。"

苏影在他怀里打他："我恨你萧湛，恨你！"她抱紧他，"我爱你，也爱了十年。"

萧湛抱她更紧："今生，生离死别都不能分开我们。"

两年后，墨尔本。

别墅门前是精心布置的花园，屋主看上去很喜欢绿色植物，整栋别墅都弥漫着一片绿色，连后花园都是藤蔓缠绕的美景，屋主还用一面绿墙将花园与街道隔离开来。

"苏小姐，您的到来让我花园里的花都失了颜色。"高大英俊的碧眼男人毫不掩饰对苏影的爱慕。

苏影一头长发已经剪成齐耳短发，白衬衫米色亚麻阔腿裤，让她整个人显得雅致、干练。当了妈妈之后，女人的精致韵味全部散发出来。

"安德鲁先生，我今天来是给您送绣品的。"她在长桌上展开画卷，"这幅落花游鱼图寓意吉祥，希望您喜欢。"

男人的目光更多地落在苏影身上："只要是苏小姐的作品，我都喜欢。"他爽快地开了支票。

"谢谢。"苏影伸手接过。

男人握住她的手腕："苏小姐，我买了你这么多作品，你就一点回应都不给我吗？"

苏影也不急着抽回手，带笑的眼睛看着他："抱歉安德鲁先生，我已经找到了今生挚爱，不会再爱上别的男人。”

男人微微皱眉：“今生挚爱？”

“就是一生不变的爱。”苏影抽回手朝他扬扬支票，“安德鲁先生，谢了，这应该是我们最后一次合作。”

“为什么？”男人摊手。

“因为我先生会不高兴，只要是他不高兴的事我都不想做。”她转身离开，头也不回。外头的阳光正好，目光所及一片生机勃勃，她现在的生活很幸福、很满足。

“妈妈！”苏影刚走出别墅群，奶声奶气的声音传来，她惊讶地抬头。

萧湛单手抱着小萝卜头，背后攀缘而生的紫藤一串串密密匝匝，一片明丽的紫色衬得萧湛如桃花般娇艳，让人移不开眼。

苏影看着心头涌起感动，花开得很好，风吹得很好，只要你在什么都好。

小萝卜头看见妈妈，在爸爸怀里扭着屁股：“妈妈抱，妈妈抱。”

苏影快步过去：“你们怎么来了？”

萧湛一脸傲娇：“臭小子哭着闹着要妈妈，我没办法就带他来了。”

小萝卜头在妈妈脖子上蹭蹭，再蹭蹭，好喜欢妈妈身上的香味。

苏影笑了：“这是我最后一次和安德鲁先生合作，你放心。”

萧湛挑了下眉毛：“我有什么不放心的。”

苏影亲亲小萝卜头，笑道：“好酸，我家的醋坛又倒了。”

小萝卜头听不懂但是好喜欢妈妈亲亲，咯咯直笑。

萧湛长臂一揽，将母子俩挪到人行道里边，自己挡在马路外边。

一家三口同行，回头率非常高。

小萝卜头就是一个缩小版的萧湛，又继承了苏影的精致，长大了不知要祸害多少姑娘。

“古成来电话了。”萧湛低低地开口。

苏影怔了一下，脸上的神采黯淡了一点：“是好，还是坏？”

“秦业明醒了。”

苏影停下脚步，睁大眼睛：“真的？！”

两年前，秦业明被误诊为胃癌，因为讳疾忌医不肯多检查几家医院，最终害人害己。

经历那场车祸之后，秦业明的命虽然是保住了，可深度昏迷谁也不知道什么时候能醒，醒了也是终身残疾。

萧湛点点头。

苏影抿了抿嘴唇：“希望他健康。”不管怎么说秦业明到底因为她挨了一刀，还因为这件事蹉跎了十年。谁对谁错已经不重要了，平安健康最重要。

萧湛稍稍一低头吻在她的额头：“过去的人过去的事都已经过去了，现在，只要我们一家三口幸福地在一起就好。”

小萝卜头伸出胖乎乎的小手搂住妈妈也搂住爸爸。

萧湛将苏影和孩子一起抱住：“想回去看看吗？”

苏影的眉眼盈盈：“我喜欢这里的宁静。”

萧湛柔柔地抵着她的额头：“我会让古成把酒庄搬过来。以后，你只用貌美如花，喝茶购物就好。”

“搬过来？”萧湛到底有多少身家苏影根本不知道，她也不想知道，“咱们有那么多钱吗？”

萧湛挑挑眉，道：“开一个国内那样规模的，我一个小金库应该就够了。”

“好哇，你还藏了小金库？”苏影一只手抱娃，一只手叉腰装出悍妇的模样，“老实交代，藏了多少小金库，是不是想养别的女人！”

萧湛皱眉故作无奈：“你一个人我都要用上十全大补汤，还别的女人。女人三十如狼四十如虎真不假啊。”

苏影红了脸：“萧湛！”

萧湛赶紧接过孩子："不好，妈妈生气了，后果很严重。"

"萧湛你给我说清楚，到底谁如狼似虎！"苏影挥动拳头。

萧湛抱着小萝卜头拔腿就跑，苏影在后面追，小萝卜头拍手咯咯笑得前俯后仰。

"萧湛，你给我站住！"

"老婆大人，我错了！"

番外
时光是颗糖

“小影，小影……”有人在喊她，好遥远的声音，像是穿越时空而来，“小影……”喊声越来越真切，苏影迷迷糊糊睁开眼睛，阳光太刺眼，她抬手挡住。

“怎么了，还不舒服吗？”温暖的手轻轻抚上她的额头，“终于退烧了。”

好熟悉的声音，苏影睁开眼，眼前的人沐浴在晨光中，闪闪发光：“妈妈？”苏影不敢置信试探着喊出声。

阮玲芳皱着眉头笑：“睡一觉连妈妈都不认识啦？”

苏影鼻子一酸，起身抱住阮玲芳：“妈，真的是你，我好想你，好想你。”

阮玲芳架着两条胳膊，愣了一下，照她的屁股拍一下：“这丫头，生病了就爱撒娇。好啦，烧已经退了，撒娇也没用，今天的补习课一定要去。”

“补习课？”苏影还在云里雾里。

阮玲芳拉一下她的手：“都高二了，还一点都不紧张。”

“高二？”苏影张大嘴看着阮玲芳，“妈，你在说什么？”

“我说，起床，换衣服，吃饭，上补习课，耍赖没用。”

苏影翻身从床上下来，直奔浴室——齐刘海，披肩直发，镜子里的脸嫩得能掐出水来。

“啊——”

“怎么了，怎么了？”阮玲芳着急地走到浴室门口。苏影转头问她：“妈，我今年多少岁啊？”

阮玲芳皱眉，道：“不会把脑子烧坏了吧！你今年十六岁啊，这是怎么了？”

“十六岁，十六岁，我今年十六岁！”

“小影啊，你别吓妈妈啊。”阮玲芳有点慌了。

“今天是多少号？”苏影突然紧张地问。

阮玲芳告诉她：“七月十八号。”

七月十八号，今天是十六岁的苏影遇到萧湛奶奶的日子。

“小影？”阮玲芳见苏影愣在原地，吓坏了，“小影，你别怕，妈妈带你去医院。”

“我不去医院，我要去上补习课。妈，我要洗漱了，你替我把衣服拿出来，爱你！”阮玲芳被苏影推出浴室，苏影对着镜子定定地看自己，“真的回到十六岁了，那是不是可以遇到十八岁的萧湛？”这是老天给她的补偿吗？阴差阳错，他们错过十年时光。

萧湛，这次绝对不会错过你！

苏影梳起马尾，换好衣服，饭也顾不上吃：“妈，我去补习班了。”

噔噔噔下楼。楼下，袁姐、付姐都在，还是少女模样，一派欣荣景象。连窗外的红豆树都生机勃勃，叶子绿油油发光。

“小影病好啦，可把你妈妈急坏了。”袁姐抽着丝线望着她笑。

“我们小影这一病下巴都瘦尖了，活脱脱一个病美人。”付姐捻着线打趣道。

大家都在，真好。

“我去上课啦。”苏影压抑着心中的迫切，出门就奔跑起来。

萧湛，等我。

苏影兴冲冲到补习班门口，她记得补习班隔壁就是萧湛奶奶家，这会儿大门紧锁，她来早了。无奈，只能先进去上课，她特意挑了个窗口的位置坐。同学陆续到齐，都是不同学校还有不同区的，全都冲着补习班老师的名气而来。

十六岁的苏影性子比较内向，上完一个暑假的补习课和其他人还都不太熟。

“好啦，我们先在这个圆上的这个位置放一个‘P’。”

哄堂大笑，老师拍拍桌子：“笑什么，好好听讲。”老师拿尺子比在黑板上，“再在这个位置画一条‘SB’辅助线。”又一阵哄堂大笑。老师恼了，“笑笑笑，这题都会了吗？你们看看苏影，看看别人的学习态度多认真。”

同学们的眼睛齐刷刷看向苏影，她正看着楼下出神。老师点名：“苏影，你来说说这题的解题步骤。”

“啊？”苍天啊，她一个字都没听见好不好，她最怕数学了。

“来，别怕，说错了也不要紧。第一步写什么？”老师还鼓励她。

苏影慢慢腾腾站起来：“第一步写……‘解’。”

老师磕巴了下：“对！这个‘解’字啊，一定要记得写。好，下一步呢？”

苏影真是硬着头皮，说：“下一步……写‘设’。”

老师的脸色开始变了：“然后呢？”

“然后……”苏影看一眼楼下，“然后，我时间到了。”她抓了书包从后门开溜。

“苏影，叫家长！”老师还在后头狮吼。

苏影一步跨两个台阶，到底是青春活力的十六岁，二十六岁的苏影打死也不敢，怕摔得半身不遂。

“哎哟！”骑儿童车的熊孩子不小撞到萧湛奶奶，老人家踉跄一下扭到脚摔在地上一下站不起来。

“奶奶，您怎么样，扭到脚了吗？”苏影赶紧过去扶。

老人家摆摆手：“没事没事，就是脚扭了一下。”

“您快起来，您住在哪里，我送您回去。”苏影扶起老人家。

“我家就在前面，几步就到。”

破旧的两层平房，院子里有一棵枇杷树，枇杷花开得正好，灿烂得像萧湛的笑容。

“奶奶您脚扭伤了可不能再乱走动，您家里没人照顾您吗？”

“谢谢你送我回来，我呀，有一个大孙子，比你大不了几岁，成天在外边野，我只是扭了一下没大碍，不需要人照顾。”

“那可不行，这样好了，我就在隔壁补习，您需要什么告诉我一声，我替您去买。”

“这怎么好意思。”

“没事，没事。”苏影等了好一会儿，都没等到萧湛。

“奶奶，我要回去了，要是……你大孙子回来，一定要告诉他您的脚扭伤了。”

老人家笑眯眯地摆手：“真是个好姑娘。”

苏影从院子出来还四处张望，躲在墙根后的少年身子往后躲一躲，苏影没发现，失望地走了。

她磨蹭到天黑才回家，一开门，阮玲芳正襟危坐在屋中央，也不开灯：“还敢回家？”

苏影吓一跳，啪一声开灯：“妈，您吓到我了。”

“你还知道怕？你们补习班的老师都给我打电话了。”阮玲芳伸手拿了把笤帚，“你没去上课！”她一下一下全打到地上，苏影站着不动，一下也没挨着。

苏影弯弯眼睛："妈，我知道错了，保证不会有下次。"

阮玲芳也虚张声势累了："真知道错了？"

苏影立正站好："真知道错了。"她一捂肚子，"妈，有没有什么吃的，肚子好饿。"

阮玲芳叹口气，扔了笤帚："给你留了饭。"

"哇，都是我爱吃的菜。"苏影放下书包开吃。

"洗手，脏死了。"阮玲芳去洗手间打盆水来，拿毛巾一根一根手指给她擦干净，"行了，吃吧。"苏影一把抱住妈妈的脖子："妈，我爱你，好爱好爱。"

阮玲芳心里头受用，表面上还是板着脸："别撒娇了，吃了回房间写作业，早点睡。"

苏影放开妈妈赶紧吃饭："我吃完饭还要出去一趟。"

"天都黑了，去哪里？"

苏影咬着筷子："去买资料，学习资料，很重要，今晚就要用。"

她说学习上要用的，阮玲芳也不能不让她去："那你自己要小心，买完就回来，走大路，不要走小路。"

"知道，放心吧。"

夜风抚过肌肤，带着丝丝寒意，苏影禁不住打了个寒战。

月光从墙头的金银花藤蔓缝隙漏下来点点亮光，苏影猫在萧湛家墙根下，给自己打气："别怕，这墙这么矮，摔下来也不会怎么样。"

要不是重回十六岁，苏影打死也不敢做爬人家窗户的事，还是爬男人的窗！她抬头看，窗户开着，窗帘紧闭，只有微弱的光线从缝隙透出来。幸好她白天准备了梯子，一点一点往上爬，但还是心惊胆战啊。

终于爬上窗台，她小心翼翼撩开一点窗帘，房间只开了一盏床头灯，空荡荡的一个人影都没有。苏影踌躇着要不要直接进去，可是进去真碰到萧湛说什么呢？

"嗨，萧湛，我是你未来的老婆。"傻不傻啊，会被当成神经病吧。

苏影正在做激烈思想斗争的时候，房间的大灯突然啪的一声亮了，苏影面前的窗帘唰地被拉开。她吓得差点仰头摔下梯子，幸好手腕被人拉住，重心归位，她心有余悸。

“谢谢，谢谢，好险。”腕上的手突然收紧，攥得她生疼，苏影一抬眼，看见少年精壮的肉体，除了比二十八岁的萧湛瘦一点，白一点，八块腹肌还是那八块，极具诱惑。

萧湛近在咫尺，额前短发下的眼睛没有二十八岁的忧郁深邃，清澈如里约热内卢的海水，黑色瞳仁映出她的影像，苏影看到自己的表情像个白痴。

“看够了吗？我好看吗？”萧湛的声音拉回苏影的思绪，还真是一个德行。可不，本来就是同一个人。

苏影试着扯动嘴唇笑笑，超级尴尬地自我介绍：“嗨，我叫苏影，我不是坏人，我只是……散步，不小心……”

“散步不小心爬上了别人的窗台，还准备了梯子？”萧湛定定地盯着她。

苏影觉得手腕疼：“那个，你可不可以先放开我，我可以解释。”

萧湛不放手：“你最好能给我一个合理的解释，不然，我就把你踹下去。”

苏影巴紧梯子，笑嘻嘻道：“你不会的。”

萧湛点点头：“我欣赏自信的人。”

他握住梯子一推，苏影吓得哇哇直叫，惊醒了对面屋的奶奶。奶奶在外面敲门：“阿湛，什么事啊？”

萧湛一把扶稳梯子，扭头对门外说：“没事，我在逗猫。”

“哦，这两天楼下的猫是叫得凶。你早点睡，明天还要上学。”

“知道了，奶奶你脚扭伤了，不要乱动。”

“奶奶没事，多亏了白天那个小姑娘。”

苏影吓得额头上的汗都出来了，抱着梯子心脏怦怦直跳。萧湛似笑非笑地看她："敢爬男人的窗，敢做不敢当？"

"是啊，我爬你窗了，怎么着吧。"苏影就豁出去了，她还怕一个十八岁的少年。

萧湛使劲一拉，苏影被他从梯子上直接拉进去。苏影吓得抱住他："我以为你要把我踹下去，呜呜……"天啊，她在干什么，萧湛一定会以为她在揩油吧！

"我看就是把你从窗户扔下去你都不会害怕吧。"说着，萧湛拎起她的衣领拉开距离，皱眉看着她，"说吧，你到底是干什么的？"

"我想和你做朋友。"

苏影想，我都二十六岁了，主动一下算什么。

十八岁的萧湛眨眨眼睛看她，脸上的表情还稳得住，耳朵却红了。

"我认识你吗？"

"现在不就认识了。"

萧湛非常中二地扬一扬下巴："你知道男人和女人做朋友是怎么回事吗？"

"比你懂。"苏影诚实地说。

萧湛哑口无言，这丫头完全不知道害怕啊。他转身去简易衣柜里拿了件白衬衫套上："你是原路返回，还是走正门？"赶人。

"正门，正门。"

萧湛送她出院子，苏影站在院门口："谢谢你。我叫苏影，记住哦。"她话还没说完，嘭一声，萧湛关了门。

苏影叹口气，今晚真是太荒唐了，回家的步子都带着失落。

萧湛听着她的脚步声走远了才跟上去，一直看着她安全回到家才离开。

阮玲芳一直在等她，给她开门："你买的资料呢？"

"丢了。"苏影有气无力。

"丢了？"阮玲芳拉一拉她的手，"刚买的怎么会丢？"

“就是……付完钱，我忘了拿书。”

“啊？回去拿啊。”

“我明天去，今天太晚了。妈，我好困，上楼睡觉了。”苏影打着哈欠往楼上跑。她直挺挺地倒上床，将脸埋进被子里。

“十八岁的萧湛会不会把我当成神经病？太着急见到他，是我冲动了。”她翻个身望着天花板，不管，明天再去找他。天天在他面前晃，就不信他记不住她。

第二天，苏影起得很早，抓了个热乎的包子就往外跑。阮玲芳跟在后面喊她，她说去拿书。

阮玲芳看一眼时间，这个时间人家书店门都没开。

苏影想着萧湛的奶奶脚扭了肯定不方便，买了两份早点上门。开门的是奶奶，老人家看见她微微惊讶了一下：“姑娘，你怎么来了？”

苏影捧起早点：“我刚好路过就顺便给您送早点，您脚扭伤了。”

“哎呀，这姑娘，真是太好了，怎么会有这么好的姑娘。”奶奶越看苏影越喜欢。苏影进门，往屋里看一眼：“只有您一个人在吗？”

“我家那小子一大早上学去了，复读班，比高三还紧张。”奶奶笑眯眯地说。

“哦。”苏影有点失望，搁下早点，“您孙子叫什么，哪个学校的？”

“萧湛，就在附近的四中。”奶奶叹口气，“去年高考我们家阿湛就被外省大学录取了。他为了照顾我，硬是要重读一年。”

所以萧湛救她那晚之后，萧湛的奶奶去世，他也就离开了，刚好是苏影和秦业明在一起的那段时间。

苏影想着，心闷闷地疼。

“姑娘？”奶奶喊她几声，她才反应过来：“啊？”奶奶拉着她的手：“我还不知道你叫什么？”

“苏影。我叫苏影。”

奶奶点点头：“名字好听，人也漂亮。”

苏影起身："奶奶，我还有作业就不陪您聊天了，您记得吃饭。"

从萧湛家出来，苏影直奔四中，拐过一个胡同就到。正是暑假，复读班还在正常上课，比应届高三生更加紧张。

门卫大爷拦下她，问她找谁。她报了萧湛的名字，大爷又问她是萧湛什么人，她答不出来，大爷不放她进去。她只能用最笨的方法，守株待兔。

烈日当空，坐着不动都感觉要热晕，苏影执拗地等在那里。天太热，苏影站在学校门口觉得脑子有些发晕，四肢发软站不稳。门卫大爷见她面色苍白："丫头你先回去吧，再晒下去要中暑了。"

苏影撑住墙，墙面都是滚烫的："我要等萧湛。"

大爷急了："那你进来，别站在太阳下，我帮你进去叫人出来。"

"谢谢大爷。"苏影扶着墙进去门卫室。门卫室虽然有电风扇，但吹出来的都是热风。

苏影感觉头晕得厉害，好重。她趴在桌子上，想睡觉。

"苏影，苏影！"迷迷糊糊听见有人喊她，"别睡，听得到吗？"

萧湛抱起人就往外跑，苏影什么也听不到，只能听见少年有力的心跳。

苏影渐渐感觉到凉爽，人慢慢清醒。她努力睁开眼睛，萧湛的脸就在眼前。隔得太近，她连他的睫毛根儿都可以看清。萧湛猛地往后撤身子："你是不是傻，站在太阳底下晒中暑！"他手上的毛巾粗暴地按在她的额头上。

苏影看着他笑："我想找你，但是门卫大爷不让我进去，我就只有在学校门口等。"

"一个女生，也不害臊！"萧湛别开脸，耳朵又红了。

苏影咯咯笑出声，萧湛凶她："再笑，不管你了！"

苏影看了一圈，很宽阔的屋子，墙角堆满了体育海绵垫，还挂着沙袋："这是哪里？"

“跆拳道武馆。”萧湛一说，苏影才发现他穿了一套白色跆拳道服，黑腰带束紧，上面用黄色丝线绣着他的名字。

“你没事了吧，没事就走。”萧湛又赶人。苏影从垫子上爬起来：“那你呢？”

“我要上课。”

陆续有小孩子进来，都是五六岁的模样，冲着萧湛礼貌地喊：“教练好。”萧湛为了减轻奶奶的负担，课余时间都做兼职。

“还不走？”萧湛睨苏影一眼。

“我也想学跆拳道，可以报名吗？”苏影笑眯眯道。

“大童班在隔壁。”萧湛冷冷地说。

“我不能报你的班吗？”

“你好意思吗？”

小娃娃们已经换好道服围在萧湛身边，苏影脸不红心不跳，回答他：“好意思。”

萧湛白她一眼：“你跑到学校找我有什么事？”

“一定要有事才能找你吗？”苏影看着他，眼睛笑得弯弯的。

“你……”萧湛第一次碰见这么大胆的女生，有点束手无策。

“阿湛。”有人喊他，那人过来，看上去跟萧湛差不多大，同样的白袍黑带。萧湛喊了声师哥，那人抬抬下巴问萧湛：“小女朋友啊？”道馆都是男人，平时在一起会开一些不荤不素的玩笑。

“不是，不认识。”萧湛冷冷地说。

“师哥好。”苏影这会儿想起韩琳了，嘴甜到哪儿都吃得开。

男人被小女生这样甜甜地叫师哥，美得呀：“看人家小姑娘多懂事，阿湛要是欺负你，你跟师哥说。”

“好呀。”苏影笑起来特别好看。萧湛一把将她拉走：“我要上课了，你该干什么干什么去。”

“欸——”苏影不走，“我保证不打扰你，就在角落里安静看不行吗。外面太阳好大，我刚刚才中暑。”

萧湛停下脚步，看一眼日头，确实毒，松开她的手臂：“安静待着。”

苏影笑着点头。

萧湛皱眉：“不要随便对人笑。”

“啊？”

萧湛回身，吹声哨子，喊一声：“集合。”严肃时的萧湛还真挺像个大男人，明明只有十八岁。

萧湛上课，苏影就安安静静坐在角落。萧湛偶尔闲下来，目光不经意投过来。苏影两手合成喇叭状，无声说：“加油，加油！”萧湛会假装看不见，冷冷地转过脸。

小伙子，挺傲娇啊。

萧湛下午学校没课，他一个人带三个跆拳道班，都不是同一时间，一个接一个时间段上，最后一班下课已经是傍晚六点。

苏影只是安静坐着都腰酸背痛，萧湛一定很累吧。

“教练辛苦啦。”娃娃们齐齐敬礼。

“下课。”

家长纷纷涌进来接孩子，场子一下嘈杂起来。

萧湛往角落看一眼，空荡荡的哪还有人。走了吗？他也没什么特别的表情，进去洗澡换衣服。

萧湛洗完澡出来，家长已经接完孩子，保洁阿姨开始打扫卫生。萧湛停下又看了一圈，没有熟悉的人影，他将背包甩上肩，大步离开。他一只脚刚迈出大门，从侧面伸出一只手，他扼住手腕就要过肩摔。

苏影痛得直叫：“萧湛，是我，是我！”

萧湛回过神，看见苏影的手上还捧着冰柠檬饮料。苏影眼眶都红了：“我只是想跟你开个玩笑。”

萧湛赶紧松手，苏影的手腕红肿一圈。

“活该。”萧湛拽过苏影手里的冰饮料敷在她的手腕处，“下次你继续玩，你这手迟早玩断。”

还真是和二十八岁的萧湛一样恶劣！

苏影鼓着腮帮子，转身就走，不理他了。萧湛跟在她后面，也不说话。苏影憋着气走了一段，停下，萧湛也跟着停下。

苏影转身：“你跟着我干什么！”

萧湛一只手扶着背包，面不改色：“这里就这一条路。”

苏影气死了，转身，加快脚步，前面是十字路口，苏影故意选了不和他同路的方向。苏影走出很长一段路，回头，萧湛还跟在她后面。苏影突然想笑，忍住，没好气地问他：“这不是你回家的路吧，还说不是跟着我。”

萧湛的耳朵尖开始泛红：“我去吃饭，谁说我跟着你。”

好啊，还嘴硬。苏影掉转方向，往回走。萧湛站在原地，苏影从他身边过，他侧移一步挡住苏影：“走这么远，你肚子不饿吗？”

“你管我。”苏影憋着笑。

萧湛似无奈叹口气：“天黑了，你确定要一个人走。”

六七点的天，太阳收起最后一缕霞光，路灯一盏接一盏亮起。

苏影也不是真生他气，肚子“咕咕”叫起来。

“好吧。你请我吃饭，我就不生你的气了。”

“走吧。”萧湛应得干脆，苏影跟在他后面，乐开花。原来十八岁的萧湛这么傲娇闷骚啊！

苏影凭着记忆找到学校旁的小吃一条街，她毕业后小吃街就拆了，重回这里，满满都是回忆。只不过，以前的回忆里没有萧湛，她要把他加进去。

奶茶、关东煮、鸡蛋灌饼、烤冷面、凉皮、过桥米线……

“哇，这个鱼丸还是和从前一样好吃，萧湛你尝尝。”苏影把咬了一个鱼丸的竹签递到萧湛嘴边。萧湛抿一抿嘴：“你自己吃吧，我不爱吃鱼丸。”

“真的特别好吃，你尝一口，就一口。”苏影踮着脚极力推销。萧湛看她那个费劲，张嘴，就着她的手咬一个鱼丸下来。

“欸？你怎么脸红了，辣吗？”苏影奇怪地看萧湛。

“不是！”萧湛咽下鱼丸，噎着了，他拍着胸口，脸涨得更红了。苏影手忙脚乱给奶茶他喝：“快喝点水，咽下去就好了。”

萧湛吸了两大口，终于把鱼丸咽下去，呼口气，再吸一口奶茶，发现不对：“这杯是你的。”

苏影看了一眼，他的那杯还没开，她慌乱中把自己的给递过去了：“不好意思，拿错了。”

萧湛的脸更红了：“你吃饱了吗？回去了。”

苏影赶紧把剩下的一个鱼丸塞进嘴里，鼓着脸颊说：“我们也给奶奶带点好吃的吧，那边有桂花糕，还有白松糕，糯糯甜甜的，奶奶一定喜欢。”

“是我奶奶，不是你奶奶。”萧湛一本正经地纠正道。

苏影咽下鱼丸：“我妈说，好朋友的家人要当成自己的家人，好朋友的奶奶也要当成自己的奶奶。”

萧湛不作声了，回去的时候他默默买了桂花糕和白松糕，苏影笑了一路。

萧湛被她笑得浑身不自在：“我送你回家。”

苏影摇头：“我先陪你回家。”

“你真的这么闲吗？文言文背了吗？公式定律都清楚了吗？九月一号开学分班考试准备了吗？”

萧湛就是故意的，提起考试苏影头就好痛：“不管，我先陪你回家，你这么晚没回去，奶奶会担心的。”

“你妈妈会更担心你。”萧湛说出心里话。

苏影看着他，她何其有幸，生命中遇见这个叫萧湛的男人。

“好，听你的。”

一前一后，两个影子拉得长长的。

萧湛走在苏影后面一直保持距离，他抬头看见小院门口亮着的灯，停下脚步：“你到了，我走了。”

“你怎么知道前面是我家？”苏影问他。

“快回家！”萧湛说完扭头就走。

“欸，怎么说走就走，怕我是老虎吃了你啊！”苏影看着他白色的背影走远才进屋。阮玲芳果然在等她，看见她回来，悬着的一颗心终于落进肚子。

苏影不想妈妈担心，说拿完书在图书馆查资料就忘了时间所以这才晚回。

阮玲芳心疼极了，又是给她放洗澡水，又给做消夜。

苏影撒娇搂住妈妈的脖子：“妈——您答应我，要一直一直这样陪着我，永远不要离开我，好吗？”

“哟哟哟，撒个娇还真哭了，看这眼泪。”阮玲芳擦一把她的小脸，“还真哭了。”

阮玲芳是在苏影读完大学去世的，胃癌。

苏影抱紧妈妈：“妈，我明天带你去医院检查一下身体。您要按时吃饭，补充营养，不准因为刺绣饱一餐饿一顿。”

“看看，我们小影真的长大了，还知道关心妈妈了。”阮玲芳点点苏影的鼻子。苏影抱着妈妈不放：“妈，你答应我，好不好。”

“好好好，妈妈还要看着小影上大学，看着小影出嫁，看着小影幸福一辈子。”

苏影将脸埋在妈妈的怀里，闷闷地说：“会的，一定会。”

阮玲芳抬起苏影的头，笑着替她擦眼泪，拢好她额前的碎发：“小影啊，不管以后妈妈在不在你身边，你只用记住，妈妈永远看着你，只要你幸福、快乐，妈妈就高兴，就安心。”

“嗯。”苏影点头，泪珠子洒落。

“哎哟，哎哟，还真哭上了。不哭了，乖，睡觉。”

因为昨晚苏影莫名地哭了一场，阮玲芳怕是补习班有人欺负她，连接几天，阮玲芳放下手头的刺绣工作天天接送苏影。这样一来，苏影就没法去找萧湛了。

“妈，你不用天天来接送我，我又不是小孩子。”

“你不是孩子是什么，天天在妈妈怀里撒娇。”阮玲芳拉着她的手，“明天你们学校也开始补课了，我问过这边补习班的老师，老师说把课移到晚上，白天放学就来这儿，直到晚上八点，妈妈天天来接你。”

苏影的小脑瓜一转：“妈，您要是真不放心，送我去学跆拳道呗。”

阮玲芳一听，靠谱儿：“行，女孩应该学点功夫防身。可是，你有时间吗？”

“现在每周还有两天假，我就双休日去学。”苏影早就想好了。

阮玲芳点头：“行，妈妈明天就去打听到哪里学跆拳道。”

苏影拉住阮玲芳：“妈，这儿附近就有一家，挺大的，学员也多，要不，我带您去看看？”

“行，去看看。”

苏影带阮玲芳去跆拳道馆，萧湛刚上完课，阮玲芳去前台咨询，苏影偷偷朝萧湛挥手，他装没看见。

苏影皱皱眉，怎么看他的样子好像生气了，谁惹他了。

“小影。”阮玲芳喊她过去确定课程。

苏影拿着课表一个字也没看进去，阮玲芳说什么，她就点头说好。阮玲芳进去交钱报名，苏影急死了，怕萧湛已经走了。

萧湛洗完澡换好衣服出来时，头发丝还滴着水珠，今天的澡洗得有点久。

“萧湛。”苏影直接喊他，“我妈这几天一直接送我，所以我没时间来找你。”

萧湛挑挑眼皮看她一眼：“关我什么事。”虽然他这样说，苏影明显感觉他的脸色比刚才好了。

“我这些天没有来烦你，你是不是很无聊啊？”苏影半开玩笑半试探道。

“你不来烦我，我不知道多清净。”萧湛从她身边走过。

“我报名了，以后每周星期六星期天来上课。”

“怎么只有两天？”萧湛又不小心说出心里话，忙掩饰道，“训练不够还不如不学，浪费钱！”

苏影忍不住笑出声：“我也想每天来啊，我们学校开始补课了，白天要去学校上课，晚上还要上补习班。”

萧湛皱眉，她以为他会心疼她太辛苦了，结果他说：“你是有多笨，需要上这么多课。”

“我……你……”苏影瞪他，萧湛还真是噎死人不偿命啊。

“小影——”阮玲芳已经报完名，苏影不能多待：“萧湛，我一有时间就来找你，如果我没来一定是来不了。”她匆匆说完便离开了。

萧湛望着她背后跳跃的发尾，忍不住弯起嘴角。十八岁的男孩，一笑，比太阳还璀璨。

苏影真的不想去学校，十六岁的身子，二十六岁的心，那些公式定律、文言文早八百年就还给老师了。

阮玲芳已经喊过她三遍了，每一遍都加一层火气，第四遍就要打人了。苏影不情不愿地起床，顶着一头睡不醒的发型，闭着眼睛去洗漱。阮玲芳做了一大桌好吃的，苏影打着哈欠坐到餐桌边。

“还坐着，快迟到了。”阮玲芳递书包给苏影。苏影抗议道：“妈，我还没吃早饭。”

阮玲芳拍拍书包：“妈给你装了，边走边吃。”

苏影扫一眼桌子：“这些好吃的不是做给我的啊？”

“大伙为了赶单，这个月都在加班，这些是犒劳她们的。”阮玲芳推苏影出门，“你再磨蹭一会儿真迟到了。”

苏影打着哈欠打开书包，豆浆、包子，还真是亲妈。豆浆是热的，苏影喝一口，一点儿渣儿都没有。妈妈一大早起来现磨，细心地滤了一遍又一遍。

“喂！”突然冒出一声，苏影差点呛着。她抬头，萧湛从天而降，站在她面前，“你还真够慢的。”

苏影咽下豆浆：“你怎么在这儿？”

“等你。”萧湛直接说。

苏影乐了：“等我啊。”

“等你跑步。”萧湛补充。

“跑步？”苏影的眼睛眨啊眨。

萧湛皱眉看她：“你这个年纪开始学跆拳道已经晚了，要加强体能训练。”

“我这个年纪，怎么感觉你在说大婶大妈似的！”虽然她是二十六岁的心，可她外貌只有十六岁好不好。就算二十六岁，她稍微打扮一下也有少女感好不好。

萧湛夺了她手上的豆浆、包子：“跑步去学校，我监督你。”

苏影望着空空的两手：“我还没吃饭！”

“吃饱了不能跑步。”萧湛一口就吃掉一个包子。苏影哀号：“我的包子……”

萧湛一路陪着苏影跑步到学校，苏影喘着粗气一个字也说不出来。萧湛塞了个书包给她，她捂着肚子瞪他：“那又是什么？”

“自己看。”萧湛说完走了。

苏影也没力气喊他，喘匀了气，打开书包，牛奶、草莓、面包，还有一个大红苹果。苏影拿出苹果狠狠咬一口：“闷骚！”

进教室前她去同学的宿舍借地儿冲了个澡，神清气爽。

周六，萧湛没来监督苏影跑步，她还有点不习惯，早早去跆拳道馆。周末两天萧湛的课最多，基本从早上到晚上。

苏影也跟着在馆里赖了一天，馆里其他教练就开始开萧湛玩笑了。

萧湛也没什么反应，只是一个玩笑。

“苏影同学。”苏影正压腿，放下腿回头，萧湛的师哥，来这儿上课才知道他的名字，方正。

苏影礼貌地喊一句：“方教练好。”

方正一向和萧湛要好，对苏影也很照顾：“今天上完课我们团有个球赛，萧湛跟你说了吗？”

苏影摇头：“没有。”

“就知道那小子不好意思开口。”方正递了一张入场券给苏影，“六点半，体育馆篮球场。”

“谢谢方……不对，谢谢师哥。”苏影捏着入场券感叹，萧湛还会打篮球哇，想看。

方正摆摆手，很有成就感。

傍晚六点半，一月一次的两大武馆对决。白球服是萧湛队，篮球服是康平武馆，来观赛的人还不少，多是小姑娘。

苏影特地把自己藏在人群后，想给萧湛一个惊喜。

萧湛一眼就看到她了，皱着眉直直地盯着她。

苏影见藏不住，大大方方坐到前排，夸张地笑。俗话说，伸手不打笑脸人吗。

裁判吹响口哨，比赛开始。

“传球，这里。”

“回防。”

“三分！”

萧湛首局拿下第一个三分球，观众席掌声雷动。

“萧湛好棒！萧湛好棒！”小姑娘们一个个都非常激动，苏影坐在旁边耳膜都要被震破了。

萧湛队开场告捷，越打越顺，又一个潇洒进篮。

苏影哼一声，萧湛打得很卖力，这就是美女效应吗？

萧湛在场上，可眼睛却时不时就跑到观众席。苏影正看着他，怎么能输。

中场休息，萧湛接过同伴递过来的水，仰头朝脸上淋下，甩开额前的碎发，缀在发梢的水珠在灯光下色彩斑斓。

“萧湛好帅！萧湛好帅！”小姑娘们真是要疯了。

观众太疯狂，萧湛想过去跟苏影说句话都过不去。

稍事休息，下局开始。蓝队输了上半场，下半场打得有些毛躁，开始搞些绊人推人的犯规小动作。

萧湛跑到三分线外，示意队友：“传过来。”队友刚扬起球要传，被对手粗暴地抢走。

裁判吹哨，黄牌警告。

各自回自己区域重新开始，萧湛的心思又飘到观众席，没注意对方出黑手。刚刚犯规的球员对准了萧湛，一球狠狠砸过来，萧湛回过神已经躲不开了。

“啊！”观众席有人尖叫一声，场上的萧湛已经捂住脸蹲在地上。

苏影飞快地跑过去：“萧湛，萧湛，你怎么样，伤到哪里了？”

“输了球就拿球砸人，孙子！”两个球队一下就打了起来，裁判拉都拉不住。

“萧湛……”苏影手足无措，“你到底伤到哪里了？”

萧湛头晕目眩，缓缓抬起头来，眼角破了，在流血。

“你流血了，我送你去医院。”苏影的声音都带着哭腔。

萧湛拉住她的手：“没事，我没事。”他慢慢站起来，还好，眼睛看得见，脑子也是清醒的，他喊了一声：“别打了！”

火拼的双方终于停下来，方正愤愤不平：“阿湛你放心，师哥们不会看着你受欺负，一定给你出头！”

“我没事，算了。”萧湛平静地看一眼砸他的人，“我想，他也不是故意的，一时失手，谁都有过。”

“失手？你眼睛都出血了，这还叫失手？”方正窝着火。

“算了。我今天没法打比赛，先走了。”萧湛抓紧苏影的手，“跟着我。”

苏影扶萧湛出体育馆，萧湛突然说：“以后，不要随便来球场。”

“为什么？”苏影的眼睛红红的。

“这种比赛，虽然是玩玩，但也经常会出现这样的摩擦，伤及无辜的情况也不少。”原来，他从一开始担心的是这个，苏影的泪珠毫无预兆地掉下来。

萧湛又皱眉看她：“你哭什么？”

“我没哭，风吹了眼睛。”苏影胡乱擦掉眼泪，“你真没事吗？不用去医院吗？”

萧湛抽回被她扶着的手臂：“就一点擦伤，去什么医院。”

“可是……”苏影还是不放心。

“这不是阿湛吗！”

突然走过来一个“平头男”堵住了萧湛和苏影的去路。

萧湛第一反应就是将苏影藏在身后，厉声道：“让开！”

“平头男”笑了：“我说几次三番喊你出来玩，你都不来，原来是要照顾小妹妹啊。”

萧湛满身戾气：“我叫你让开！”

“欸，朋友一场，你妹妹就是我妹妹啊。”

“平头男”放肆地打量苏影。

苏影害怕，往萧湛身后一躲再躲。

萧湛已经捏起拳头：“我再说一遍，让开！”

“平头男”举双手投降真的侧开身子让路：“好，好，让开。”

“没事了。”萧湛拉紧苏影，“走吧。”

苏影跟着他上了公交车，心还安定不下来：“刚才是什么人？”

萧湛闭着眼睛睡觉，没应她。

苏影不放心："那个一看就不是好人，你以后不要……"

"你很吵。"萧湛睁开眼睛，认真地看着她说，"你放心。"

苏影不知道，浑浑噩噩的少年因为她懂得了珍惜，懂得了守护。

这份心动萧湛一直放在心底，一放就是十年，从年轻气盛的少年变成沉稳内敛的男人，执着、倔强地守着心底的姑娘。

那天之后，苏影一周都要上课，不能去找萧湛，她一直担心萧湛眼睛的伤好了没。

一整天都心神不宁，好不容易挨到放学，狂奔去了跆拳道馆。

萧湛不在，苏影问了几个教练，都说他请了假，不知道去干什么。

苏影更担心了，又去萧湛家，他没回家，奶奶是从来都不知道他在外面干什么的。在那个通信主要靠写信的年代，手机对学生来说还是奢侈品。没有手机，苏影真的找不到萧湛，她连要去哪里找都不知道。

她只能偷偷守在他家门口，不敢让奶奶知道，怕老人家着急。

月朗星稀，小巷飘出饭菜香。

孩子的哭闹声，电视的载歌载舞声……萧湛拖着一身疲惫，步子很慢，甚至有点虚浮，他的眼皮重得快睁不开。

夜晚突然变天，巷子隐隐有一层薄雾，萧湛以为是自己眼花，他分明看见，院门口站着一个人，是苏影。

萧湛加快步子，皱眉问她："你怎么在这里？"

"等你。"苏影压着火，"你去哪儿了？学校说你今天没去上课，跆拳道馆说你请假。"

"我好困，现在不想说。"萧湛要进门，苏影恼火地拦住他："你是不是又和不良少年混在一起了？"

萧湛盯着她，好半天，才冷笑起来："是啊，我在你心里就是一个恶劣的人吧。"

"萧湛！我是关心你。"

“关心？我和你有什么关系，你是我什么人？我不需要人可怜！”萧湛粗暴地推开她。

苏影撞在水泥墙上，手肘擦伤了，火辣辣地疼，她也不管，倔强地拦住萧湛：“你跟我说清楚，今天到底去哪里了！”她忍着眼泪的眼睛，红通通的，像萧湛以前养过的一只兔子。他费尽心思给那兔子准备好吃的，可兔子没等到他……感觉心脏有点难过，十八岁的萧湛还不知道那是心疼的感觉。

萧湛有些无力，回答她：“我今天去打工了。”

“你不是在跆拳道馆打工吗？”苏影追问。

“今天做的是临时兼职。”萧湛已经没脾气了。

“你很缺钱吗？”苏影试探着问。

“嗯，缺。”

苏影又问他：“你为什么缺钱？如果数量不是很多，我可以……”

“不用。”萧湛断然拒绝。

“我有钱。”

“说了不用。”

“萧湛……”

萧湛看着苏影，道：“我去做临时兼职是为了赚钱订蛋糕，后天，我生日，你……”

苏影蓦然瞪大眼睛，脸色煞白，问他：“后天多少号？”

萧湛被她的反应吓到：“八月十八号。”

八月十八号！

苏影永远记得那一天，她、萧湛、秦业明，三个人悲剧的开始，她一定一定不会让悲剧重演。她紧张地抓住萧湛的手，尽量让自己冷静：“你的生日，可不可以提前一天过？”

萧湛疑惑地皱眉：“为什么？”

“因为，因为……我后天没空。”

“后天是周六，你放假，补习班也放假，明天周五。”萧湛已经打听清楚了。

苏影急了：“八月十八号真的不行，真的不行！”

萧湛见她急成这样，妥协道：“好，提前一天，明天过。”

苏影因害怕急速跳动的心脏终于平稳下来：“那说好了，明天下午放学，我在体育馆门口等你。”

“好。”

苏影捂着心口，这样就没事了吧。这样，他们就都可以好好的了，大家都可以好好的。

苏影虽然一直叫自己安心，可第二天从一大早起来，她就不小心碰倒了床头的水晶摆件，妈妈还问她是不是生病了，她的脸色很差。

白天在学校上课也是，数学课上回答文言文，英语课上背数学公式，她自己都不知道自己怎么了。

她对自己说，出事的是八月十八号，今天是八月十七号，不会有事，别紧张。苏影，你真当自己是十六岁的小姑娘了，你是二十六岁心智成熟的成年人，没事，没事！

最后一节课，数学老师拖堂，苏影急死了，一分钟，两分钟，三分钟……每一分钟都是煎熬。数学老师足足拖了二十分钟，然后发完十张卷子才喊放学。

苏影跑到体育馆天刚刚擦黑，萧湛还没来。

苏影想着，他们复读班的老师肯定比她的老师更喜欢拖堂，何况萧湛还要去取蛋糕，晚点到也正常。

天一点一点全黑下来，体育馆广场的灯亮起来，夜跑、散步的人也多起来。苏影一直等在体育馆门口，门已经上锁，体育馆前的广场人来人往，就是看不见萧湛的身影。

“哟，看看，这是谁。”刺耳的嬉笑声陡起，苏影回过神已经被“平头男”堵住，苏影认出是那晚在球场外堵萧湛的人。

苏影的身子往后缩："我不认识你。"她拔腿要跑，被"平头男"抓住。

"跑什么，我好歹和萧湛是朋友，他的妹妹就是我的妹妹啊。"

苏影挣脱，后退，努力冷静地说："我和萧湛没关系，我只是在他们跆拳道馆上课的学员。"

"你觉得我会信吗？"

"不管你信不信，你再不放我走，我就喊人了。"苏影再次试图逃跑。

"平头男"拎住她的后脖颈儿："别怕啊，哥哥就是想跟你借点钱花，这里人多，哥哥带你去小树林。"

苏影怕得大叫："救命，救命——"

散步的人群听到呼救慢慢围过来，"平头男"一点也不怕，颠倒黑白说道："你这个小偷还敢喊救命！大伙都来看看啊，小小年纪就学会了偷东西，被我抓了个现行。"他从苏影书包里搜出钱包，打开一看，里面还有他的照片，"看看，证据确凿！"

"我没有，他说谎，我没有偷他的钱包，他是坏人……"苏影的解释苍白无力，不明真相的围观人群也不知谁对谁错，不敢贸然插手。

"走，跟我去警局！"

"平头男"就在众目睽睽下带走了苏影。

体育馆后面是一片茂盛的竹林，光线都照不透，人迹罕至。

苏影被重重推搡进去，嘴里还喊着"救命"。

"省省吧，没人来救你。"他捂住苏影的嘴，苏影狠狠咬他的手，疼得"平头男"大叫，扬手要打她。

"苏影！"萧湛的声音响起。

"平头男"愣住了，还是有点怵萧湛。

苏影大喊："萧湛，我在这儿！"

萧湛听到声音第一时间冲过来："苏影！"

“平头男”慌了，掏出一把水果刀，抓住苏影，威胁道：“萧湛，你别乱动，我只是想借点钱花，你们乖乖把钱拿出来，大家都平安！”

萧湛不敢动：“你先放开她。”

“你先拿钱。”

“好。”萧湛朝“平头男”走近一步，“平头男”拉着苏影后退一步：“你干什么！”

“我不过来怎么交钱你。”萧湛逼近，趁“平头男”还没反应过来，抓住他的手一扭，水果刀落在地上，接着一个过肩摔，“平头男”惨叫一声。

萧湛扶着苏影，问：“你有没有受伤，能不能走？”

苏影摇头：“我没事。”

“平头男”气急败坏，已经红了眼：“今天谁也别想走！”

萧湛将苏影护在身后：“你快跑！”

“你呢？”

“我拖住他，你去叫警察，快！”

“平头男”猜到了他们的想法，立刻转身攻击苏影，萧湛来不及思考，直接用身体挡在了苏影的前面。他用手捂住腹部，缩在地上的画面，苏影看得清清楚楚。

“萧湛，你伤到哪里了，萧湛……”

萧湛手捂住伤口，笑着看她：“没事。”

苏影摸到血，大喊一声：“你受伤了！”

“平头男”早就吓得扔了刀撒腿跑了。

萧湛躬着背，说道：“没有，就是被轻轻划了一下。”他还安慰苏影，“对不起，要不是我拿蛋糕晚了，你也不会遇到这种事。”

苏影哭得眼泪模糊了眼睛，拼命摇头：“不是，不是你的错，不是，为什么会这样，不应该是这样，我明明……明明避开了悲剧……为什么……我带你去医院，萧湛，我带你去医院。”

苏影想扶萧湛起来，却怎么也扶不起他："萧湛，我好不容易认识了十八岁的你，我欠你的十年，还没还给你……"

她现在多希望有个人来帮帮她，哪怕是秦业明。

秦业明！

她为了避开悲剧，提前一天给萧湛过生日，以为这样秦业明就不会出现。结果现在却没人能帮她，是她害了萧湛。

苏影放声大哭。

脖子处传来痛楚，痛像牙齿的啃咬。苏影骤然睁开眼睛，萧湛的脸在眼前，正咬牙切齿地盯着她。

"萧湛，你不要死。"苏影突然哭了起来。

萧湛一脸蒙，苏影伸手紧紧抱住他，眼泪鼻涕全招呼在他胸口，哭得伤心。萧湛刚才的怒火全浇灭了，还得哄她："好了，好了，我没死，好好的，是不是做噩梦了？"

苏影抬起头，哭得抽气："你……说……什么？"

"是不是做噩梦了？梦里还在喊秦业明的名字！"萧湛提起这事来又怒火中烧，"你居然喊'秦业明救命'！"

苏影擦干净眼泪，望一眼天，白色的天花板，窗帘是她亲自选的，屋里的摆设都是她自己设计的，确定这是她的卧室。

"你今天多大？"她傻傻地问萧湛。

萧湛都被她气笑了："今天二十八岁，明天十八岁。"

"你认真一点。"苏影严肃脸，"你多少岁？"

"二十八岁。"

"真的是做梦吗？为什么梦会那么逼真？"她自言自语。

萧湛再咬她一口，苏影痛得叫出声："好痛！"

"清醒了吗？"萧湛压着她恶狠狠地问。

苏影求饶："我刚刚真的做梦了，做了好长好长一个梦。"

"梦里有秦业明？"萧湛这醋，得吃一辈子啊。

苏影摇头："梦里，有我妈，有十八岁的萧湛，傲娇、闯骚、嘴硬，还会害羞，被我逗一逗就红耳朵。"苏影自顾自傻笑。

萧湛一本正经地探她的额头："不发烧啊，怎么说胡话了。"

苏影拍掉他的手："你别吵我，让我再睡会儿，我要去见梦里的萧湛，还是十八岁的萧湛好，年轻、阳光，又帅又可爱。"

"你是在说我老吗？"萧湛的声音阴恻恻的。

苏影心里好笑，男人对年纪也这么敏感啊。

"没有啊，我只是觉得还是十八岁的萧湛好。"

"苏影！你自找的！"萧湛一掀被子，苏影求饶也不成了："不要，啊……萧湛，你自己的醋也吃啊！"

年少时不能遇到太惊艳的人，否则，往后余生，要么都是思念，要么都是回忆。他们何其幸运，兜兜转转，和自己一起慢慢变老的还是惊艳彼此时光的那个人。